Ren Dhark

Das Rätsel von Hallwa

SF-Roman von
Nina Morawietz

Unitall

1. Auflage

HJB Verlag & Shop KG
Kaiser-Wilhelm-Ring 27-29
4. & 5. Etage
D-50672 Köln
www.ren-dhark.de

Herausgeber: Ben B. Black
Titelbild: Ralph Voltz
Printed in EU

Vorwort

Das Leben von Geheimagenten wirkt in Filmen und Büchern immer spannend, aufregend und gefährlich. Der langweilige Teil dieser Tätigkeit wird dem geneigten Zuschauer bzw. Leser meist unterschlagen, denn er ist ja genau das: langweilig. Dennoch blitzt in den diversen Büchern und Filmen auch immer wieder der Agentenalltag durch, in dem die Helden stundenlang irgendwelche Beobachtungen durchführen, trockenes Aktenmaterial sichten oder Berichte für ihre Vorgesetzten und – aus Sicht mancher Zeitgenossen noch viel wichtiger – für die Akten schreiben.

Was mindestens ebenso mühsam und nervtötend sein dürfte, ist die Videoanalyse, bei der Aufnahmen von Überwachungskameras ausgewertet werden müssen. Wenn der Zeitpunkt, zu dem das Entscheidende passiert ist, nicht ausreichend genau eingegrenzt werden kann, heißt das für den Auswerter des Materials nichts anderes, als stundenlang gewöhnlichen Menschen bei gewöhnlichen Tätigkeiten zuzusehen, die sich immer und immer wieder wiederholen. Dabei trotzdem nicht in Konzentration und Aufmerksamkeit nachzulassen, stelle ich mir äußerst schwierig vor, und meine Hochachtung gilt all den Menschen, die es in solch einer Situation tatsächlich schaffen, diesen einen entscheidenden Moment zwischen all den Belanglosigkeiten zu finden, der die Ermittler in ihrem Fall weiterbringt.

Im vorliegenden Buch, welches Nina Morawietz nach einer eigenen Idee verfasst hat, verschlägt es die beiden GSO-Agenten Ömer Giray und Liv Sanders, die den Lesern aus den *Weg ins Weltall*-Romanen längst als erfolgreiches Ermittlerduo bekannt sind, auf den Planeten Hallwa, der so weit ab vom Schuss liegt, dass vermutlich kein Mensch Notiz von dieser Welt nehmen würde, gäbe es dort nicht ein seltenes Erz, dessen Abbau gute

Gewinne verspricht. Und wo es in der Einsamkeit Konkurrenten gibt, da bleiben Probleme oft nicht aus. So weit ist an und für sich alles ganz normal und eigentlich im Bereich des eingangs erwähnten langweiligen Alltäglichen angesiedelt, würde sich die Lage nicht zu einem Fall für die GSO entwickeln. Und dieser Fall nimmt Dimensionen an, die selbst für die erprobten Agenten weit abseits des Alltäglichen liegen.

Bevor ich Sie, liebe Leser, jedoch in die Lektüre dieses Romans entlasse, darf ich es nicht versäumen, Sie auf den zeitgleich unter dem Titel »Lorrons Erbe« erschienenen 71. *Weg ins Weltall*-Band hinzuweisen. Und nun folgen Sie mir bitte unauffällig, denn wir wollen gemeinsam *das Rätsel von Hallwa* lösen.

Stuttgart, im September 2017
Ben B. Black

1.

Noch immer lagen Plastikplanen, Bauschrott und Werkzeug herum, obwohl das Wohnhaus längst fertiggestellt worden war. Jeremiah Miller machte einen Vermerk auf seiner Datenfolie, bevor er seinen Rundgang fortsetzte.

Vor rund einem Dreivierteljahr hatte die in Alamo Gordo auf der Erde ansässige Junction Mining Corporation, für die er als Bauleiter arbeitete, ihm dieses Projekt anvertraut. Damals waren an dieser Stelle auf diesem abgelegenen Planeten namens Hallwa nichts als Grasland, eine Hügelkette sowie ein paar Bäume gewesen. Nun florierte hier Ionnville, eine kleine Siedlung, als deren »Bürgermeister« er fungierte.

Die Gebäude setzten sich überwiegend aus den gleichen drei Betonplast-Fertigbaumodellen zusammen. Einige Bewohner hatten es sich daher zur Aufgabe gemacht, in ihrer Freizeit die Siedlung mit Begrünung und Fassadenbemalung zu verschönern. Freundlicherweise unterstützte die Junction Mining Corporation dieses Vorhaben sowohl finanziell als auch materiell, denn ihr war am Wohlergehen ihrer Mitarbeiter sehr gelegen, was nicht zuletzt an dem seltenen, heißbegehrten Erz lag, das sie möglichst rasch abbauen sollten; rund zwei Kilometer südlich von Ionnville befanden sich die Mine und die Raffinerie.

Nur zweieinhalb Monate nach Errichtung der Siedlung hatte sich nämlich auch die Konkurrenz Stellar-Mining auf Hallwa niedergelassen. Das babylonische Unternehmen verfügte über deutlich mehr Geld, Leute und Einfluss als die Junction Mining Corporation und breitete sich mit seiner eigenen Siedlung Butterley und seiner eigenen Erzgewinnungsstätte immer schneller aus.

Miller und seine Auftraggeber befürchteten, dass die Mitarbeiter irgendwann zur Konkurrenz überlaufen würden, und legten daher besonders viel Wert auf die Stärkung eines Gemeinschaftsgefühls. Aus diesem Grund veränderte sich die monotone Arbeitersiedlung immer mehr in Richtung eines idyllischen Dorfes mit einem Bäcker, einem Frisör und einer Freizeitstätte. Auch ein kleines Schwimmbad war bereits geplant, allerdings noch nicht umgesetzt.

Hallwa bot die gleichen Lebensbedingungen wie die Erde, sodass manche Einwohner sogar damit begannen, ihr eigenes Gemüse anzubauen. Platz genug gab es.

Als er ein Vibrieren an seinem Handgelenk spürte, hob Miller den Arm und las die Nachricht auf seinem Vipho. Sofort wich ihm sämtliches Blut aus dem Gesicht.

*

Ein breiter, mit Betonplastbalken befestigter Pfad führte hinab auf den Grund der einhundertfünfzig mal achtzig Meter großen und zwanzig Meter tiefen Grube. Dort unten herrschte reges Treiben. Eine Traube von Arbeitern diskutierte und gestikulierte rund um fünf von sechs Transportschwebern, die die Junction Mining Corporation zur Verfügung gestellt hatte.

»Was ist denn hier los?«, erkundigte sich Miller. Die Frage danach, weshalb an diesem Morgen um Viertel nach neun noch immer niemand in den Schacht gefahren war, sparte er sich, denn er ahnte, dass es nicht an Faulheit lag.

Daniel Beams fasste seinen Vorgesetzten am Mantelärmel, zog ihn an den fünf Fahrzeugen entlang und deutete auf die Energiespeicher in den geöffneten Luken. »Allesamt leer. Der sechste Schweber steckt im Schacht fest.«

»Wann wurden sie das letzte Mal aufgeladen?«

»Gestern Abend. Ich habe es selbst kontrolliert. Die Speicher waren noch mehr als ein Drittel gefüllt, als ich sie an die Generatoren angeschlossen habe.«

»Und nun sind alle sechs leer?«

»Genau.«

Miller schürzte die Lippen. Obwohl er wusste, dass es sich um Sabotage handeln musste, wollte er keine Panik schüren, daher wies er Beams mit ruhiger Stimme an: »Holen Sie die Ersatzspeicher aus dem Lager, damit wir nicht noch mehr Zeit verlieren.« Auf seiner Datenfolie machte er einen entsprechenden Vermerk über diesen Vorfall und lächelte anschließend die herumstehenden Mitarbeiter an. Er erkannte in ihren Gesichtern, dass sie das gleiche dachten wie er: *Das war bestimmt die Retourkutsche für vorletzte Woche.*

Zwei Wochen zuvor hatte sich ein Teil seiner Leute nach einer verbalen Auseinandersetzung mit Stellar-Mining-Arbeitern den Scherz erlaubt, in einer Nacht-und-Nebel-Aktion bei einer Handvoll Generatoren der Konkurrenz die Kabel durchzuschneiden. Natürlich hatte ihnen nie jemand etwas nachweisen können, doch seitdem befanden sich allerlei Überwachungsvorrichtungen in der »feindlichen« Grube.

Miller hatte von Anfang an von dem Plan gewusst, jedoch beide Augen zugedrückt. Noch bevor dieser durchgeführt worden war, hatte er bei seinen Vorgesetzten um einen Satz Biospürer gebeten, die Alarm schlugen, falls sich eine menschliche Energiesignatur zu unmenschlicher Stunde in der Grube herumtrieb.

Leider wurde das nächste Transportraumschiff erst in ungefähr drei Wochen erwartet. Angesichts der geringen Fördermenge des Erzes lohnte es sich für die Junction Mining Corporation nicht, öfter als alle zweieinhalb Monate eines zu schicken.

Bestimmt lacht sich diese alte Hexe Nordvist jetzt eins ins Fäustchen, dachte der Bauleiter verbittert. Er ließ seinen Blick über den lehmigen Boden gleiten, den ein dichtes Muster unterschiedlicher Stiefelabdrücke zierte. *Blöderweise können wir niemandem etwas nachweisen, und die Mistkerle würden es garantiert abstreiten, würde ich sie damit konfrontieren. Andererseits muss ich zugeben, dass es schlimmer hätte kommen können. Die Energiespeicher wieder aufzufüllen wird uns höchstens ein paar Stunden kosten, die wir wohl oder übel am Wochenende werden hereinholen müssen. Es gibt folglich keinen Grund, ihnen die Genugtuung zu verschaffen, sich groß darüber aufzuregen.*

*

Nach jenem Vorfall nahmen die gegenseitigen Streiche jedoch kein Ende, sondern sie stellten stattdessen den Anfang von sehr viel mehr dar. Als Jeremiah Miller eines Morgens im Dunkeln saß, weil irgendjemand die Stromleitungen gekappt hatte – ein ziemlich gefährliches Unterfangen, für das entsprechende Gerätschaften benötigt wurden –, beschloss er, einzuschreiten.

Zunächst musste er allerdings dafür sorgen, dass die Notstromaggregate die Siedlung und die Grube mit Energie versorgten, bis die Leitungen für die zentrale Versorgung repariert waren.

Erst am frühen Nachmittag funktionierte wieder alles. Erschöpft ließ sich der »Bürgermeister« mit Daniel Beams und sieben der Elektriker an einem Tisch im Gemeinschaftszentrum nieder, während der Rest der Siedlung nun endlich mit der Arbeit beginnen konnte.

Miller organisierte für alle in der Runde frisch gebrühten Kaffee sowie ein paar Kekse aus der Küche. Zwar hatte Tracy Loop, die Köchin der Kantine, angeboten, außerplanmäßig für sie zu kochen, doch das hatte er vorhin dankend abgelehnt. Er befürchtete nämlich, dass Miss Loop bloß wieder eine Gelegenheit suchte, in seiner Nähe zu sein. Auf weitere Dramen verspürte er momentan keine Lust.

»Wie geht es jetzt weiter?«, erkundigte sich Beams, seine Nase über seine Tasse haltend. Hinter dem aufsteigenden Wasserdampf funkelten seine Augen verschwörerisch.

»Wie soll es schon weitergehen?«, gab sein Vorgesetzter lapidar zurück. »In der Mine gibt es eine Menge zu tun. In vier Tagen trifft das Raumschiff ein, und uns fehlen noch fünf Kilogramm Erz, um das Soll zu erfüllen.«

»Das meine ich nicht.«

Miller hob die linke Augenbraue. »Nicht?«

Natürlich wusste er genau, worauf der Steiger hinauswollte – und ebenso die übrigen Anwesenden. Er selbst hingegen befand sich im Zwiespalt. Einerseits wollte er sich liebend gern an »der alten Hexe« rächen, andererseits repräsentierte er die Junction Mining Corporation in der höchsten Position auf Hallwa. Er durfte keinesfalls für die Befriedigung von Rachegelüsten das

Firmeneigentum oder gar den Ruf des Unternehmens in Gefahr bringen.

Möglicherweise wird sich Nordvist beim nächsten Mal nicht mehr so zurückhalten, grübelte er. *Wenn ich sie oder ihre Leute auf frischer Tat ertappe – mit Beweisen – wäre die Mistkuh weg vom Fenster, und wir hätten endgültig unsere Ruhe.*

»Eine Überschwemmung würde mir gefallen«, warf O'Nílla nach einer Weile ein, während er scheinbar versuchte, aus den Kaffeeresten am Tassenboden die Zukunft zu lesen, »am liebsten in der neuen, noch nicht fertiggestellten Grube. Die wird nämlich noch nicht überwacht.«

»Keine schlechte Idee!«, meinte Beams schief grinsend. »Nur wo soll das Wasser so plötzlich herkommen?«

Johnson rieb sich das Kinn. »Haben die nicht einen See in der Nähe?«

»Der befindet sich fast zwei Kilometer von der Grube entfernt.«

»Von uns aus gesehen grenzt er direkt an die andere Seite der Hügel. Wir könnten uns also ungesehen mit einem entsprechend langen Schlauch sowie einer Pumpe hinüberschleichen, den Schlauch in deren Grube hängen und dann einfach den Hahn aufdrehen.«

»Das funktioniert nicht«, rutschte es Miller heraus. Am liebsten hätte er sich die Hand vor den Mund geschlagen. Nun steckte er im Komplott mit drin.

»Mit guter Vorbereitung schaffen wir das. Laut Wetterbericht regnet es die nächsten Tage. Wir könnten das Ufer angraben, sodass es so aussieht, als ob der See durch den Regen angeschwollen wäre und das Wasser von allein in Richtung Grube liefe.«

O'Nílla schnalzte mit der Zunge. »Ich muss zugeben, dass ich mir das weniger aufwendig vorgestellt habe. Reicht nicht der verdammte Schlauch? Wir wollen den Stellar-Minern doch kein Freibad errichten.«

»Das nicht«, bestätigte Beams. »Allerdings sollen sie sich künftig zweimal überlegen, ob sie sich noch einmal mit uns anlegen. Wir müssen das Ganze so einfädeln, dass es möglichst wie eine Naturkatastrophe aussieht. Sie werden ahnen, wer ihnen in Wahrheit die böse Überraschung beschert hat.«

Miller schürzte die Lippen. Da er die Planung der Sabotage in den vergangenen Minuten nicht unterbunden hatte, brauchte er nun auch nicht mehr den moralischen Alibi-Zeigefinger zu erheben.

Zugegebenermaßen reizte ihn die Vorstellung, dass sich Nordvist vor Wut und Verzweiflung die Haare raufen würde, die sie normalerweise in einem straffen Zopf trug, in dem jede einzelne Strähne an ihrem definierten Platz saß. Stellar-Mining mochte über mehr Geld verfügen als die Junction Mining Corporation, sich wie ein Krebsgeschwür auf Hallwa ausbreiten und sich möglichst viel und rücksichtslos Erz unter den Nagel reißen, doch Miller und seine Leute würden nicht kampflos das Feld räumen.

Noch am selben Abend führte die neunköpfige Gruppe ihren Plan durch.

*

Vier Tage später traf das erwartete Transportraumschiff auf dem ebenen, mit Betonplast bedeckten Landeplatz ein. Lastenschweber entluden zahlreiche Container und brachten sie in die riesige Lagerhalle am Rande Ionnvilles.

Wie üblich überprüfte Jeremiah Miller die Lieferung, unterschrieb eine Handvoll Formulare und übergab anschließend zwölf Kilogramm in Barren gegossenes Erz an den Kommandanten des Raumers.

Nachdem das Schiff Hallwa wieder verlassen hatte, trommelte der Bauleiter als Erstes eine Handvoll Männer zusammen, mit denen er die mitgelieferten Biospürer in der Grube, in der Nähe der Raffinerie und an wichtigen Punkten in der Siedlung installierte. Am Suprasensor in seinem Büro im Gemeinschaftszentrum kalibrierte er die Geräte auf menschliche Signaturmuster, denn er wollte nicht wegen jedem Kleintier auf seinem Armbandvipho alarmiert werden.

»Wäre es nicht sinnvoll, dieses Büro besser zu sichern?«, ertönte eine Stimme.

Miller hob den Blick vom Bildschirm und entdeckte Beams, der mit verschränkten Armen in der Türöffnung lehnte. »Müssen Sie nicht arbeiten, Daniel?«

Der Angesprochene deutete mit dem Kinn in die ungefähre Richtung der Uhr, die an der Wand links von ihm hing. »Wir machen gerade Mittagspause.«

»Gibt es etwas Neues aus Butterley?«

»Alles ruhig. Entweder sie führen die Überschwemmung auf das schlechte Wetter zurück oder sie wollen uns in Sicherheit wiegen, um dann im passenden Moment zurückzuschlagen. Ich bin gespannt, was sie sich diesmal ausdenken.«

Miller runzelte missbilligend die Stirn. »Möglicherweise sollten wir mit dem Kindergarten aufhören. Ich glaube, wir steigern uns immer mehr in etwas hinein, das wir hinterher bereuen könnten. Vergessen Sie nicht, dass wir uns keine allzu großen finanziellen Verluste erlauben dürfen.«

»Woher rühren Ihre Bedenken so plötzlich?«

»Ich betrachte das Ganze bereits seit einer Weile kritisch.«

»Während der gemütlichen Ausarbeitung unseres Plans haben Sie keinen Einspruch erhoben«, hielt Beams dagegen.

»Darum geht es nicht. Ich beziehe mich auf die Zukunft.«

»Mindestens einen Stromausfall hätten sie sich aber noch verdient.«

»Hätten sie. Aber wie heißt es so schön? Der Klügere gibt nach.«

Enttäuscht verzog der Steiger das Gesicht.

Miller bereute, die Geschichte nicht von Anfang an unterbunden zu haben, denn nun stand er nicht nur vor seinen Mitarbeitern als Spaßbremse da, sondern hatte zu allem Überfluss »die alte Hexe« an den Hacken. Er konnte sich des Gefühls nicht erwehren, dass sie ihm irgendwann das Genick brechen könnte – im übertragenen Sinne.

»Oh, oh«, machte Beams mit einem Mal und zeigte aus dem Fenster. »Das gibt Ärger.«

Miller sah nun ebenfalls hinaus – und ihm blieb fast das Herz stehen, als er den Schweber erkannte, der in diesem Augenblick vor dem Gebäude hielt. Die Tür öffnete sich, und ein überdimensionierter, schnauzbärtiger Muskelprotz quetschte sich nach draußen. Grimmig schaute er sich einige Atemzüge lang um, ehe er beiseitetrat.

Fliederfarbene Stöckelschuhe stiegen aus dem Fond und verfehlten ganz knapp eine Regenpfütze auf der Straße. Miller schluckte, als sein Blick den wohlgeformten schwarzen, taillenbetonten Hosenanzug hinaufwanderte, kurz an der Bluse hängen blieb, die farblich sowohl zu den Schuhen als auch zu den lackierten Fingernägeln passte, und schließlich zu dem dominanten Brillengestell hinaufhuschte, hinter dessen Gläsern sich zwei stechend grüne Augen befanden, die genau in seine Richtung stierten.

Verflucht!, schoss es ihm durch den Kopf. Schweiß bildete sich in seinem Nacken. Unglücklicherweise befand sich sein Büro im Erdgeschoss und verfügte über große Fenster, die den Raum von außen wie das Gehege in einem Zoo wirken ließen.

Sibi Nordvist sagte etwas zu ihrem bulligen Begleiter, woraufhin dieser nickte und aus Millers Blickfeld verschwand – vermutlich auf dem Weg zur Eingangstür des Gemeindezentrums.

Sofort sprang der Bauleiter von seinem Bürostuhl auf und stürzte auf den Flur hinaus. Gleichzeitig zupfte er an seiner Frisur sowie seiner Kleidung herum und kratzte sich an den Augenwinkeln. Er wollte sich auf keinen Fall vor Nordvist eine Blöße geben und ihre Vasallen auch nicht in seinem Refugium wissen.

Doch dafür war es längst zu spät, denn der Muskelprotz stand längst im Eingangsbereich und donnerte bei Sichtkontakt sofort los: »Da sind Sie ja endlich! Wollten Sie sich etwa aus dem Staub machen?«

Jeremiah Miller malmte mit den Kiefern und zwang sich zu einem Lächeln. *Lass dich nicht von ihm provozieren!,* ermahnte er sich in Gedanken. *Und wo ist eigentlich Beams?* Er atmete tief durch, während er seine Schritte verlangsamte. »Ganz im Gegenteil«, antwortete er mit einer Ruhe, die ihn selbst erstaunte. »Ich wollte gerade meine Gäste in Empfang nehmen. Warum kommt Miss Nordvist denn nicht ebenfalls herein?«

»Wir sind hier nicht zum Kaffeekränzchen«, entgegnete der Hüne, der hinter vorgehaltener Hand aufgrund seiner übertrieben ausdefinierten Muskelpakete auch »Beulenpest« genannt wurde. Unter der viel zu eng sitzenden Lederjacke erhob sich eine Brust, um deren Volumen ihn vermutlich manche Frau beneidete.

»Und was verschlägt Sie unangekündigt hierher?«

»Das wird Ihnen Miss Nordvist gleich erzählen.«

Als Miller die Eingangstür erreichte, klemmte sich der Muskelprotz so dicht hinter ihn, dass er dessen Körperwärme spürte. Umso angenehmer empfand er die frische, kühle Brise, die ihm beim Verlassen des Gebäudes entgegenschlug. Die »Bürgermeisterin« von Butterley erwartete ihn bereits ungeduldig, und ihre verhärtete Miene mit dem spitzen, hervorstehenden Kinn verhieß nichts Gutes. Unauffällig suchte er im Augenwinkel die Umgebung nach Verbündeten ab, doch die Siedlung schien verlassen zu sein.

Er beschleunigte seine Schritte, einerseits, um dem menschlichen Schrank hinter sich zu entkommen, andererseits, um souveräner zu wirken, während er seine Hand zur Begrüßung ausstreckte. »Miss Nordvist!«

»Mister Miller«, erwiderte die Angesprochene kühl, die dargebotene Hand gekonnt ignorierend.

»Was verschafft uns die Ehre Ihres Besuchs?«

»Ich denke, das wissen Sie genau.«

»Wollen wir nicht hineingehen?« Der Bauleiter deutete in Richtung seines Büros. »Es könnte jeden Augenblick regnen, und es wäre doch schade um Ihre schicke Frisur.«

Nordvist blickte kalt auf ihn herab wie auf eine widerliche Made, die sie gleich unter ihren Fünf-Zentimeter-Blockabsätzen zermalmen wollte. Mit einer Körpergröße von schätzungsweise einen Meter achtzig – plus der Schuhhöhe – überragte sie ihren Konkurrenten um etwas mehr als eine halbe Kopflänge.

Mit einem Mal kamen ihm seine Hände wie Fremdkörper vor, denen er schnellstmöglich einen Platz zuweisen musste. Nach einer gefühlten Ewigkeit nervösen Herumgestikulierens steckte er sie sich zunächst in die Hosentaschen, nur um dann doch die Arme vor der Brust zu verschränken. »Was ist nun? Wollen wir uns ernsthaft hier draußen die Beine in den Bauch stehen? Worum geht es überhaupt?«

»Diesmal haben Sie dem Fass den Boden ausgeschlagen«, zischte Nordvist. »Ich wollte Sie lediglich persönlich darüber informieren, dass sich meine Geduld mit Ihnen dem Ende entgegenneigt. Sie und Ihre Leute werden den Schaden unverzüglich beheben und sich dann nie wieder in Butterley blicken lassen – außer natürlich, sie wollen es auf ein Kräftemessen anlegen. Wer von uns beiden am längeren Hebel sitzt, dürfte klar sein, oder?«

Miller schnaufte verächtlich. »Das ist so typisch.«

»Was wollen Sie damit andeuten?«

»Na, was wohl? Im Austeilen sind Sie große Klasse, aber sobald Sie selbst einmal einstecken müssen, fahren Sie gleich schweres Geschütz auf. Ich hatte Sie mir weniger dünnhäutig vorgestellt. So kann man sich irren.«

»Mir geht es nicht um die gekappten Stromleitungen, die sabotierten Fahrzeuge, das gestohlene Aggregatmodul, nicht einmal um die geflutete Grube, die mit Sicherheit auch auf Ihrem Mist gewachsen ist.«

»Von alledem weiß ich nichts, und Sie haben keinerlei Beweise.«

Einen Atemzug lang stand ihr roséfarbener Mund offen, als ob ihr die Worte fehlten. Schließlich lächelte sie dünn. »Natürlich nicht. Bei dem neuesten Ereignis wüsste ich jedoch gern, wie Sie das bewerkstelligt haben – oder sagen wir: wie Sie es gemacht hätten. Bei der Gelegenheit können Sie sich überlegen, wie Sie das Haus mitsamt seinen Bewohnern wieder auftauchen lassen.«

»Hä?« Er klimperte perplex mit den Augen. Er hatte mit allem gerechnet, aber nicht damit.

Dann jedoch traf ihn ein Geistesblitz: *Die alte Hexe versucht jetzt die Psychomasche, nachdem uns ihre Sabotageaktionen nicht in die Flucht geschlagen haben. Zugegeben weckt dies meine Neugier. Ob ich mitspielen soll?* »Also, ich weiß im Moment nicht, wovon Sie reden, aber vielleicht zeigen Sie mir erst einmal das Haus, bevor Sie mich beschuldigen.«

»Es ist weg, Sie Idiot!«, mischte sich der Muskelprotz ein.

Mit gespieltem Erstaunen hob Miller die Augenbrauen. »Ach, Sie sind ja auch noch da!« Das Spiel fing an, ihm zu gefallen. Kurzerhand kontaktierte er Beams über sein Armbandvipho:

»Daniel, trommeln Sie ein paar Leute zusammen und organisieren Sie einen Schweber! Miss Nordvist hat uns auf Besichtigungstour eingeladen.«

»Sollen wir Paraschocker mitbringen?«, kam es zur Antwort.

Einen kurzen Augenblick lang beäugte der Bauleiter zuerst den Muskelprotz, dann seine Konkurrentin. »Ich glaube, das ist nicht nötig.«

Nach dem Auflegen machte Nordvist auf dem Absatz kehrt und stieg wortlos in den Fond ihres Schwebers.

Ein Schmunzeln huschte über Millers Gesicht. *Jetzt hat sie endlich einmal miterlebt, dass auch ich austeilen kann,* dachte er triumphierend.

Neben ihm räusperte sich der Muskelprotz. Als Miller sich nach ihm umdrehte, fiel sein Blick auf dessen Handnadelstrahler, der in einem Holster unter der nun zurückgeschobenen Lederjacke sichtbar wurde.

*

Im Fond herrschte angespannte Stille, als Daniel Beams hinter dem Schweber der Konkurrenz herfuhr. Niemand wusste, was in Sibi Nordvists Kopf vorging. Rechts von ihnen in der Ferne thronte die Hügelkette wie ein seltsames Geschwür in der ansonsten flachen Gras- und Buschlandschaft. Eine Straße existierte nicht zwischen Ionnville und Butterley und war im Grunde auch nicht nötig, denn die Fahrzeuge glitten sanft über die Prallfelder, die die allermeisten Unebenheiten des Bodens ausglichen. Allerdings brummten die Generatoren hörbar, was bei einem glatten Untergrund nicht der Fall gewesen wäre.

»Ich dachte, wir fahren zur Grube«, kommentierte Beams erstaunt, als der Schweber vor ihm direkt auf Nordvists Siedlung zuhielt.

»Vielleicht wollen sie uns auf einen Kaffee einladen«, witzelte O'Nílla, »sozusagen als Akt der Versöhnung.«

»Darauf kann ich gerne verzichten.«

»Nicht unser Chef, den mittlerweile ein schlechtes Gewissen plagt.«

»Die Nordvist sieht aber auch verdammt scharf aus«, warf Johnson ein.

»Was hat denn das damit zu tun?«, empörte sich Miller.

»Sie geben es also zu, dass Sie die Frau attraktiv finden?«

»Das habe ich mit keinem Wort angedeutet. Wie kommen Sie jetzt überhaupt darauf?«

»Wir hatten vorhin eine interessante Diskussion und dabei über Ihre Beweggründe spekuliert, weshalb wir die Butterley-Typen künftig in Ruhe lassen sollen. Nijhuis meinte, dass Sie sich vielleicht in Nordvist verguckt haben.«

»Falsch!«, rief der Erwähnte. »Ich meinte, dass er möglicherweise befürchtet, dass uns die alte Hexe verfluchen könnte.«

Miller wäre am liebsten vor Scham im Sessel versunken. Bislang hatte er sich nie großartig Gedanken über das Aussehen seiner Konkurrentin gemacht, sondern sie gleich nach der ersten Begegnung als arrogante Ziege abgestempelt. Dieser erste Eindruck hielt bis heute an, und er plante auch nicht, seine Meinung zu revidieren. »Leute, können wir das Thema bitte bleiben lassen?«, bat er seine Männer mit einem entnervten Seufzer. »Ich möchte einfach nur, dass wieder Frieden einkehrt, sonst könnte es passieren, dass wir von Hallwa abgezogen werden.«

»Solange uns niemand etwas nachweisen kann …«

»Wie lange, glauben Sie, wird das noch gutgehen? Sie hätten die Nordvist eben erleben sollen! Die meint es ernst. Haben Sie irgendetwas angestellt, von dem ich wissen sollte?«

Nijhuis und Jackson sahen einander an, und Beams warf einen Blick in den Rückspiegel, mit dem er den Fond einsehen konnte. Plötzlich ging ein Ruck durch den Schweber.

»Verdammt noch mal!«, fluchte Beams. »Müssen diese Idioten so abrupt bremsen?« Er reckte den Hals, um besser aus der Windschutzscheibe schauen zu können. Bis auf Betonplast-Fertigbauhäuser am Rand der Siedlung entdeckte er jedoch nichts von Relevanz. »Was zum Geier sollen wir hier überhaupt? Wohnungsbesichtigung? Und jetzt fängt es auch noch an zu nieseln.«

»Reg dich ab, Daniel!«, riet ihm Nijhuis.

»Beantwortet einer von Ihnen bitte meine Frage?«, rief Miller den Männern in Erinnerung. »Ich möchte peinliche Situationen gerne vermeiden. Der Fleischberg an Nordvists Seite scheint nur auf eine Gelegenheit zu warten, uns mit seinem Handnadelstrahler zu grillen.«

Jackson machte große Augen. »Der Typ ist bewaffnet?«

»Lenken Sie bitte nicht vom Thema ab!«

»Seit der Aktion mit der Grube ist nichts mehr gelaufen«, versicherte Beams. »Wir wissen ebenso wenig wie Sie, was die Olle von uns will.«

*

Nijhuis nörgelte leise vor sich hin, als der Nieselregen seine lockige Frisur bereits nach wenigen Sekunden vollständig benetzt hatte. Notdürftig suchte er unter seiner Handfläche Schutz. »Ich hätte eine Jacke mitnehmen sollen.«

»Ich hoffe, das dauert hier nicht allzu lange«, grummelte Johnson. »Ich werde nämlich in der Raffinerie gebraucht.«

Mit einem leichten Anflug von Neid und Scham ließ Miller seinen Blick über die kleinen Vorgärten schweifen, die diese Straße säumten. Die Häuser dahinter waren ebenso schlicht wie die in Ionnville, doch durch das Fleckchen Grün sowie die Blumenkästen wirkten sie einladender. Sie hätten genauso gut in irgendeinem freundlichen Vorort von Marco, der Hauptstadt Blue Stars, stehen können. Nachdem Miller sich ausreichend umgesehen hatte, ging er zu Nordvist hinüber, die wortlos in die Landschaft hinter der Siedlung zeigte.

»Hier stand gestern noch ein Haus«, erklärte sie. »Heute ist es mitsamt seinen fünf Bewohnern spurlos verschwunden.«

»Ja, schön«, entgegnete Miller. »Und was haben wir damit zu tun?«

Beim besten Willen deutete nichts darauf hin, dass an diesem offenkundig unberührten Fleck ein Gebäude gestanden haben sollte. Das Gras wuchs dicht und war lediglich an einigen Stellen plattgetreten.

Nordvists Augen blitzten. »Ich weiß nicht, was Sie sich in Ihrem kranken Hirn ausgemalt haben, aber diese Aktion ging eindeutig zu weit.«

»Keine Ahnung, wovon Sie überhaupt reden! Falls das ein Scherz sein soll, finde ich ihn nicht besonders gelungen. Da sitze ich, ehrlich gesagt, lieber im Dunkeln.«

Mit einem Mal hörte Miller rasch nahende Schritte hinter sich. Kaum hatte er sich ganz nach dem anderen umgedreht, fühlte er sich am Kragen gepackt und herumgerissen. Seine Füße baumelten einige Zentimeter über dem Boden, als seine Nasenspitze fast die des Muskelprotzes berührte.

»Wir waren lange genug geduldig mit Ihnen!«, schnauzte Millers Gegenüber, wobei dieser einige Speicheltropfen auf dem Gesicht des Bauleiters verteilte.

Miller verfiel in eine Art Schockstarre, als er den fremden Oberlippenbart an seinen Lippen zu spüren glaubte. Er schaffte es gerade noch, gequält das Gesicht abzuwenden.

Schließlich erlöste ihn Sibi Nordvist von seinem Elend. Halb amüsiert, halb verärgert sagte sie zu ihrem Vasallen: »Mister Cavendish, ich glaube, Ihre Dienste sind hier momentan nicht gefragt.«

»Für Sie Brent«, antwortete der Angesprochene mit vollem Ernst, ohne den Blick von seinem Opfer zu lassen.

»Lassen Sie verdammt noch mal den Mann runter, Mister Cavendish!«

»Das bringt uns nicht weiter. Typen wie der verstehen nur die Sprache der Gewalt.«

Miller versuchte, sich aus dem Griff zu lösen, der seinen Kragen so eng umfasst hielt, dass er kaum noch Luft bekam.

»Wenn Sie ihn erwürgen, erfahren wir gar nichts«, gab Nordvist zu bedenken, woraufhin Cavendish den Bauleiter so abrupt losließ, dass dieser hinfiel.

Beams, Nijhuis und Jackson eilten ihrem am Boden liegenden Chef nicht zu Hilfe, sondern glotzten bloß abwechselnd ihn, den Muskelprotz sowie Nordvist an, deren Blick sich mit jeder Sekunde weiter verdüsterte.

Miller raffte sich schnell wieder auf und klopfte sich die Hose ab. Zwar klebte nicht allzu viel Schmutz an ihr, doch der gesamte Gesäßbereich war durchnässt. *Diese verfluchte Hexe!*, brüllte er innerlich, während er die Kiefer aufeinanderpresste, um seinen

Zorn nicht zu verbalisieren oder gar Cavendish anzufallen, gegen den er garantiert keine Chance besaß. *Das hat sie garantiert so arrangiert, um mich bloßzustellen.* Er atmete einige Male tief durch, bevor er zu Nordvist herumfuhr: »Mir reicht's! Ich gehe.«

»Tun Sie, was Sie nicht lassen können«, erwiderte die Frau kaltschnäuzig. »Den Fall habe ich sowieso schon heute Morgen auf Babylon gemeldet.«

»Welchen verdammten Fall denn, bitteschön?«

»Das spielt keine Rolle mehr. Machen Sie sich auf Besuch gefasst!«

Miller wollte ihr noch eine Beleidigung an den Kopf werfen, entschied sich allerdings in letzter Sekunde dagegen. Stattdessen kehrte er mit seinen Leuten in den Schweber zurück.

»Anscheinend hat die alte Hexe jetzt völlig den Verstand verloren«, kommentierte Beams kopfschüttelnd, kaum dass sie Butterley hinter sich gelassen hatten. »Jetzt schiebt sie uns schon ihre Wahnvorstellungen in die Schuhe.«

»Ich habe es gesagt«, knurrte der Bürgermeister von Ionnville. »Irgendwann fällt uns die Geschichte auf die Füße. Ich bin gespannt, wen uns diese Mistkuh auf den Hals hetzt.«

*

In der Nacht plagten Jeremiah Miller Albträume, in denen lauter Cavendishs Ionnville invadierten, die Siedlung zerlegten und die Bewohner mit Nadelstrahlen über den Haufen schossen. Sibi Nordvists überdimensionales Antlitz thronte über der Szenerie wie eine unheilvolle Sonne, vor der es kein Entkommen gab. Wo auch immer Miller sich versteckte, die stechend grünen Augen der »alten Hexe« verfolgten ihn in jeden Winkel – selbst in den Keller seines Hauses, den es in Wirklichkeit nicht gab.

Als die ersten Sonnenstrahlen durch sein Fenster fielen, schrak Miller schweißgebadet hoch und sah sich gehetzt um. Erst nach einigen Sekunden wurde ihm klar, dass er nur geträumt hatte, und er seufzte erleichtert.

»Hoffentlich ist das bald vorbei«, murmelte er, während er sich aus dem Bett schälte. Er schlurfte zu seinem handlichen

Suprasensor auf dem Ecktisch, der ihm sowohl als Arbeitsplatz als auch als Frühstückstisch diente. Dort rief er mit zittrigen Händen die aktuellen Nachrichten ab in der Befürchtung, dass sich darunter eine Verwarnung seitens seiner Arbeitgeber befand. Nach Nordvists Aufstand am vorherigen Tag sowie den daraus resultierenden Albträumen rechnete er mit dem Schlimmsten – nur um positiv überrascht zu werden. Bis auf verspätete Glückwünsche von seinem Kindheitsfreund zu seinem Geburtstag vor zwei Wochen herrschte in seinem Postkasten wohltuende Ebbe.

Halbwegs zufrieden erhob sich Miller wieder und begab sich zum Fenster, um die frische Morgenluft hereinzulassen. Als er hinausschaute, stutzte er einen Augenblick, denn irgendetwas hatte sich verändert, worauf er im ersten Moment nicht mit dem Finger hätte zeigen können. Erst nach einigen Sekunden sickerte allmählich die Lösung des Rätsels in sein Bewusstsein: Vom Nachbarhaus gegenüber fehlte jede Spur, so als hätte es nie existiert.

2.

Wenige Tage später im Hauptquartier der Galaktischen Sicherheitsorganisation auf Babylon

GSO-Chef Bernd Eylers saß hinter seinem Schreibtisch, die Ellenbogen auf die Platte gestützt. Sein Kinn ruhte auf den verschränkten Händen. Mit durchdringendem Blick musterte er die beiden Agenten, die er soeben über die seltsamen Vorkommnisse auf Hallwa aufgeklärt hatte. Ihm entging nicht, wie die hochgewachsene Brünette immer wieder zu ihrem etwas kleineren Partner linste.

Nach über zwanzig Jahren mit Eylers kannte Ömer Giray keinerlei Berührungsängste mehr, und so bemühte er sich auch nicht, seine Abneigung gegenüber dem neuesten Fall für sich zu behalten: »Seit wann mischt sich die GSO in die Fehde zweier Unternehmen ein? Wenn irgendwelche Firmenangestellten meinen, einander gegenseitig aus dem Weg räumen zu müssen, wäre das doch eher ein Fall für die Polizei, vielleicht auch für die Wettbewerbsaufsicht. Oder schulden Sie jemandem einen Gefallen?«

Sein Vorgesetzter schüttelte den Kopf und lehnte sich zurück. »Das spurlose Verschwinden von insgesamt sieben Menschen sowie dreier Gebäude legt die Vermutung nahe, dass möglicherweise illegale Technologie zum Einsatz kommt. Ich möchte, dass Sie beide der Sache auf den Grund gehen.«

»Was für illegale Technologie?«

»Das sollen Sie herausfinden. Die Leute auf Hallwa beschuldigen einander gegenseitig. Entweder beide Konkurrenten verfügen über die gleichen Mittel oder es gibt noch einen dritten Akteur in diesem Spiel, der den anderen schaden will.«

»Stellar-Mining und die Junction Mining Corporation sind Minen-Gesellschaften«, beteiligte sich nun auch Liv Sanders an dem Gespräch. »Was genau fördern sie auf jenem abgelegenen Planeten?«

»Ein seltenes Erz«, erklärte Eylers lakonisch. »Die Details finden Sie in Ihren Akten.«

»Sind Sie sicher, dass Sie Ihre besten Leute darauf ansetzen wollen?«, entgegnete Giray. »Hallwa befindet sich quasi am Allerwertesten der Milchstraße, wohin wir eine Weile unterwegs sein werden. Sobald wir dort ankommen, ist der Spuk möglicherweise längst vorbei und wir sind völlig umsonst angereist.«

»Ich habe schon verstanden, dass Sie nicht gerade vor Begeisterung strotzen. Dennoch möchte ich, dass Sie diesen Fall übernehmen. Nach dem erfolgreichen Abschluss des Cyborg-Falls sind Sie und Miss Sanders geradezu prädestiniert für diese Geschichte.

Besagtes Erz bezieht unter anderem Echri Ezbal für seine Projekte, was nicht bedeutet, dass beides automatisch in einem Zusammenhang stehen muss. Sie sollen lediglich in Erfahrung bringen, ob und welche Art von Technologie das Verschwinden der Menschen und der Gebäude ermöglicht. Sobald Sie etwas entdeckt haben, sitzen Sie bereits wieder im Raumschiff zurück nach Babylon.«

»Und wenn wir nichts entdecken?«, hakte Sanders nach.

Der GSO-Chef warf ihr einen kurzen Blick zu. Die Frage ließ er unbeantwortet. Stattdessen gab er an seinem Tisch-Suprasensor die Akten frei, die seine Mitarbeiter sogleich auf ihre Handgeräte luden.

*

Zwei Tage später reisten die beiden GSO-Agenten unter ihren Tarnidentitäten Lynn Zander und Geralt Kuröy mit dem nächsten regulären Raumschiff von Babylon nach Hallwa.

Obwohl das Schiff im Auftrag von Stellar-Mining flog, stellte es kein Problem dar, Handelsreisende anderer Firmen mitzunehmen, sofern es sich nicht ausgerechnet um Angestellte der Junction Mining Corporation und ihrer etwaigen Tochterunternehmen handelte.

Giray und Sanders arbeiteten für die fiktive Firma Stellar Best, ein auf Tagebau spezialisierter Baumaschinenproduzent. Sie verfügten sogar über Werbebroschüren sowie Visitenkarten mit einer tatsächlich existierenden Viphonummer. Wer diese Nummer anrief, landete jedoch bei einem GSO-Mitarbeiter, der den Firmenchef mimte.

Während Liv in ihrer Bordkabine die Akte zum fünften Mal auf ihrem Hand-Suprasensor wälzte, entwickelte Ömer eine Strategie, wie sie möglichst effizient den »Bürgermeistern« von Butterley und Ionnville auf den Zahn fühlen konnten – zumindest versuchte er es.

Nicht zum ersten Mal müssen wir mit mehr als dürftigen Informationen zurechtkommen, überlegte er. *Zwar wissen wir so gut wie alles über die Hauptverdächtigen, aber es gibt keinerlei Anhaltspunkte dafür, dass sie mit Technologie eines solchen Kalibers zu tun haben könnten. Sollte Eylers' Vermutung zutreffen, dass beide darüber verfügen, sollten ihre Lebensläufe doch zumindest ein paar Überschneidungen aufweisen, denn niemand entwickelt so etwas mal eben in seinem Keller.*

Nachdenklich lief Giray in seiner Kabine auf und ab, blieb immer wieder stehen, wenn ihm etwas einfiel. In seinem Kopf entstanden allerlei Theorien. *Was wäre, wenn wir die Geschichte aus einem anderen Blickwinkel betrachten? Wenn der Erzabbau lediglich als Vorwand und Hallwa in Wahrheit als Testumgebung dient? Möglicherweise stecken Nordvist und Miller sogar unter einer Decke.*

Er kratzte sich am modisch zurechtgestutzten Kinnbart. *Nein, in dem Fall hätten sich die zwei wohl kaum bei ihren Vorgesetzten beschwert und jene sich wiederum an wer-weiß-wen gewandt. Die GSO hätte vermutlich erst Monate später oder nie Wind von irgendwelchen Vorfällen auf einem abgelegenen Planeten bekommen. Bis vor wenigen Tagen hat niemand Hallwa Beachtung geschenkt, außer natürlich die Minengesellschaften, die sich für die Rohstoffe interessieren. Des Weiteren frage ich mich, weshalb die Leute und die Gebäude ausgerechnet jetzt ver-*

schwunden sind. Warum nicht schon vor Monaten, zum Beispiel in der Anfangszeit der Besiedlung? Ist irgendetwas vorgefallen oder haben sich Nordvist und Miller unabhängig voneinander die Technologie per Raumschiff liefern lassen? Da der Planet nur alle paar Wochen angeflogen wird, würde sich die Zeitdifferenz erklären. Andererseits befinden sich keinerlei Auffälligkeiten in den jeweiligen Frachtunterlagen, die auf eine besondere Lieferung hindeuten. Vielleicht handelt es sich ja um ein kleines Gerät ...

Mit langen Schritten eilte Giray ins Bad, wo er sich eine Handvoll kalten Wassers ins Gesicht klatschte. Er musste dringend auf andere Gedanken kommen, bevor er sich in wilden Spekulationen verlor, die ihn später bei den Ermittlungen behindern würden.

*

Nach der Landung auf Hallwa verblieben Giray und Sanders nicht lange in Butterley. Mit rund vierhundert Einwohnern war die Siedlung nicht sonderlich groß, weshalb – wenig überraschend – kein Taxistand existierte. Stattdessen fanden sie einen Schweberverleih, der von Stellar-Mining unterhalten wurde. Jeder Angestellte durfte für ein paar Stunden pro Woche gratis eines der Gefährte nutzen.

Weil Giray und Sanders für ein anderes Unternehmen arbeiteten, konnten sie von diesem Angebot natürlich keinen Gebrauch machen. Deshalb sprachen sie willkürlich Passanten an, bis sich schließlich jemand bereiterklärte, sie für fünfzig Credits mit einem Leihschweber ins zwölf Kilometer entfernte Ionnville zu bringen.

»Ich verstehe immer noch nicht, was Sie dort wollen«, wiederholte die Fahrerin zum dritten Mal innerhalb weniger Minuten. Offenbar konnte sie nicht glauben, dass jemand freiwillig Butterley verließ.

»Wir wollen uns mit dem dortigen Bauleiter Jeremiah Miller treffen, um ihn über das vielfältige Angebot von Stellar Best zu informieren«, erklärte Liv mit ihrer Aktentasche auf dem Schoß.

Ganz oben lag unübersehbar eine bunte Broschüre mit Logo und der Abbildung einer Baumaschine. »Seine Firma hat sicherlich ebenfalls Verwendung für unsere Produkte, die übrigens einen ausgezeichneten Ruf besitzen.«

»Die Junction Mining Corporation ist doch pleite. Da werden Sie nichts los. Versuchen Sie es doch lieber bei Miss Nordvist! Sie hat wenigstens Ahnung von der Materie – ganz im Gegensatz zu diesem Miller.«

»Kennen Sie Mister Miller?«

»Nur vom Hörensagen, und das reicht mir völlig. Eigentlich sollte ich mich nicht einmal in die Nähe dieser verfluchten Siedlung begeben, deshalb schmeiße ich Sie auch ungefähr einen Kilometer vorher raus. Ich hoffe, das ist in Ordnung.«

»Ja, kein Problem. Den Rest gehen wir zu Fuß. Aber sagen Sie, was ist denn mit Ionnville? Haben Sie dort Feinde?«

»Schwer zu beschreiben. In letzter Zeit verschwinden immer wieder Leute von uns und tauchen nicht wieder auf. Wir glauben, dass Miller damit zu tun hat. Vielleicht schleicht er sich nachts mit seiner Bande in unser Dorf, krallt sich ein Opfer, ermordet es und verscharrt es irgendwo dort draußen.« Die Blondine mit der Hochsteckfrisur deutete mit einer abgehackten Armbewegung in die weitläufige Graslandschaft, die sich vor der Frontscheibe ausbreitete.

»Das klingt ja furchtbar!«, bekundete Sanders mit gespieltem Entsetzen. »Warum sitzen diese Typen noch nicht im Gefängnis?«

»Es mangelt zur Zeit noch an Beweisen. Wir haben zwar die Umgebung mit drei Gleitern abgesucht, doch es wurde nichts entdeckt, was auf ein Grab hinweisen könnte. Möglicherweise versteckt er die Leichen in seiner Mine oder löst sie in der Raffinerie auf.«

»Sie haben gesagt, dass ständig Leute verschwinden würden. Das müsste doch selbst den Ionnvillern auffallen, wenn unter ihnen ein Serienmörder leben würde.«

»Die stecken alle unter einer Decke.«

»Was haben sie davon, wenn Menschen ermordet werden, die sie gar nicht kennen?«

»Sie gönnen uns den Erfolg nicht. Passen Sie bloß auf, dass Sie es sich nicht mit ihnen verscherzen, sonst landen Sie möglicherweise auch im Schmelztopf!«

Sanders nickte pflichtbewusst. Ihr gelang es sogar, einigermaßen schockiert auszusehen, was weniger an der Anschuldigung lag als an der inbrünstigen Überzeugung, mit der die Frau Miller unterstellte, ihre Leute abzuschlachten. Sie hoffte, dass sie eine geistig verwirrte Ausnahme darstellte. Giray starrte scheinbar unbeteiligt aus dem Fenster. Zu gern hätte sie gewusst, was in seinem Kopf vorging.

Als die Silhouetten Ionnvilles neben der Hügelkette auftauchten, die sie umrundet hatten, wurde der Schweber langsamer. Überflüssigerweise zeigte die Fahrerin aus dem Fenster und verkündete: »Dort ist es.«

Ihre düstere Stimme stand in einem krassen Kontrast zu dem blauen Himmel und dem warmen, mittäglichen Sonnenlicht, das dem Gras einen goldgelben Schimmer verlieh, aus dem sich in der Ferne weiße Gebäude wie Marmor erhoben. Alles wirkte friedlich.

Nach wenigen Minuten brachte sie den Schweber zum Stehen. Den Credit-Chip hatte sie sich im Voraus aushändigen lassen, weshalb der Abschied entsprechend kurz ausfiel. Kaum stellte Giray seinen Koffer auf den Boden, schloss sich schon die Tür zum Fond, und die Frau raste davon.

»Na super!«, kommentierte Liv trocken und verdrehte die Augen, als ihr Kollege sie amüsiert anblickte. »Hoffentlich sind nicht alle auf Hallwa durchgedreht, sonst brauchen wir eher jemanden, der hier mal die Luftzusammensetzung analysiert.«

»Das ist doch bereits vor der Besiedlung erfolgt«, merkte Giray an.

»Ich meinte, dass es vielleicht Erdspalten geben könnte, aus denen Methan und Kohlendioxid aufsteigen. Diese Gase rufen Halluzinationen hervor.«

»Glaubst du nicht, dass unser Chef das nicht bereits ausgeschlossen hat?«

»Keine Ahnung, wo er überall seine Leute hat. Mir kam er fast so vor, als ob er uns loswerden wollte.«

»Oder es war das Spannendste, das er auf dem Schreibtisch hatte.«

Obwohl die beiden Agenten allein auf weiter Flur standen, thematisierten sie ihre wahre Tätigkeit nur indirekt. Es sollte stets den Anschein erwecken, sie sprächen über Stellar Best. Vor allem wenn jemand sie absichtlich belauschte, sollte derjenige zumindest keine Rückschlüsse auf die Galaktische Sicherheitsorganisation ziehen können.

Giray atmete tief durch, ehe er den kleinen Antigrav-Generator an seinem Koffer aktivierte und durch das kniehohe Gras in Richtung Ionnville marschierte. Seine Partnerin folgte ihm kurz darauf.

Die Luft roch angenehm nach Heu und Wildkräutern mit einer exotischen, erdigen Note. Alles wirkte so friedlich, doch der Schein konnte bekanntlich trügen.

*

Obwohl Ionnville über gerade einmal zweihundertfünfzig reguläre Einwohner verfügte, gab es in der beschaulichen Siedlung sogar eine kleine Herberge, in der die Besucher freundlich und unverhohlen neugierig empfangen wurden.

Natürlich wusste die Wirtin längst Bescheid, denn Stellar Best hatte »Kuröy« und »Zander« vor dem Abflug angekündigt und einen Termin mit Jeremiah Miller vereinbart. So etwas sprach sich naturgemäß schnell herum an Orten, an denen die Tage stets nach demselben Schema abliefen. Um einen Job auf Hallwa – fernab jeglicher nennenswerter Zivilisation mit all ihren Annehmlichkeiten – rissen sich gewiss die wenigsten Leute, sodass sich hier hauptsächlich jene tummelten, die das Geld dringend benötigten.

Während sich Giray im Hintergrund hielt und vorsichtig die Lage sondierte, spulte Sanders ihr einstudiertes Programm ab, indem sie eine Broschüre nach der anderen hervorholte und die unsinnigsten Baumaschinen anpries.

Joanne, wie die mittelalte, leicht untersetze Frau hieß, lächelte unentwegt und nickte zwischendurch mit einem verstörend lauten

»hmhm«. Als Liv den Monolog endlich beendete, wirkte sie erleichtert und ein wenig abwesend. Erst mit einigen Sekunden Verzögerung legte sie zwei silberne Schlüssel auf den Tresen.

Verblüfft nahm sich Giray einen davon und betrachtete die eingravierte Nummer. »So etwas hatte ich ja schon ewig nicht mehr zwischen den Fingern.«

»Weißt du überhaupt, was das ist?«, neckte ihn seine Kollegin.

»Ein Schlüssel. Offenbar wohne ich in Zimmer 002.«

»Und ich in 003.«

Er wandte sich an Joanne: »Weshalb benutzen Sie keine Zugangskarten? Ich dachte, die wären mittlerweile in allen neuen Unterkünften Standard.«

»Das hat doch Charme«, erklärte die Angesprochene. »Außerdem dienen sie sowieso nur als Deko, weil hier nichts gestohlen wird.«

Liv runzelte irritiert die Stirn. »Man kann die Türen nicht abschließen?«

»Doch, natürlich, aber Sie *müssen* das nicht tun.«

Die beiden Agenten tauschten einen Blick miteinander aus, bedankten sich und begaben sich rasch auf ihre Zimmer, die sich im Erdgeschoss befanden und an einen kurzen Korridor angrenzten. Obwohl sie welche im ersten Stock bevorzugt hätten, weil dort niemand so einfach das Innere durch die Fenster hätte einsehen können, beschwerten sie sich nicht, um nicht gleich am ersten Tag negativ aufzufallen.

*

Nachdem sie sich frisch gemacht hatten, verließen die beiden Agenten die Herberge wieder, um sich in der Siedlung umzusehen.

Vielen Menschen begegneten sie nicht, denn die meisten befanden sich zu dieser Stunde noch auf der Arbeit.

In Ionnville wurde nur wenig dem Zufall überlassen, was sich nicht nur in der Architektur widerspiegelte, sondern auch im strikten Raster, in das sich die zehn Straßen und die Gebäude einfügten. Die Einwohner bemühten sich, die Reißbrettoptik durch Blumenkästen und Fassadenbemalung aufzulockern. Manche der Kübelpflanzen erweckten jedoch einen ziemlich durstigen Eindruck.

»Sieh dir das mal an, Geralt!«, rief Sanders mit einem Mal. »Hier gibt es ein Schwimmbad mit Sauna.«

Der Angesprochene lächelte beim Anblick des amateurhaft gestalteten Schildes, das den Eingangsbereich des Gebäudes zierte. Die vielen Muschel-, Seestern und Meerjungfrauenaufkleber verdeckten einen Großteil des Schriftzugs und machten ihn dadurch unleserlich.

»Ob es hier viele Kinder gibt?«, fuhr seine Partnerin fort.

»Ich habe nicht nachgezählt, zumal sie ohnehin nicht in unseren Kundenkreis fallen.«

»Du bist dir echt für keinen Spruch zu schade.«

»He, da drüben ist eine Kneipe!« Ömer bemaß Liv mit einem amüsierten Seitenblick, wobei ihm ihre mürrische Miene nicht entging. *Im Dienst ist meine ehrgeizige Kollegin nicht zu Scherzen aufgelegt,* stellte er in Gedanken fest. »Abends trifft sich dort bestimmt das halbe Dorf. Wie wäre es später mit einem Feierabendbier?«

Bei der Aussicht auf Vergnügen verfinsterte sich ihre Miene noch weiter, doch im nächsten Moment traf sie die Erkenntnis, und ihr Gesicht hellte sich schlagartig auf. »Ich bin dabei!«

Nach vier Jahren Zusammenarbeit enttäuschte es ihn ein wenig, dass er ihr erst eine Interpretationshilfe an die Hand hatte geben müssen. *Hat sie tatsächlich geglaubt, ich hocke mich abends in die Kneipe, um die Karte durchzuprobieren?*, wunderte er sich. *Sie müsste mich mittlerweile doch besser kennen.*

Manchmal wurde er aus der Frau einfach nicht schlau, was er zugegebenermaßen recht reizvoll fand.

Liv blickte ihn fragend aus ihren braunen, mandelförmigen Augen an und sah sich dann vorsichtig auf der Straße um. Ihre Lippen formten lautlose Worte: »Ist was?«

Er schüttelte den Kopf und warf einen Blick auf sein Armbandvipho. »Gleich ist es dreizehn Uhr dreißig.« Dann ging er weiter, vorbei an dem Frisörsalon, hinter dessen Schaufenster ein flauschiger weißer Hund mit großen braunen Glupschaugen saß und genüsslich die Scheibe ableckte. Vom Ladeninhaber fehlte jede Spur.

Als die Geheimagenten die letzte der zehn Straßen erreichten, kamen ihnen endlich ein paar Passanten entgegen. Diese grüßten freundlich, und Giray nutzte die Gelegenheit, sie in ein Gespräch zu verwickeln. Dabei mimte er den unscheinbaren, etwas tollpatschigen Handelsvertreter, wobei er gleich eine Handvoll Flugblätter fallen ließ, die sich beim nächsten Windstoß bis auf die andere Straßenseite verteilten. Sofort stürzten sich die Passanten darauf wie auf Geldscheine, die sie allerdings dem Besitzer zurückgaben.

»Sie sind doch diese Handelsvertreter von Babylon, nicht wahr?«, erkundigte sich ein bebrillter, junger Mann, der den Anschein eines Ingenieurs erweckte. »Stellar Best, wenn ich mich nicht irre.«

Mit gespieltem Erstaunen zog Giray die Augenbrauen hoch. »Unsere Ankunft muss sich schnell herumgesprochen haben. Das hier ist meine werte Kollegin Lynn Zander, und ich bin Geralt Kuröy.« Daraufhin schüttelte er jedem Helfer die Hand, was für einige Irritation, aber auch Amüsement sorgte.

Die vier Passanten, drei Männer und eine Frau, stellten sich nun ihrerseits vor. Der mit der Brille hieß Joel Frake, die Frau Jenny Cole und die beiden anderen Sem Nijhuis sowie Ari Oboma. Die Namen kannte Giray von der Einwohnerliste, die er und seine Kollegin ausgiebig studiert hatten.

Es folgte einige Minuten lang die obligatorische Lobhudelei auf das beschauliche Ionnville, bevor Liv Sanders schließlich zum Kern vorstieß: »Wie kommt es, dass sich um diese Uhrzeit so wenige Menschen auf der Straße befinden? Gibt es hier keine Mittagspause?«

Fast zeitgleich entglitten für einen kurzen Augenblick allen vier Passanten die Gesichtszüge, bevor sie sich ebenso schnell wieder fingen. Die Stimmung wirkte nun allerdings bedrückt.

»Uns bereiten seit einigen Wochen die Typen aus Butterley Probleme«, erklärte Jenny Cole mit gedämpfter Stimme. »Deshalb haben viele von uns Hallwa mittlerweile verlassen.«

»So schlimm?«, hakte die GSO-Agentin mitfühlend nach.

»Sie glaubten, dass es hier spuke, weil man manchma ein mysteriöses violettes Flimmern über der Hügelkette Nähe des Tagebaus sehen kann. Kurz nach Beobachtung de nomens verschwanden eine Handvoll unserer Leute und G de.« Cole berichtete ihre Version der Geschichte, die sich weitgehend mit jener der Schweberfahrerin deckte, bloß mit umgekehrten Rollen. »Wir lassen uns aber nicht von diesen Arschlöchern vertreiben. Notfalls schieben wir Doppelschichten.«

»Ihnen muss viel an Ionnville liegen. Bestimmt können unsere Stellar-Best-Baumaschinen Sie bei diesem Vorhaben unterstützen.«

Nicht nur Cole glotzte sie daraufhin befremdet an, auch Giray verschlug es für einen Moment die Sprache, denn normalerweise war er für solche Sprüche zuständig. Dass Liv bei diesen Worten nicht einmal mit der Wimper gezuckt hatte, verblüffte ihn zusätzlich.

*

Um fünfzehn Uhr trafen sich die beiden vermeintlichen Handelsreisenden mit Jeremiah Miller im Gemeinschaftszentrum, dessen Kernstück ein Saal mit Tischen, Stühlen, einem Billardtisch und einem gewaltigen Holofernseher darstellte. Im übrigen Teil des Gebäudes befanden sich eine Küche sowie Büros.

Der Bauleiter nahm seine Gäste pünktlich in Empfang und schien sich sogar ehrlich zu freuen, auch wenn ihm Stress und Müdigkeit sichtlich ins Gesicht geschrieben standen. Er führte sie sogleich in sein Büro, wo zwei gemütliche, cremefarbene Besuchersessel bereitstanden. Kaum hatten sich Giray und Sanders gesetzt, bot er ihnen routiniert eine Tasse Kaffee an, den er am Vollautomaten in der Zimmerecke zog. Ein herrliches Aroma erfüllte den Raum.

Derweil packten Giray und Sanders ihre Broschüren und Kataloge aus, an denen Miller tatsächlich interessiert zu sein schien. Immer wieder erkundigte er sich nach Details zu diversen Baumaschinen, die ihm Liv ohne zu zögern lieferte. In Girays Augen gab sie nicht nur optisch eine äußerst überzeugende Handelsvertreterin ab. Die Begeisterung, die sie ins Verkaufsgespräch legte, steckte Miller zusehends an. Womöglich würde der Mann am Ende am liebsten den gesamten Bestand aufkaufen wollen, wenn er so viel Geld besessen hätte.

Dabei wusste der GSO-Agent, dass die Maschinen entweder komplett unsinnig oder völlig überteuert waren, sodass niemand, der sich auskannte, eine davon erwerben würde. Hatte sich der »Bürgermeister« etwa in die Agentin verguckt?

Eine Stunde später fiel Millers Blick eher zufällig auf die Wanduhr. »Schon vier Uhr?«, rief er erstaunt. »Wie die Zeit vergeht! Wir wollten doch noch zum Tagebau fahren.«

Per Armbandvipho orderte er einen Schweber, mit dem sie zum zwei Kilometer entfernten Ziel fuhren. Der Fahrer, Daniel Beams, beäugte die beiden Besucher immer wieder durch den kleinen Spiegel über dem Steuerpult, mit dem er den Fond einsehen konnte.

Offenbar gehört er zur misstrauischen Sorte, mutmaßte Giray in Gedanken, wobei er dem Mann nicht allzu viel direkte Aufmerksamkeit widmete. Nur hin und wieder lächelte er ihn aufmunternd an, woraufhin dessen Blick schnell wieder nach vorne zuckte. *Bestimmt weiß er, dass wir in Butterley gelandet sind, und hält uns womöglich für Nordvists Spione.*

Die Unterhaltung mit Jeremiah Miller geriet mehr und mehr ins Stocken. Nicht einmal Liv Sanders gelang es, den Bauleiter bei der Stange zu halten. Irgendetwas schien ihn abzulenken.

Am Tagebau angekommen stiegen Giray, Sanders, Miller und Beams aus. Obwohl die Agenten die Dimensionen der Grube aus ihren Unterlagen kannten, wirkte sie ziemlich klein, eher wie ein Loch im Boden. Unten in zwanzig Metern Tiefe liefen ein Mann und eine Frau mit Datenfolien zwischen vier parkenden Transportschwebern herum. Ein fünfter fuhr gerade aus dem Schacht an der östlichen Wand heraus.

»Ich dachte, beim Tagebau wird der Boden oberflächlich abgetragen«, bemerkte Liv erstaunt.

»Das stimmt normalerweise auch«, bestätigte Miller. »Allerdings haben unsere Prospektoren dort drüben eine größere Ansammlung von Bodenschätzen lokalisiert, die sich unter einer ungünstigen Stein-Lehm-Mischung verbirgt. Das Abräumen würde deutlich länger dauern, und möglicherweise würde dabei ein Teil des Erzes auf die Außenkippe gelangen. Sie müssen wissen, dass es sich um einen äußerst seltenen Rohstoff handelt, den wir quasi in Kleinarbeit sammeln wie damals die Goldwäscher.«

»Haben Sie schon einen Blick auf unseren SuperCollector 3000X auf Seite sechsundzwanzig geworfen?«

»Ja, den fand ich durchaus interessant, jedoch zu klein für unser Vorhaben. Auf fünfhundert Gramm Erz kommen durchschnittlich 1,8 Tonnen Abraum. Wir müssten uns Dutzende dieser Maschinen hinstellen, um das zu erreichen, was wir momentan mehr oder weniger in Handarbeit erledigen. Ich bezweifle, dass mein Arbeitgeber das bezahlen möchte.«

»Uns ist zu Ohren gekommen, dass Sie momentan einen Engpass an Mitarbeitern verzeichnen«, warf Giray ein.

Miller stutzte. »Wie … kommen Sie denn darauf?«

»Als wir vorhin einen Spaziergang unternahmen, begegneten wir einigen Passanten, die uns über die mysteriösen Vorkommnisse berichteten, die in jüngster Zeit Ionnville heimgesucht haben.«

»Ach, schenken Sie diesen Geschichten keine Beachtung! Die Leute übertreiben völlig.«

»Was genau ist denn passiert, wenn ich fragen darf?«

»Die Butterleyer erlauben sich ein paar harmlose Scherze mit uns. Das gibt sich aber wieder.« Der Bauleiter linste nervös in die Grube hinunter, Giray und Sanders folgten seinem Blick.

»Ist dort irgendetwas?«, hakte die Agentin vorsichtig nach.

Er schüttelte hastig den Kopf und bedeutete seinen Gästen, ihm zu folgen. Während Daniel Beams oben blieb, gingen sie den Pfad hinunter und schauten sich dort unten um. Die Frau, die sie von oben gesehen hatten, brachte ihnen Helme, sodass sie auch dem Schacht einen Besuch abstatten konnten.

Die vermeintlichen Handelsreisenden machten sich Notizen und erklärten, dass diese relevant für Versicherungsfragen seien, was Miller auch gar nicht hinterfragte. Immer wieder schaute er auf sein Armbandvipho.

»Kommen wir vielleicht ungelegen?«, erkundigte sich Giray.

Der Bauleiter schüttelte den Kopf. »Entschuldigen Sie bitte mein Verhalten. Ich bin momentan ein wenig durch den Wind wegen der Butterley-Sache. Wir haben jüngst Biospürer installiert, doch die funktionieren nicht richtig. Entweder sie sind defekt oder die Anleitung war unpräzise. Jetzt warten wir auf einen Techniker, den uns die Junction Mining Corporation mit dem nächsten Raumschiff von Terra schickt.« Hoffnungsvoll sah er seine beiden Gäste an. »Sie kennen sich nicht zufällig damit aus?«

»Bedaure, so etwas produziert Stellar Best leider nicht.« Liv schenkte Miller ein verständnisvolles Lächeln.

»Schade.«

»Wozu brauchen Sie denn Biospürer?«

»Wegen der Butterleyer, die ständig versuchen, unsere Maschinen zu sabotieren. Sind Sie eigentlich schon Sibi Nordvist begegnet?«

»Wem?«

»Der ›Bürgermeisterin‹ von Butterley.«

»Nein, sind wir nicht.«

»Ich weiß, dass Sie beide auf Hallwa lediglich Ihre Produkte loswerden wollen, und ich sehe bestimmt kein Problem darin, wenn Sie Ihr Glück auch bei der Konkurrenz versuchen.«

»Vielen Dank, aber wieso erwähnen Sie diese Miss Nordvist?«

»Weil sie dafür verantwortlich ist, dass meine Leute in Scharen den Planeten verlassen. Wegen ihr sind wir zudem im Rückstand mit der Erzgewinnung. Wenn das so weitergeht, schließen meine Vorgesetzten diesen Standort, weil er sich nicht mehr rentiert. Zu allem Überfluss unterstellt uns die alte Hexe, wir würden ihre Leute entführen und ihre Häuser in Luft auflösen. Das ist doch völlig absurd, finden Sie nicht?« Mit einem Mal sprudelten die Worte nur so aus Miller heraus, der angestaute Frust der letzten Wochen.

An Sibi Nordvist ließ er kein gutes Haar, und die GSO-Agenten mussten nichts weiter tun, als zu nicken, um an die gewünschten Informationen zu gelangen. Viel Neues erfuhren sie allerdings nicht.

»Ich glaube, sie versucht, von ihren eigenen Verbrechen abzulenken«, schloss Miller seine Tirade ab. »Anders kann ich mir nicht erklären, weshalb sich *unsere* Leute und *unsere* Gebäude in Luft auflösen.«

»Haben Sie schon Beschwerde eingereicht oder sich an Behörden gewandt?«

»Ich schrieb mehrere Nachrichten nach Terra sowie eine zu Nordvists Chef bei Stellar-Mining. In der Antwort stand, dass man sich darum kümmern würde. Bisher habe ich davon aber nichts bemerkt. Zwar verzichten die Butterleyer nun darauf, unsere Generatoren sowie Maschinen zu manipulieren und die Stromleitungen und Rohre durchzusägen, doch erst vor vier Tagen hat sich schon wieder ein Gebäude in Luft ausgelöst – einfach weg, als hätte es nie existiert. Auf dem Grundstück wächst üppiges Gras.« Miller stöhnte verzweifelt. »Ich weiß wirklich nicht mehr weiter. Mittlerweile habe ich den Überblick verloren, weil sich kaum noch jemand abmeldet. Ich habe keine Ahnung, ob Plava, Sanchez, Thorpe und Johnson zusammen mit dem Haus verschwunden sind oder ob sie einfach nur abgereist sind. Die Leute springen einfach in den nächstbesten Raumer, der sie von Hallwa fortbringt.« Der Bauleiter verstummte. Einige Sekunden lang erfüllten bloß seine tiefen, schweren Atemgeräusche den ansonsten ruhigen Schacht. Er warf einen neuerlichen Blick auf sein Armbandvipho, als ob er auf irgendetwas warten würde, das jedoch nicht eintraf.

»Jemand hat uns von einem Flimmern über den Hügeln erzählt«, tastete sich Giray schließlich an ein anderes Thema heran. »Immer wenn es auftrat, seien am nächsten Morgen ein Gebäude mitsamt seinen Bewohnern fort gewesen.«

»Das Phänomen habe ich auch schon beobachtet, allerdings bezweifele ich, dass ein Zusammenhang besteht. Manche meiner Leute vermuten mittlerweile, dort spuke es. Andere behaupten, die Butterleyer verfügen über eine Geheimwaffe. Ich glaube jedoch, es handelt sich um eine Art Polarlicht. Wir sind leider noch nicht dazu gekommen, entsprechende Messungen an der Magnetosphäre vorzunehmen.«

»Haben Sie die Hügel bereits untersucht?«

»Ja, und nichts gefunden.«

»Keinerlei Spuren, die die Theorie einer Geheimwaffe unterstützt?«

Miller zuckte mit den Schultern und schüttelte den Kopf. »Nichts dergleichen, und wir haben die Hügel mehrfach an verschiedenen Tagen durchkämmt. Einmal angenommen, das violette Flimmern deutet tatsächlich auf den Standort einer wie auch immer gearteten Maschine hin, dann müsste die alte Hexe ganz schön blöd sein, sie ausgerechnet dort zu platzieren. Hinter den Hügeln liegt nämlich ihre Siedlung.«

»Das ergibt Sinn«, räumte Giray ein.

»Ich würde diese Lichterscheinung unheimlich gern einmal sehen«, flötete Liv Sanders.

»Bis zum nächsten Eintreffen des Raumschiffes, das Sie nach Babylon zurückbringt, vergehen noch ein paar Wochen«, antwortete Miller. Seine Stimme wirkte mit einem Mal kühl. »Vielleicht haben Sie Glück.«

Nachdem alles besprochen war, verließen die drei den Schacht wieder, in dem sie ohnehin nur herumgestanden hatten, ohne sich etwas Nennenswertes anzuschauen. Giray fragte sich, ob der Bauleiter momentan ein wenig zerstreut war oder ob er nach dem Gespräch über seine verschwundenen Leute die Lust verloren hatte, sich mit den Mitarbeitern und Produkten von Stellar Best auseinanderzusetzen.

*

Nach der Rückkehr nach Ionnville liehen sich die beiden GSO-Agenten mit Jeremiah Millers Erlaubnis einen Schweber, mit dem sie zu den Hügeln fuhren. Natürlich nahmen sie ihre Aktentaschen mit, die nun jedoch nicht mehr mit Broschüren, sondern mit allerlei technischen Gerätschaften gefüllt waren, um der Ursache des Lichtphänomens hoffentlich auf die Spur zu kommen.

In den Abendstunden lagen die Temperaturen bei milden fünfzehn Grad. Die Sonne neigte sich dem Horizont entgegen, färbte den fliederfarbenen Himmel rötlich, und der Wind kämmte sanft durch das Gras. Liv sog die frische Luft tief in ihre Lunge, was ihr Kollege nicht unkommentiert ließ: »Na, bereust du es immer noch, dass uns unser Chef hierher geschickt hat?«

Als sie ihn ansah, legte sich ein goldener Schimmer über ihre linke Gesichtshälfte. Ihre Mangelaugen glühten wie dunkle Bernsteine, wo das Sonnenlicht seitlich auf die Iris traf. »Ich versuche, das Beste aus der Sache zu machen.«

»Meinst du, wir entdecken etwas?«

»Lass es uns herausfinden!« Mit diesen Worten ließ sie ihn und den Schweber hinter sich und stapfte den ersten Hügel hinauf, der sich wie eine Beule aus der Graslandschaft erhob. Oben angekommen legte sie ihre flache Hand an die Stirn und ließ ihren Blick, vor der direkten Sonneneinstrahlung abgeschirmt, über die weitläufige Landschaft schweifen. Einzig die Gebäudeansammlung in drei Kilometern sowie der Tagebau in wenigen hundert Metern Entfernung störten den Eindruck unberührter Natur.

Giray schloss rasch zu Sanders auf. Sein linkes, künstliches Auge konnte nicht nur im erweiterten Spektrum »sehen«, sondern ließ sich auch als Teleskop einsetzen. Er hatte es im November 2057 in der Cyborg-Station im Brana-Tal auf Terra erhalten, nachdem er in einem von Achmed Gezmec angezettelten Aufruhr schwer verletzt worden war. Der Verlust eines Körperteils oder gar des eigenen Lebens gehörte zum Berufsrisiko eines Geheimagenten, und beklagen konnte er sich nicht, denn optisch unterschied sich das neue Auge nicht von seinem verlorenen. Dcs Weiteren verfügte er seit 2062 über einen dicht unter der Haut platzierten Datenspeicher, der Bilder seines Augenimplantats festhalten und bei Bedarf drahtlos weitergeben konnte.

Selbstverständlich erwartete Giray nicht, sofort bei der Ankunft etwas Relevantes zu entdecken, denn sonst hätte Bernd Eylers ihn und seine Kollegin nicht nach Hallwa geschickt. Trotzdem blickte er sich sorgfältig um, nahm jedes noch so kleine Detail auf, bevor er schließlich seinen mit einem Messaufsatz bestückten Hand-Suprasensor hervorholte. Er schaltete ihn ein, wischte »Geralt Kuröys« Terminplaner fort und öffnete ein Textprogramm, in das er einen bestimmten Satz eingab und auf »bestätigen« drückte. Sofort wechselte das Gerät in den GSO-Modus, der den Zugriff auf die von der Galaktischen Sicherheitsorganisation vorgenommenen Modifikationen erlaubte. Nun konnte er den Messaufsatz mit dem dazugehörigen Analyseprogramm nutzen.

Als Giray den Kopf hob, nahm seine Kollegin bereits mit ihrem Hand-Suprasensor die ersten Messungen in der näheren Umgebung vor. Eine Weile gingen die beiden von Hügel zu Hügel. Außer Gras und kleinerem Buschwerk wuchs hier nichts.

Weil Sanders' Hand-Suprasensor auch nach einer Stunde noch immer keinerlei ungewöhnliche Energiesignaturen oder Anomalien in der Luftzusammensetzung registriert hatte, steckte die Agentin das Gerät ein, holte einen kleinen Probennehmer mit offener Nutspitze heraus und stach damit in den Boden. Das Werkzeug verfügte über eigene Sensoren, die drahtlos Informationen an ihren Suprasensor sendeten. Das tat sie ein paarmal an mehreren Stellen.

»Schade!«, meinte Liv, als sie zwanzig Minuten später die Ergebnisse ablas. Sie raffte sich auf und klopfte sich Graspollen von der schwarzen Hose. Anschließend hob sie ihren Agentenkoffer auf. »Ich hatte gehofft, meine Theorie würde sich bestätigen, dass es sich bei dem Lichtphänomen um Gasexplosionen handeln könnte, ähnlich Irrlichtern. Wie sieht es bei dir aus?«

Giray berührte auf dem Bildschirm seines Hand-Suprasensors das Feld zur Rückkehr der kleinen, ferngesteuerten Drohne, die in diesem Augenblick mehrere Luftproben in einer Höhe zwischen zehn und zweihundert Metern sammelte. Als sie nahezu geräuschlos vor ihm schwirrte wie eine flügellose Libelle, nahm er sie vorsichtig zwischen die Finger und legte sie in die dazugehörige Schachtel zurück. Nachdem er diese in seinem Aktenkoffer verstaut hatte, ging er noch einmal die Messergebnisse auf seinem Miniaturrechner durch. »Alles normal. Es hätte mich allerdings auch gewundert, wenn wir irgendetwas entdeckt hätten.«

»Tatsächlich?«, hakte Sanders ungläubig nach. »Ich erwarte immer etwas von meinen Untersuchungen, sonst kann ich sie mir nämlich sparen.«

»Natürlich erwarte auch ich etwas. Beispielsweise ging ich davon aus, dass sowohl Miller als auch Nordvist eigene Messungen vorgenommen haben. Hätten wir etwas gefunden, läge die Vermutung nahe, dass sie uns entweder etwas verheimlichen oder inkompetent sind.«

»Wann hat Miller denn Messungen erwähnt?«

»Gar nicht, doch als jemand, der beruflich ständig damit zu tun hat, wird er als Allererstes mit seinen Instrumenten ausgerückt sein, um die seltsamen Phänomene zu untersuchen, oder nicht?«

»Inkompetenz können wir sicherlich ausschließen, denn die Junction Mining Corporation beschäftigt wohl kaum einen Nichtskönner als Bauleiter«, erwiderte Liv nachdenklich. »Dass er uns etwas verheimlicht, glaube ich allerdings auch nicht. Natürlich könnte es sich um ein Ablenkungsmanöver handeln, doch um diese Theorie zu verfolgen, müssten wir zunächst Sibi Nordvist auf den Zahn fühlen. So sehr wie die beiden sich zu hassen scheinen, bezweifele ich, dass sie unter einer Decke stecken, obgleich wir nichts ausschließen sollten. Ich denke, entweder ist einer von beiden der Verantwortliche, oder es gibt tatsächlich einen dritten Akteur in diesem Spiel. Wie siehst du das?«

Giray sog tief die sich merklich abkühlende Abendluft durch die Nasenlöcher ein. »Da wir erst vor wenigen Stunden auf Hallwa gelandet sind, möchte ich nicht zu viel herumspekulieren, aber grundsätzlich teile ich deine Einschätzung. Ich bin gespannt, ob in den kommenden Tagen irgendjemand Neues in Erscheinung tritt, den wir momentan noch nicht auf dem Schirm haben.«

*

Ömer Giray und Liv Sanders kehrten vor Einbruch der Dunkelheit nach Ionnville zurück. Nachdem sie sich in den Badezimmern, die an ihre jeweiligen Zimmer angrenzten, frisch gemacht hatten, begaben sie sich in die örtliche Kneipe, in der zu ihrem Erstaunen reges Treiben herrschte. Zum Glück entdeckten sie am Tresen noch zwei freie Hocker, auf die sie sich setzten.

Die Getränkekarte bot eine übersichtliche Auswahl, doch es befand sich »Ionnviller Bier« darauf – offenkundig eine lokale Spezialität, die entsprechend kostete. Die beiden vermeintlichen Handelsreisenden bestellten sich jeweils eine kleine Flasche.

Der Schankraum glich weitgehend dem Saal im Gemeinschaftszentrum: die gleichen Stühle, die gleichen Tische, der gleiche Bodenbelag. Nur durch das gedimmte Licht sowie die rostroten Wände, an denen bizarre Poster hingen, unterschieden sie sich.

Auf einem der Poster stand »I want to believe«.

Im Hintergrund spielte in angenehmer Lautstärke Country-Musik, ein Genre, das sich selbst im Jahr 2074 noch großer Beliebtheit erfreute, aber nicht recht zur modernen, sauberen Umgebung passen wollte.

Giray und Sanders stießen an und probierten das kühle Bier, das sie jeweils zehn Credits gekostet hatte, direkt aus der Flasche. Zu ihrer Enttäuschung schmeckte es ganz gewöhnlich, eher wie welches, das es für zwei Credits im Sechserpack auf Babylon gab.

»Falls das wirklich eine lokale Spezialität sein soll«, raunte Sanders ihrem Kollegen zu, »dann frage ich mich, wo sie den Hopfen und das Getreide für den Malz anbauen.«

Er zuckte mit den Schultern. »Hier in der Umgebung jedenfalls nicht.« Anschließend trank er einen weiteren Schluck aus der Flasche, nicht zu viel, denn er befand sich noch im Dienst – wie immer.

»Na, schmeckt's?« Endlich wagte der erste Einwohner einen Kontaktversuch mit den Besuchern beziehungsweise mit Liv, die an diesem Abend eine fliederfarbene Bluse trug, die eine Nummer zu klein wirkte und daher ihre üppigen Brüste besonders gut zur Geltung brachte.

In all den Jahren der Zusammenarbeit hatte Giray nie herausgefunden, ob seine Partnerin ihre Kleidung absichtlich in dieser Größe kaufte. Glücklicherweise konnte er sich im Gegensatz zu manch anderem Mann der hypnotischen Wirkung ihrer Wölbungen entziehen. Amüsiert verfolgte er das Schauspiel aus dem Augenwinkel heraus.

»Ich bin noch unentschlossen«, antwortete Liv dem Mann, der sich sofort als Dale vorstellte.

Der hochgewachsene Mann mit den zugegebenermaßen sehr hübschen Augen, aber ansonsten ziemlich nichtssagendem Gesicht begann, ungefragt Getränkeempfehlungen auszusprechen.

»Das steht aber gar nicht auf der Karte«, bemerkte die angebliche Baumaschinenverkäuferin.

Er schlug sich gegen die Stirn, rollte mit den Augen und grinste. »Typisch Hallwa, am Arsch des Universums! Ich fürchte, ich bin zu sehr verwöhnt von Eden.«

»Sie waren auf Eden?«

»Klar, meine Verwandtschaft wohnt dort.«

»Was um alles in der Welt verschlägt sie dann hierher?«

»Die Jobaussichten. Man muss sich ja irgendwo hocharbeiten. Nach dem Studium fing ich bei der Junction Mining Corporation an, doch irgendwie ging es all die Jahre nicht voran. Terra wurde mir zu langweilig, also bewarb ich mich für dieses Projekt und wurde prompt genommen.«

»Sind Sie zufrieden?«

»Ich bin noch unentschlossen.« Er zwinkerte ihr zu.

Liv lachte. »Das ist ungerecht.«

»Schmeckt dir das Bier?«

Sie linste verstohlen zum Wirt, der in diesen Sekunden gut gefüllte Gläser zu einem Tisch am anderen Ende des Schankraums brachte. »Es ist nicht das, was ich mir unter einem Zehn-Credits-pro-Pulle-Vergnügen vorgestellt hatte.«

»Ähnlich geht es mir mit Hallwa. Am Anfang fand ich alles unglaublich interessant, weil sich noch alles im Aufbau befand. Doch kaum waren die Arbeiten abgeschlossen, kehrte der gleiche Alltagstrott wie auf der Erde ein, bloß dass es hier noch viel weniger Freizeitmöglichkeiten gibt als dort, um sich abzulenken.«

»Empfinden Sie das jetzt noch genauso?«

Obwohl Giray nur den Rücken seiner Kollegin sah, konnte er sich gut vorstellen, mit welch verführerischem Blick sie ihr Gegenüber gefangen nahm. *Gleich erzählt er ihr bestimmt von den unheimlichen Ereignissen,* dachte er spöttisch, *versichert ihr aber, zu den Starken zu gehören.*

Dale rieb sich nachdenklich das glattrasierte Kinn. »In letzter Zeit wird Ionnville regelmäßig von Turbulenzen heimgesucht. Haben Sie schon davon gehört?«

»Ein bisschen«, antwortete Sanders vage und bot ihm damit genug Raum, seine Version der Geschichte vorzutragen, was er auch prompt tat. Sie unterschied sich lediglich in Details von den anderen. Auch er trug teilweise absurde Theorien vor, verdächtigte die Menschen in Butterley, allen voran natürlich Sibi Nordvist, »die alte Hexe«. Es schien, als ob gar kein anderer dafür infrage käme.

Ob es beim ›Feind‹ genauso aussieht?, wunderte sich Giray. *Bestimmt hören wir dort genau die gleichen Geschichten. Ich hoffe, wir werden bald selbst einmal zu Augenzeugen der seltsamen Vorkommnisse, ansonsten ist das hier wohl eher ein Fall für Psychologen als für GSO-Agenten.*

Mit der Zeit beteiligten sich weitere Anwesende an der Diskussion. Wilde Verschwörungstheorien wurden bei reichlich Bier zum Besten gegeben, die Konkurrenzfirma willkürlich beschuldigt. Während Liv aufmunternd durch die Gegend lächelte und die Leute zum Reden brachte, versuchte Giray, neue beziehungsweise relevante Informationen aus den Schimpftiraden zu filtern. Obwohl er rasch begriff, dass sich die Leute lediglich gegenseitig hochschaukelten in ihrer Wut und die Geschichten immer abenteuerlicher wurden, je mehr Alkohol floss, schaltete er nicht auf mentalen Durchzug, sondern hörte bis zum Schluss aufmerksam zu.

Gegen dreiundzwanzig Uhr Ortszeit verabschiedeten sich »Lynn Zander« und »Geralt Kuröy« und verließen die Kneipe. Draußen atmeten sie tief durch, tauschten bloß einen vielsagenden Blick miteinander aus und begaben sich anschließend zum Rand der Siedlung. Dort starrten sie in die Nacht hinaus, in die Richtung, in der sich in der Ferne die finsteren Hügel wie ein Scherenschnitt über dem Horizont erhoben. Am Firmament leuchteten Abertausende von Sternen sowie der kleine Mond Hallwas – ein vor Jahrhunderttausenden in die Umlaufbahn des

Planeten geratener Asteroid, gerade groß genug, um ihn nicht mit einem Stern zu verwechseln.

Die beiden Agenten spazierten eine Weile durch die Nacht. Gefährliche Tiere gab es hier draußen nicht, also hatten sie auch nichts zu befürchten, außer vielleicht im hohen Gras zu stolpern und sich ein Bein zu brechen. Sie beobachteten insbesondere den Himmel über der Hügelkette, doch dort blieb alles ganz normal.

Um etwa zwei Uhr morgens kehrten sie schließlich in die Herberge zurück. Möglicherweise würden sie in der kommenden Nacht mehr Glück haben.

3.

»Weshalb reisen Sie schon ab?« Jeremiah Miller machte aus seiner Abneigung keinen Hehl, obgleich er tags zuvor noch getönt hatte, dass er kein Problem darin sehe, dass Stellar Best auch mit der Konkurrenz Handel betrieb.

»Wir würden unheimlich gerne bleiben«, versicherte Liv Sanders, »doch den Termin mit Miss Nordvist haben unsere Vorgesetzten bereits vor Wochen arrangiert.«

»Werden Sie *dort* bleiben?«

»Nein, wir kehren heute Abend zurück. Schließlich haben wir doch Zimmer in Ihrer beschaulichen Herberge.«

Diese Information schien Miller temporär zufriedenzustellen. Er stellte seinen Gästen sogar einen Leihschweber zur Verfügung, mit dem sie nach Butterley aufbrachen.

*

Sibi Nordvist entpuppte sich als reservierte Person, die es offenkundig gewohnt war, die Kontrolle über alles zu besitzen. Ihren Miniatur-Hand-Suprasensor hielt sie andauernd in der Hand, und wenn sie ihn ausnahmsweise einmal auf ihrem Schreibtisch ablegte, so warf sie hin und wieder einen dezenten Blick auf ihr Armbandvipho, das garantiert in drahtloser Dauerverbindung mit ihrem HS stand.

Optisch entsprach die Mitte-Vierzigerin so gar nicht Jeremiah Millers Beschreibung. Sie besaß ein sehr elegant geschnittenes Gesicht, trug dezentes Make-Up, das ihre Züge vorteilhaft betonte. Das dominante, dunkle Brillengestell umrahmte ihre algengrünen Augen. Nordvist strahlte Seriosität und Kompetenz aus, was nicht zuletzt an der für Girays Geschmack etwas zu streng gebundenen, kastanienbraunen Hochsteckfrisur lag. Wie eine Hexe sah sie trotzdem nicht aus, schon gar nicht wie eine alte.

Die beiden vermeintlichen Handelsreisenden zogen ihr einstudiertes Programm durch, indem sie Baumaschine nach Baumaschine präsentierten. Sanders übernahm dabei den größten Part, denn sie kannte sich in der Materie am besten aus.

Tatsächlich zeigte Nordvist zwischendurch Interesse, stellte Detailfragen, woraufhin eine fachsimpelnde Diskussion losbrach, bei der Giray lieber schwieg.

Ob die Bauleiterin uns testet?, grübelte er, während er das Gespräch verfolgte. Sein Respekt vor seiner Kollegin wuchs mit jeder Sekunde. *Mich hätte sie schon vor Minuten als ahnungslos entlarvt. Wie viele Stunden hat Liv wohl mit dem Auswendiglernen dieses Mists verbracht?*

»Und Sie sind sich sicher, dass diese Maschine keine Fehlkonstruktion ist?«, hakte Nordvist skeptisch nach, während sie mit gerunzelter Stirn die Informationen auf der Datenfolie inspizierte.

»Wir erhalten ausschließlich positive Rückmeldung von unseren Kunden«, behauptete Sanders gelassen. »Sie kann sogar mit dem Collection Assistent gekoppelt werden, eine überaus beliebte Kombination.«

Die Bauleiterin wirkte nicht überzeugt, weshalb Giray beschloss, dass es an der Zeit war, die Aufmerksamkeit auf ein anderes Thema zu lenken. »Mister Miller hat bereits eine bestellt.«

»Miller? Das glaube ich gerne«, erwiderte Nordvist abfällig. Sie wischte zur nächsten Abbildung.

»Sie halten nicht viel von ihm, oder?«

Sie hob den Blick, öffnete ihre Lippen einen Spalt. Sie schien unschlüssig zu sein, ob sie wirklich etwas sagen sollte, doch die Worte brannten ihr bereits sichtlich auf der Zunge. »Stimmt«, gab sie schließlich zu, und als ihre Gäste sie einige Atemzüge lang erwartungsvoll angestarrt hatten, sprudelte mit einem Mal alles aus ihr heraus: Sie beklagte sich über Jeremiah Millers Inkompetenz, seine Dreistigkeit und Hintertriebenheit, seine Rachegelüste, die nur darauf ausgelegt waren, ihr und Butterley zu schaden. »Er erträgt es einfach nicht, dass wir von Stellar-Mining erfolgreicher sind als er.«

Sanders nickte verständnisvoll, aber ihr Kollege wollte mehr wissen: »Warum verschwenden Sie überhaupt einen Gedanken an diesen Mann? Er könnte Ihnen doch völlig egal sein.«

»Das könnte er in der Tat«, stimmte Nordvist zu. »Allerdings treibt er seit geraumer Weile ein hinterhältiges Spiel mit uns. Über Nacht lässt er Menschen und Gebäude aus Butterley verschwinden, als ob diese niemals existiert hätten.«

»Davon haben wir schon gehört.«

Die Augen der Bauleiterin blitzten. »Natürlich streitet er ab, etwas damit zu tun zu haben.«

»Angenommen, er ist wirklich dafür verantwortlich, was bringt ihm dieser Aufwand? Wenn alles auffliegt, schadet er doch nicht nur seinem Arbeitgeber, sondern auch sich selbst. Möglicherweise landet er sogar im Knast.«

»Das frage ich mich auch schon die ganze Zeit. Sie haben doch mit ihm geredet, oder nicht?« Nordvist sah Giray und Sanders, die ihr gegenüber saßen, abwechselnd mit durchdringendem Blick an.

»Wir hatten gestern einen Termin bei ihm«, bestätigte der Agent. Er ahnte, dass sich Nordvist nicht zum Narren halten ließ. Wahrscheinlich konnte sie sich bereits denken, wie das Gespräch mit Miller verlaufen war. »Um ehrlich zu sein, erzählte er uns ziemlich genau das Gleiche, bloß dass in seiner Geschichte Sie die Böse waren.«

Nordvist schürzte kurz die Lippen. »Das überrascht mich nicht.«

»Was ist denn aus den verschwundenen Menschen geworden?«, hakte Sanders nach. »Sind sie mittlerweile wieder aufgetaucht?«

»Bislang fehlt von ihnen jede Spur. Vor Wochen habe ich die Behörden auf Babylon informiert, aber nicht ein einziger Ermittler hat sich hier blicken lassen.«

»Glauben Sie, dass sie noch am Leben sind?«

»Darüber möchte ich nicht nachdenken. Ich hoffe es einfach – für uns und vor allem auch für Miller.«

»Wieso für ihn?«

»Nun, ich halte ihn zwar für den letzten Volltrottel auf diesem Planeten, doch nicht für so dämlich, dass er anfängt, im Eifer des Gefechts Menschen zu ermorden.«

»Sie denken, er …« Sanders ließ die Frage unausgesprochen im Raum stehen.

»Keine Ahnung, was ich denken soll«, entgegnete Nordvist mit einem resignierenden Schulterzucken. »Ich frage mich, warum ich Ihnen das überhaupt alles erzähle. Da müssen wohl die Pferde mit mir durchgegangen sein. Ich hoffe, Sie können mir diesen kleinen Fauxpas verzeihen.«

»Ach, machen Sie sich darum keine Sorgen! Ihre Geschichte fasziniert uns sehr.«

»Tatsächlich? Wäre ich an Ihrer Stelle, würde sie vermutlich kindisch auf mich wirken.«

»Warum sollte sie?«

»Wie würden Sie das beurteilen, wenn der neidische Konkurrent damit beginnt, die Maschinen und Generatoren des erfolgreicheren zu sabotieren?«

»Das hat er getan?«

»So fing alles an. Offenkundig genügte ihm das rasch nicht mehr, als er merkte, dass der Geschädigte auch zurückschlagen kann.«

»Bedeutet das, Sie haben sich an ihm gerächt?«

Nordvist winkte ab. »Harmlose Aktionen. Davon abgesehen, seitdem er uns vor einem Monat die Grube geflutet hat, haben wir auf weitere Gegenmaßnahmen verzichtet. Irgendwann muss der ganze Kindergarten ja mal ein Ende haben. Es scheint, als ob er nicht willens war, dieses Friedensangebot anzunehmen.«

Mit einem Mal durchzuckte Giray ein Gedanke: *Könnte es sein, dass sie uns absichtlich ihre Sicht der Dinge so ausführlich darlegt in der Hoffnung, dass wir Miller haarklein über dieses Treffen berichten? Das würde erklären, weshalb sie uns nicht ein einziges Mal danach gefragt hat, warum wir ausgerechnet in Ionnville übernachten statt in Butterley.*

Sie schwieg eine Weile, ehe sie fortfuhr: »Ich bezweifele, dass er meine Leute irgendwo gefangen hält.« Was sie damit durch die

Blume zum Ausdruck bringen wollte, konnten sich ihre Besucher denken, doch die wollten auf den haltlosen Anschuldigungen nicht länger herumreiten.

»Übrigens glauben die Ionnviller, dass das Verschwinden der Leute mit dem mysteriösen violetten Flimmern über den Hügeln in Zusammenhang steht«, griff Sanders einen anderen Aspekt der Geschichte auf. »Zwar waren wir gestern Nacht draußen, doch leider haben wir es nicht beobachten können. Was ist mit Ihnen?«

»Ich habe gestern Nacht tief und fest geschlafen«, antwortete Nordvist kurz angebunden.

Die GSO-Agentin lächelte entschuldigend. »Eigentlich wollte ich wissen, ob sie die Lichterscheinung schon einmal gesehen haben.«

»Ja, zweimal, aber ich weiß nichts darüber. Untersuchungen haben keinen Aufschluss darüber gegeben. Warum stellen Sie mir eigentlich so komische Fragen? Ich dachte, Sie wollen mir Ihre Maschinen aufschwatzen.«

Da die Bauleiterin allmählich ungehalten wurde, beschloss Ömer Giray, die Gesprächsführung zu übernehmen. Erfahrungsgemäß wirkte er mit seiner gelassenen Art auf viele Menschen beruhigend. »Entschuldigen Sie bitte, falls wir zu aufdringlich gewirkt haben sollten. Das lag keineswegs in unserer Absicht. Leider verlangt unsere Firmenpolitik, dass wir wegen Haftungsfragen unserer Versicherung auch eine Risikoeinschätzung beim Kunden betreiben, um ein Verlustgeschäft möglichst auszuschließen.«

Nordvist musterte den unscheinbaren, schwarzhaarigen Mann mit dem Pferdeschwanz und dem gestutzten Kinnbart eine Weile, als ob sie in dem vertrauenerweckenden Gesicht ihres Gegenübers einen Hinweis auf eine Lüge oder einen Betrug suchen würde.

»Nun«, sagte sie schließlich, »das leuchtet mir durchaus ein. Allerdings müssen Sie mich jetzt leider entschuldigen. Ich habe noch einen Termin. Ihre Broschüren dürfen Sie aber gerne hierlassen. Eventuell komme ich später darauf zurück.«

»Absolut! Wir wollen Ihre kostbare Zeit nicht länger als nötig in Anspruch nehmen. Dürfen wir uns denn schon einmal auf dem

Gelände umsehen, um eine erste Risikoeinschätzung zu erstellen?«

»Selbstverständlich. Ich schicke Ihnen gleich jemanden, der sich um Sie kümmert.« Mit diesen Worten griff sie demonstrativ zu ihrem Hand-Suprasensor, der die ganze Zeit über in Griffweite gelegen hatte.

Giray und Sanders verstanden den Wink mit dem Zaunpfahl und verließen das Büro.

*

Im Anschluss an das Treffen mit Nordvist fuhren die beiden GSO-Agenten mit dem Schweber zum hiesigen Tagebau. Dort wollten sie sich zunächst einen groben Überblick verschaffen, wie sie es auch in Ionnville getan hatten. Nach wie vor ergab kaum etwas einen Sinn, obwohl bereits einige Puzzleteile auf dem Tisch lagen. Giray und Sanders wollten zunächst herausfinden, ob die gegenseitigen Sabotagen und das Verschwinden der Menschen und Gebäude überhaupt in einem Zusammenhang miteinander standen. Möglicherweise begegneten sie schon bald jemandem, der den »Kindergarten«, wie Nordvist das Drama bezeichnete, ein bisschen zu ernst nahm, sich vielleicht unverstanden fühlte, nicht ausreichend anerkannt von seinen eigenen Leuten, und deshalb zu radikaleren Methoden griff. Oder jemand wollte um jeden Preis verhindern, dass sich Nordvist und Miller vertrugen. Doch aus welchem Grund?

»Sollen wir schon mal hingehen oder auf denjenigen warten, den uns Sibi Nordvist schicken wollte?«, fragte Sanders aus dem Fond ihren Partner, der am Steuer des Schwebers saß.

Giray grinste in den Rückspiegel. »Kommt diese Frage nicht ein wenig spät?«

»Ich wollte nur sichergehen, dass wir den gleichen Plan verfolgen.«

»Wir sondieren kurz die Lage, und falls unser Aufpasser aufkreuzt und sich beschwert, behaupten wir, dass wir gedacht hätten, er würde hier auf uns warten. Immerhin hat sich Nordvist nicht sehr präzise ausgedrückt, oder?«

Als die beiden ausstiegen, schob sich gerade eine Wolke vor die Sonne, und es wurde merklich kühler. In der Grube dieses Tagebaus liefen deutlich mehr Arbeiter herum als in Millers. Entweder die Butterleyer flüchteten nicht im großen Stil oder Nordvist war einfach besser organisiert. Andererseits kannten sich Giray und Sanders nicht genug aus, um das pauschal beurteilen zu können.

Plötzlich hörten sie schwere Schritte hinter sich, die sich rasch näherten. Gelassen drehten sie sich nach dem überaus breitschultrigen Mann um, der sich in diesem Augenblick so dicht vor ihnen aufbaute, dass sie nur einen Schritt rückwärts hätten machen können, um ihm zu entkommen. Das hätte allerdings bedeutet, sich in den Abgrund zu stürzen.

»Was haben Sie hier zu suchen?«, schnauzte der Muskelprotz mit der engen Lederjacke, unter der sich – für das geübte Auge unschwer zu erkennen – zwei Nadelstrahler abzeichneten. Die großen Adern an seinem Hals pulsierten.

Normalerweise hätte Liv Sanders ihn sofort in die Schranken gewiesen, doch in ihrer Rolle als Handelsreisende durfte sie nicht zu dominant auftreten. Darum setzte sie eine Unschuldsmiene auf, bei der sie fast schon den Eindruck eines verängstigten Rehs erweckte. »Oh nein, wir …«, stammelte sie. Eines vollständigen Satzes bedurfte es nicht, um die nötige Wirkung beim Gegenüber zu erzielen.

Tatsächlich wurde sein Gesichtsausdruck milder, und er trat sogar unaufgefordert einen Schritt zurück. Fast schien es, als ob er ein schlechtes Gewissen hätte. »Es tut mir leid, falls ich Sie erschreckt habe, Miss. In letzter Zeit treiben sich hier oft Unbefugte herum, die uns schaden wollen. Deshalb müssen wir vorsichtig sein.«

»Kein Problem. Wir hätten es besser wissen müssen.« Liv zeigte ein Lächeln. »Ich bin Lynn Zander, und das hier ist mein Kollege Geralt Kuröy. Wir kommen von Stellar Best. Miss Nordvist hat uns hierher geschickt, damit wir uns vor Ort ein Bild machen, um sie besser zu unseren Produkten beraten zu können. Sie wollte uns jemanden an die Hand geben, der uns herumführt. Sind Sie das zufällig?«

Für den Bruchteil einer Sekunde glomm ein Fünkchen Enttäuschung in den Augen des Muskelprotzes auf. »Davon weiß ich gar nichts. Aber egal! Bis derjenige aufkreuzt, zeige ich Ihnen alles, wobei ich mir vorstellen kann, dass sich Miss Nordvist sowieso gleich bei mir meldet, um mir den Auftrag zu erteilen. Ich bin übrigens Brent Cavendish.« Er gab sowohl Sanders als auch Giray die Hand, was Letzteren sehr erstaunte, da der Muskelprotz seine Aufmerksamkeit fast ausschließlich auf seine attraktive Kollegin konzentrierte.

Ich begegne nur selten Menschen, die mir auf Anhieb derart unsympathisch sind. Ob es sich um Vorurteile gegenüber Extrembodybuildern handelt?, grübelte der Geheimagent. *Der Typ erinnert mich optisch an eine Mischung zweier verstorbener Filmlegenden: Silvester Stallone und Arnold Schwarzenegger, die ich eigentlich mag. Daher wundert mich meine Aversion ein wenig. Das Einzige, was ich dem Kerl zugutehalte, ist, dass er Liv nicht in den Ausschnitt starrt, was sich bei dieser Bluse ziemlich schwierig gestaltet.*

Gemeinsam begaben sich die drei hinab in die Grube des Tagebaus.

Cavendish organisierte Helme, bevor er die Gäste zu den Baumaschinen führte.

»Das ist doch der Schaufelradbagger der Firma Soyung Orb, nicht wahr?«, rief Liv gegen den Lärm an, den das mächtige Exemplar von einer Baumaschine in rund einhundertfünfzig Metern Entfernung veranstaltete. »Diese Serie wurde erst letztes Jahr auf den Markt gebracht. Ich sehe ihn zum ersten Mal in Aktion.«

»Dazu kann ich leider nichts sagen«, gab Cavendish zu. »Ich bin nämlich in erster Linie Pilot. Mit schwebenden und fliegenden Untersätzen aller Art kenne ich mich bestens aus. Ich besaß sogar einmal meinen eigenen Raumer, die BOXER. Das waren noch Zeiten …« Er verstummte, als er das Desinteresse bemerkte, das ihm entgegenschlug.

*

Nachdem Giray und Sanders alles von Interesse gesehen hatten, beschlossen sie, nach Butterley zurückzukehren. Zunächst wollten sie zu Mittag essen und kehrten deshalb im örtlichen Gasthaus ein. Cavendish begleitete sie.

Während die beiden Agenten sich jeweils etwas Leichtes bestellten, wählte der Pilot, dessen genaue Beziehung zu Nordvist sie noch immer nicht kannten, ein ganzes Hähnchen, dazu Blumenkohl. Als das Essen kam, fiel ihm nichts Besseres ein, als herumzunörgeln.

»Auf Reis würde ich an Ihrer Stelle verzichten«, richtete er sich an Giray. »Er enthält achtundzwanzig Kohlenhydrate pro einhundert Gramm und so gut wie keine Ballaststoffe.«

»Merk ich mir«, erwiderte der Angesprochene trocken und schaufelte sich eine Ladung weißen Reis in den Mund, der vorzüglich schmeckte.

»Ich meine es ernst. Davon werden Sie auf Dauer fett. Ich betreibe Bodybuilding schon, seit ich fünfzehn bin. Sie können mir also in Bezug auf Ernährung vertrauen.«

»Leider konnte ich mich nie für Kraftsport begeistern.«

»Nicht? Woran liegt es?«

»Keine Ahnung.«

»Waren Sie schon einmal im Fitnessstudio?«

»Ja.«

»Haben Sie sich beim Anblick der gestählten Körper nie gewünscht, selbst einmal so auszusehen?«

»Eigentlich nicht. Ich bin ziemlich zufrieden mit meiner Figur.«

»Ein ausdefinierter Bizeps und breite Schultern stehen jedem Mann.«

»Tut mir leid, aber ich lege mehr Wert auf meine Gesundheit. Mein Aussehen nimmt keinen allzu großen Raum in meinem Leben ein.«

»Beim Bodybuilding geht es nicht nur um das Aussehen, sondern vor allem auch um das Ausloten und Überwinden der eigenen Grenzen, physische wie psychische.« Cavendish verfiel in einen schwärmerischen Monolog, bei dem er selbst das duftende Hähnchen vor sich vergaß.

Mit glühenden Wangen berichtete er von den zahlreichen Meisterschaften, die er in der Vergangenheit gewonnen hatte. »Möglicherweise etabliert sich eines Tages auch auf diesem Planeten eine Szene, und dann werde ich Mister Hallwa.« Sein Blick fiel auf Livs Teller. »In Ihren Salat gehören eigentlich Proteine, zum Beispiel Putenbruststückchen. Und Sie sollten besser auf Salz verzichten, weil das Wassereinlagerungen im Körper fördert, die Sie dick aussehen lassen.«

Die Agentin schenkte ihm ein zuckersüßes Lächeln. »Gibt es in Ihrem Leben noch etwas anderes außer Kraftsport?«

Er schien kurz nachdenken zu müssen. »Definitiv die Fliegerei. Ich hatte sogar mal ein eigenes Transportgleiter-Unternehmen, war mein eigener Chef.«

»Jetzt nicht mehr?«

»Na ja, den Behörden hat mein effizienter Flugstil nicht gefallen und sie meinten, mir mit Entzug der Fliegerlizenz drohen zu müssen. Doch ich bin ihnen zuvorgekommen, indem ich zum Militär ging, wo ich mich als Gleiterpilot profilierte. Bald wurde es mir dort zu öde, und ich wechselte zur Raumflotte, wo ich unter anderem von Terra Evakuierte nach Babylon flog. Nach mehreren Disputen mit meinen Vorgesetzten drohte ich in meiner Wut dem Flottenkommandanten mit der Quittierung meines Dienstes, und ehe ich mich versah, hatte ich das Austrittsformular bereits unterschrieben. Irgendwie schräg, wenn ich heute daran denke.«

»Und dann hat es Sie direkt nach Hallwa verschlagen?«

»Natürlich nicht«, entgegnete Cavendish fast schon empört. »Danach arbeitete ich eine Zeit lang als persönlicher Chauffeur für Danog ut Keltris, den terranischen Botschafter auf Külá. Ich hatte einen maßgeblichen Anteil daran, dass er seine Kinder wiederfand und diese Schuppenhexe Selena in die Flucht schlug. Davon haben Sie bestimmt einmal in den Nachrichten gehört, oder? Ich zierte sogar einmal das Cover eines Magazins.«

Ömer Giray sparte sich jeden Kommentar und bemühte sich, offen für alles zu bleiben. Immerhin bestand die geringe Chance, dass der Muskelprotz die Wahrheit sprach, was er später definitiv noch einmal überprüfen würde. Bei der Sichtung der Einwohnerliste war ihm dessen Name nicht ins Auge gestochen, daher hatte er sich nicht mit dessen Biografie beschäftigt.

»Das klingt nach einem beeindruckenden Lebenslauf«, bemerkte Liv Sanders. »Und was machen Sie jetzt?«

»Dies und jenes«, erklärte Cavendish vage. »Ich nehme mir momentan gewissermaßen eine Auszeit, doch als Arbeitstier brauche ich immer eine Beschäftigung.«

»Finden Sie dabei überhaupt Zeit für das Training?«

»Nicht so oft, wie ich es gerne hätte, doch ich mache mindestens dreimal pro Tag Eigengewichtsübungen, um mich in Form zu halten. Ich warte noch immer auf meine Gerätschaften, die eigentlich mit dem letzten Transportraumschiff von Babylon hätten kommen sollen. Die Typen halten mich schon seit fünf Monaten hin.« Plötzlich bemerkte er den Teller vor seiner Nase. Er ließ das Thema sowie das Besteck fallen, nahm das enthäutete Hähnchen in beide Hände und vergrub genüsslich schmatzend sein Gesicht darin.

*

Giray und Sanders hatten gehofft, Cavendish nach dem Essen loszuwerden, doch leider irrten sie sich. Deshalb bummelten sie durch die Siedlung, wobei sie an nahezu jedem Schaufenster stehen blieben, um sich angeregt über die Dekoration und Stellar-Best-Baumaschinen zu unterhalten.

»Welche Rolle spielen Sie eigentlich in Butterley?«, erkundigte sich Sanders bei dem aufdringlichen Muskelprotz, der sie und ihren Kollegen nach wie vor auf Schritt und Tritt begleitete.

»Wie meinen Sie das?«, hakte dieser nach.

»Nun, ich hätte nicht erwartet, einen Mann Ihres Kalibers an einem Ort wie diesem anzutreffen. Ich nehme an, Sie sind so etwas wie Miss Nordvists rechte Hand, oder?«

Cavendishs Brust schwoll noch ein Stückchen weiter an. Hätte er seine Lederjacke nicht offen getragen, so wäre sie spätestens in diesem Moment aufgeplatzt. »Das kann man wohl so sagen. Ich sorge hier für Recht und Ordnung.«

»Sie hat uns erzählt, dass Menschen verschwunden seien.«

»Ja, das stimmt. Und?«

»Beunruhigt Sie das gar nicht?«

»Was genau?«

»Auf Ihren Schultern lastet eine große Verantwortung. Ich an Ihrer Stelle würde alles daran setzen, die Verschwundenen wiederzufinden.«

»Das tue ich ja auch. Erst vor vier Tagen habe ich eine Runde mit dem Gleiter über der Hügelkette gedreht.«

»Sie suchen nicht jeden Tag nach ihnen?«

Cavendishs Nasenflügel flatterten erbost. »Warum muss ich mich eigentlich vor Ihnen rechtfertigen?«

»Das müssen Sie gar nicht«, entgegnete Liv. »Ich war bloß neugierig.«

»Nein, ich glaube, Sie versuchen, meine Autorität zu untergraben, indem Sie mich bloßstellen. Sie unterstellen mir, ich würde mich nicht ausreichend ins Zeug legen, aber da irren Sie sich. Ich habe schon weitaus schwierigere Fälle gelöst, zum Beispiel damals mit Danog ut Keltris.«

»Ich habe keine Ahnung, wovon Sie überhaupt sprechen.«

»Damals habe ich ihm geholfen, seine Kinder wiederzufinden.«

»Das hatten Sie bereits vorhin erwähnt, aber was hat das mit den Vorfällen hier zu tun?«

Mit hochrotem Kopf wandte sich der Muskelprotz an Ömer Giray: »Stellt Ihre Kollegin immer so bescheuerte Fragen?«

»Manchmal«, antwortete der Angesprochene gelassen.

Als Cavendish mit einigen Sekunden Verzögerung endlich begriff, dass er in dem Baumaschinenverkäufer keinen Verbündeten fand, schnaubte er wie ein wütender Stier, machte auf dem Absatz kehrt und stampfte davon.

Giray grinste vergnügt und wollte etwas sagen, doch Sanders brachte ihn mit einem einzigen Blick zum Schweigen.

*

Die Agenten stromerten noch eine Weile ziellos in Butterley herum, ehe sie sich bei einem Passanten nach dem Ort erkundigten, an dem das verschwundene Gebäude gestanden hatte. Dorthin begaben sie sich im Anschluss.

Bis auf zahlreiche verschiedene Schuhabdrücke fanden sie nichts, was einen Hinweis auf den Verbleib des Gebäudes gab, das an jener Stelle gestanden haben sollte. Es gab weder Überreste eines Fundaments noch halb verlegte Leitungen. Das Gras wuchs so dicht wie außerhalb der Siedlung. Die Nachbarhäuser wiesen keinerlei Beschädigungen auf.

Gerne hätten die Geheimagenten nach etwaigen Zeugen gesucht, doch im Moment mussten sie sich noch zurückhalten, damit ihre Tarnung nicht sofort aufflog. Aus diesem Grund tauschten sie sich auch nicht über ihre Gedankengänge und Vermutungen aus. Das wollten sie später in der Herberge nachholen, wo sich auch ihr Sprachverwirbler befand, der ein etwaiges Belauschen verhinderte.

Mit seinem künstlichen Auge nahm Ömer Giray jedes Detail in der Umgebung auf, insbesondere die Schuhabdrücke, aber selbst im erweiterten Spektrum entdeckte er keinen wirklichen Hinweis auf den oder die Täter.

Vorausgesetzt, wir sitzen hier nicht einem gewaltigen Scherz auf, so frage ich mich, weshalb ausgerechnet diese Gebäude ausgewählt worden sind, grübelte er. *Es handelte sich um ein Wohnhaus sowie eines mit einem kleinen Kleidungsgeschäft im Erdgeschoss und zwei Appartements in den Etagen darüber. Der Großteil der Bewohner arbeitete in der Mine, ein Mann in der Raffinerie und ein weiterer in besagtem Laden. Wollte jemand Rache üben? Falls ja, waren diese Menschen wirklich das Ziel oder nur Kollateralschäden?*

Er beugte sich hinab und strich mit der flachen Hand über das weiche Gras, das sich wie Fell zur Seite legte. *Wozu dieser Aufwand? Wollte jemand Verwirrung stiften? Für Letzteres spricht, dass die Grundstücke in Ionnville vermutlich genauso unberührt aussehen wie hier. Wer steckt dahinter, und wird er bald wieder zuschlagen?*

Liv wirkte genauso ratlos wie er, untersuchte jedoch geduldig Zentimeter für Zentimeter den Boden. Einmal hob sie ein rotes Plastikstück auf, welches sich jedoch als Teil einer Keksverpackung entpuppte, wie der halbe Schriftzug verriet. Sie steckte es trotzdem ein.

»Sie verschwenden nur Ihre Zeit«, tönte eine wohlbekannte Stimme von der Straße her. Wenig überraschend gehörte sie Brent Cavendish. Als niemand auf ihn reagierte, fuhr der Muskelprotz fort: »Ich selbst habe alles ausgiebig untersucht und nichts von Relevanz gefunden.«

»Doppelt hält besser«, entgegnete Giray.

»Tja, ich für meinen Teil bezweifele stark, dass zwei Kaufleute mehr Erfolg haben sollten als ein Soldat, der im Krieg gedient hat.«

»Mit dem Soldaten meinen Sie vermutlich sich selbst, nicht wahr?«, hakte Sanders in sarkastischem Tonfall nach, der dem Muskelprotz allerdings zu entgehen schien.

»Wen sonst?«, antwortete dieser mit gehobenem Kinn. Offenkundig bildete er sich eine Menge auf seine Militärkarriere ein. »Auf Ihre Nachfrage hin habe ich Ihnen doch vorhin meinen Werdegang offengelegt.«

»Ich erinnere mich. Welche Rolle spielten Sie noch gleich beim Militär? Pilot?«

»Ganz genau. Ich habe die schnellsten und wendigsten Gleiter geflogen, und später, als diese Riiin die Erde vereisten, habe ich Evakuierte nach Babylon geflogen – bestimmt dreißig- bis vierzigtausend. Ich war Tag und Nacht unterwegs, gönnte mir keinen einzigen Urlaubstag.« Er strich sich über den buschigen Oberlippenbart, der an der Unterkante wie mit dem Lineal gezogen wirkte. Sein wacher Blick fixierte Liv Sanders, die in diesem Augenblick aufstand und auf ihn zukam. »Ich sagte doch, dass Sie Ihre Zeit verschwenden.«

Sie stellte sich zu ihm. Gemeinsam beobachteten sie Giray, der unbeirrt weiter das Gras durchsuchte. Irgendwann bemaß sie ihren Nachbarn mit einem Seitenblick. »Eine Sache geht mir einfach nicht aus dem Kopf.«

»Welche?«

»Was haben Sie wirklich auf diesem abgelegenen Planeten verloren, wo Sie doch so ein überaus kompetenter Mann zu sein scheinen?«

Misstrauisch kniff Cavendish die Augen zusammen. »Machen Sie sich etwa über mich lustig, Miss Zander?«

»Das würde mir im Traum nicht einfallen.«

»Doch, Sie machen sich über mich lustig! Wissen Sie, was ich gar nicht leiden kann? Solche Typen wie Sie beide, die hier mit ihren Werbebroschüren aufkreuzen und so tun, als hätten sie voll den Durchblick.« Während er sich in Rage redete, wurde sein Gesicht puterrot. An seinem Hals, seinen Schläfen und seiner Stirn traten Adern hervor. »Wenn es nach mir ginge, würde ich …«

Weiter kam er nicht, denn in diesem Augenblick klingelte sein Armbandvipho, woraufhin er sich prompt einige Meter entfernte. Er sprach leise und schaute immer wieder zu den beiden Handelsreisenden herüber.

Giray tat so, als würde er das nicht bemerken, während er seine ganze Aufmerksamkeit heimlich auf den Muskelprotz lenkte. Leider stand dieser zu weit entfernt, als dass er mehr als »ja« und ein ansonsten vages Murmeln verstehen konnte.

Schließlich legte Cavendish auf und verschwand ohne ein weiteres Wort.

Sanders blickte ihm verblüfft nach, zuckte mit den Schultern und ging wieder zu ihrem Kollegen.

»Himmel!«, stöhnte sie, als sie ihn erreichte. »Was ist nur mit diesem Typen los? Du glaubst gar nicht, wie sehr ich mich zurückhalten musste, ihn nicht zu erwürgen. Zu allem Überfluss erzählt er ständig dieselben Anekdoten aus seinem Leben. Diese Beulenpest muss es echt nötig haben.«

Der Deutsch-Türke zog die Augenbrauen hoch. »Beulenpest?«

»Ja, so habe ich ihn insgeheim wegen der vielen Muskeln getauft, die wie Beulen unter seiner Kleidung hervorstehen.«

»Also hast du seinen Körper genau unter die Lupe genommen.«

»Was zum …? Nein!«

»Und dir sogar einen Spitznamen für ihn ausgedacht.«

Liv presste die Kiefer aufeinander und zischte: »Wenn du so weitermachst, erwürge ich gleich wirklich jemanden. Ich muss mich jetzt erst einmal beruhigen.«

»Ich glaube, er wollte dir imponieren.«

»Mir? So ein Quatsch! Das bildest du dir nur ein. Und jetzt Schluss mit dem Thema! Wir haben zu tun.«

4.

Am Morgen des dritten Tages saßen Giray und Sanders schweigsam im Restaurant der Herberge in Ionnville. Joanne wirbelte um ihre einzigen beiden Gäste herum, brachte frisch gebrühten Kaffee, Milch, warme Brötchen, Buttercroissants, Honig, Konfitüre, Wurst, Käse – alles, was zu einem guten Frühstück dazugehörte. Dabei lächelte sie so glückselig vor sich hin, dass die Agenten nicht wagten, sie fortzuscheuchen.

Liv schämte sich ein bisschen dafür, Joannes Bemühungen nicht angemessen zu würdigen. Sie kaute appetitlos die knusprige Ecke eines Croissants an, schlürfte brühendheißen Kaffee und hing ihren Gedanken nach.

Was wohl der heutige Tag bringen wird?, grübelte sie. *Hoffentlich nicht so ein Desaster wie gestern und vorgestern. Ich weiß, dass man in meinem Beruf eigentlich geduldig sein sollte, doch ich hasse es, wenn absolut gar nichts passiert. Wir haben nicht einmal Beweise dafür, dass überhaupt ein Fall existiert.*

»Worüber denkst du nach?«, fragte ihr Kollege, während er ein Brötchen aufschnitt. Die meisten Krümel fielen dabei neben seinen Teller.

»Nichts Besonderes. Ich würde bloß gerne bald ein paar Erfolge verbuchen, damit uns unser Chef nicht aufs Dach springt.«

»Er erwartet frühestens in ein paar Tagen einen Zwischenbericht. Insofern müssen wir nichts übers Knie brechen.«

»Was ist denn da los?« Im Foyer, das vom Frühstücksraum aus einsehbar war, klebte Joanne am Schaufenster, das zur Straße zeigte. Die Brotscheiben rutschten ihr fast aus dem geflochtenen Korb, den sie achtlos in der linken Hand hielt. Vor der Herberge befand sich ein großer Platz, dessen rechte Seite das Gemeinschaftszentrum säumte. »Das bedeutet nichts Gutes.«

Just in diesem Moment donnerte eine wohlbekannte Stimme durch die Siedlung: »Miller, Sie Schuft, kommen Sie sofort heraus!« Sie konnte nur einem gehören: Brent Cavendish.

Giray und Sanders blickten einander alarmiert an und gesellten sich zu Joanne, um nichts zu verpassen. Tatsächlich stand dort drüben breitbeinig der nervtötende Fleischberg, dessen Rücken fast die dreifache Breite Nordvists maß. Neben ihm ging seine Vorgesetzte fast unter. Mit dabei waren noch vier weitere Männer, sodass die Gruppe fast schon wie ein Schlägertrupp anmutete.

»In Millers Haut möchte ich jetzt nicht stecken«, murmelte Joanne vor sich hin.

Am liebsten hätte Sanders sie zurechtgewiesen, denn fast nichts hasste sie mehr als Sensationslüsternheit. Die beiden Handnadelstrahler, die Cavendish garantiert auch an diesem Morgen wieder bei sich trug, dienten gewiss nicht nur der Zierde. Mit dem Ellenbogen stupste sie unauffällig ihren Kollegen an, der jedoch nur sachte den Kopf schüttelte.

Anscheinend bin ich die Einzige, die gerne intervenieren würde, dachte die Agentin enttäuscht.

Erst als Joanne vor die Tür trat, gingen auch die beiden vermeintlichen Handelsvertreter hinaus.

*

Jeremiah Miller konnte einem leidtun, wie er ganz allein vor einer Wand aus fünf Männern und einer Frau stand. Niemand von seinen eigenen Leuten kam zu seiner Unterstützung, stattdessen gafften sie nur aus sicherer Entfernung. Mit Sicherheit hatte sich die Nachricht längst im planetaren Datennetz ausgebreitet. Endlich passierte wieder einmal etwas!

Giray spürte eine innere Unruhe in sich. Er wollte sich einmischen, doch damit würde er Livs und seine eigene Tarnung aufs Spiel setzen. Kein normaler Baumaschinenverkäufer warf sich freiwillig in die Schusslinie.

Solange Cavendish seine Nadelstrahler nicht zieht, wird die Lage schon nicht eskalieren, tröstete er sich insgeheim. *Außer-*

dem ist Sibi Nordvist dabei. Sie wird wohl kaum zulassen, dass ihre rechte Hand einen Skandal produziert.

»Jetzt sind Sie fällig, Miller!«, brüllte Cavendish so laut, dass seine Stimme vermutlich in ganz Ionnville zu hören war. Er stieß dem hiesigen Bürgermeister mit dem Zeigefinger gegen das Brustbein, sodass dieser einen Schritt zurückstolperte. »Ich habe Sie gewarnt!«

In diesem Moment sagte Nordvist etwas zu ihrem Angestellten, leise und bestimmt, denn es zeigte prompt Wirkung: Der Muskelprotz starrte sie einen Atemzug lang entgeistert an und zog sich dann, ohne ein weiteres Wort zu verlieren, in den Schweber zurück.

Nachdem die unmittelbare Gefahr gebannt war, wagten Giray, Sanders und Joanne, näherzurücken.

»Bilden Sie sich bloß nichts ein, Miller!«, warnte Nordvist ihren Konkurrenten mit gefährlichem Unterton in der Stimme. »Sie stecken bis zum Hals in der Tinte.«

»Darf ich erfahren, worum es überhaupt geht?«, verlangte der Angesprochene halbwegs ruhig zu wissen. Er ließ sein weibliches Gegenüber keine Sekunde aus den Augen. Ihre Handlanger ignorierte er.

»Heute Nacht ist ein weiteres Haus verschwunden, und mit ihm drei Bewohner.«

»Und Sie glauben, ich hätte etwas damit zu tun?«

»Wer sonst?«, zischte sie.

Zu allem Überfluss färbte ihr Zorn auf Miller ab. »Hören Sie, allmählich habe ich Ihre haltlosen Unterstellungen satt! Wegen Ihrer Sabotagen hauen meine Leute ab, und ich habe den Arsch voll Arbeit. Glauben Sie ernsthaft, ich hätte im Moment Zeit und Muße für Ihre kindischen Spielchen? Kommen Sie wieder, wenn Sie handfeste Beweise gegen mich haben!«

In Sibi Nordvist schien ein innerer Kampf zu toben. Ihre rechte Augenbraue zuckte in ihrem ansonsten wie zu Stein erstarrten Gesicht. Ihre Augen versprühten förmlich Gift. Doch dann siegte offenkundig die Vernunft. Die Bauleiterin atmete einmal kurz durch, bevor sie ihrem Widersacher schließlich anbot, den Tatort zu besichtigen.

Jeremiah Miller wirkte erst verdutzt, dann misstrauisch. Trotzdem willigte er unter einer Bedingung ein: »Miss Zander und Mister Kuröy begleiten uns als neutrales Element.«

Nordvist warf einen kurzen Blick auf die Genannten. »Meinetwegen. Und nun steigen Sie bitte in meinen Schweber, bevor wir noch mehr Zeit verschwenden!« Anschließend wies sie zwei ihrer Männer an, in Ionnville zu bleiben. »Wir holen Sie später wieder ab.«

*

Fast die gesamte Fahrt über herrschte angespanntes Schweigen im Fond des Schwebers. Lediglich Brent Cavendish gab hin und wieder wichtigtuerische Kommentare von sich. »Ich begreife immer noch nicht, weshalb wir diese Staubsaugervertreter mitnehmen. Können wir denen überhaupt trauen?« Durch den Rückspiegel bemaß er Giray und Sanders mit einem finsteren Blick – mehrere Sekunden lang am Stück. Dennoch gelang es ihm, keinen Unfall zu bauen, was bei der weitläufigen Landschaft und dank des Prallfeldes keine große Kunst darstellte. »Wenn Sie mich fragen, sollten wir Miller vorerst nicht in unsere Stadt lassen, bis wir hinter seine schmutzigen Tricks gestiegen sind.«

Liv starrte provokant in den kleinen Spiegel. »Reden Sie mit mir?«

»Natürlich nicht!«

»Mister Cavendish«, meldete sich nun seine Vorgesetzte zu Wort, »würden Sie sich bitte auf das Fahren konzentrieren?«

»Keine Sorge, das tue ich bereits.«

»Sie schauen die meiste Zeit über in den Rückspiegel, statt nach vorne.«

»Das stellt kein Problem für mich dar. Als erfahrener Pilot beherrsche ich den sogenannten Chamäleonblick.«

»Was erzählen Sie da für einen Unsinn?«

»Ich meine es ernst.«

»Ich auch. Wissen Sie noch, worüber wir uns erst vorgestern wieder einmal unterhalten haben?«

»Ja.«

»Eine Szene würde ich gerne vermeiden, was mit Sicherheit auch in Ihrem Sinne sein dürfte.«

Mehr bedurfte es nicht, um Brent Cavendish dazu zu bringen, für den Rest der Fahrt zu schweigen und nach vorne zu gucken.

Giray hatte sich bewusst zurückgehalten, obwohl auch ihm der eine oder andere Spruch auf der Zunge brannte, den er Cavendish liebend gern um die Ohren gehauen hätte. Allerdings wollte er diesen unberechenbaren Kerl nicht unnötig provozieren, indem er ihn im Doppelpack mit seiner Kollegin attackierte – zusätzlich zu Nordvist, mit der dieser sich offensichtlich ebenfalls nicht besonders gut verstand.

Ich frage mich, ob ihn überhaupt jemand mag, grübelte er. *Möglicherweise braucht er später eine Schulter, an der er sich wegen der gemeinen ›Miss Zander‹ oder wahlweise auch wegen seiner Chefin ausweinen kann. Wenn ich ihm meine leihe, fasst er vielleicht Vertrauen zu mir und offenbart mir ein paar hilfreiche Informationen, die zur Aufklärung des Falls führen. Allerdings glaube ich nicht, dass der Muskelprotz selbst der Täter ist. Dafür kommt er mir zu dösig vor, zu verbissen. Außerdem neigt er zur Prahlerei. Hätte er die Kunststückchen mit den verschwundenen Gebäuden bewerkstelligt, hätte er zumindest Andeutungen gemacht.*

*

Glücklicherweise blieb Brent Cavendish im Schweber, als die Mitfahrer aus dem Fahrzeug stiegen, wobei nicht klar war, ob es am Regen oder Nordvists Rüge lag.

Aufgrund des übereilten Aufbruchs hatten die beiden GSO-Agenten keine Gelegenheit gehabt, noch einmal in die Herberge zurückzukehren, um sich Jacken anzuziehen. Obwohl es nicht stark regnete, fühlten sich ihre Oberteile schon nach wenigen Sekunden klamm an. Miller reichte Liv seinen Parka, den sie dankbar annahm.

Vor ihnen klaffte eine Lücke zwischen zwei Häusern – ein freies, scheinbar unberührtes Grundstück. Weil sich die Straßenzüge auch im deutlich größeren Butterley stark ähnelten, konnten sich Giray und Sanders nicht an jedes einzelne Gebäude erinnern, wohl aber an die Anzahl der leeren Grundstücke: eins. Allerdings bestand durchaus die Möglichkeit, dass sie dieses hier schlicht übersehen hatten.

Während Nordvist auf Miller einredete, untersuchten die Agenten den Ort, wobei sie darauf achteten, nicht zu routiniert zu wirken. Mit Sicherheit beobachtete Cavendish sie misstrauisch durch die abgedunkelte Windschutzscheibe des Schwebers.

Es bot sich ihnen das gleiche Bild wie bei den anderen leeren Grundstücken: viele Schuhabdrücke, kein einziger Hinweis darauf, dass sich an dieser Stelle jemals etwas anderes als Natur befunden hatte.

»Und was sagen Sie dazu?«, verlangte Nordvist von den vermeintlichen Baumaschinenverkäufern zu wissen.

Giray hob die Schultern. »Wir stehen vor einem einzigen Rätsel.«

»Weshalb waren Sie eigentlich gestern an dem anderen Tatort?«

»Wie erwähnt, verlangt die Versicherung unseres Unternehmens eine Risikoeinschätzung. Stellen Sie sich vor, Sie bestellen Baumaschinen bei uns, die sich kurz nach der Lieferung urplötzlich in Luft auflösen. Möglicherweise tauchen sie später wieder auf, funktionieren dann jedoch nicht mehr korrekt. Fällt der Schaden unter die Gewährleistungspflicht? Erlischt die Garantie aufgrund des mysteriösen Vorfalls? Zugegebenermaßen spielte aber auch unsere Neugier eine Rolle, weshalb wir uns dort gestern umgesehen haben.«

»Fanden Sie etwas Interessantes?«

»Leider nicht. Auch hier mutet alles ganz gewöhnlich an. Hätte ich hier nicht gestern mit eigenen Augen ein Gebäude stehen sehen, würde ich Ihnen heute vermutlich nicht glauben.« In Wahrheit erinnerte sich Giray nicht an diese Straße mit den ewig gleichen Hausfassaden, allerdings glaubte er Nordvist sehr wohl. Er schätzte sie nämlich nicht so ein, dass sie Wildfremden absurde Lügengeschichten auftischte, denn auch sie hatte einen Ruf zu verlieren. Seine Menschenkenntnis jedenfalls trog ihn selten.

»Immerhin glauben Sie mir«, erwiderte Nordvist bitter. »Ganz im Gegensatz zu Mister Miller.«

»Hören Sie doch endlich mal mit diesen unsinnigen Unterstellungen auf!«, empörte sich der »Bürgermeister« von Ionnville und schnaubte dabei unwillig. »Tatsächlich glaube ich Ihnen, dass hier ein Gebäude gestanden hat, denn genauso sieht es auch bei uns in der Siedlung aus. Glauben Sie wirklich, ich hätte etwas damit zu tun? Wieso sollte ich meine eigenen Leute und Häuser beseitigen?«

»Woher soll ich wissen, dass Ihre Personen und Ihr Gebäude jemals existiert haben?«

»Dasselbe könnte ich Sie fragen.«

Liv räusperte sich geräuschvoll, womit sie sofort die Aufmerksamkeit der beiden Streithähne erlangte. »Ich wüsste ja zu gern, wie diese Meisterleistung bewerkstelligt wurde, aber ich fürchte, dass gegenseitige Schuldzuweisungen das Geheimnis nicht lüften werden. Möglicherweise sollten wir es mit einem anderen Ansatz probieren.«

»Welchem?«, kam es gleichzeitig aus den Mündern der beiden Bauleiter.

»Was haben Sie denn schon probiert?« Nacheinander ließ sich Liv haarklein alles berichten: die Untersuchung der Tatorte, die Suchaktionen und Messungen draußen in den Hügeln. Vermutlich erfuhren Nordvist und Miller nun zum ersten Mal von den Bemühungen des jeweils anderen, den mysteriösen Fall aufzuklären. Obgleich sie einander nach wie vor nicht über den Weg trauten, bedachten sie einander zumindest nicht mehr mit fragwürdigen Unterstellungen.

Giray wertete diesen Umstand als kleinen Erfolg. *Hoffentlich macht bald die Aufklärung des Falls nennenswerte Fortschritte, wenn sich die derzeit wichtigsten Akteure nicht mehr gegenseitig behindern,* sinnierte er voller Optimismus.

*

Zurück in Millers Siedlung bemerkten Giray und Sanders eine deutliche Anspannung unter den Bewohnern, die sich auf dem

Platz vor dem Gemeinschaftszentrum tummelten. Nicht nur ihre Neugier hatte sie hergeführt.

»Mister Miller!«, rief Ari Oboma, der freundliche Schwarze, der vor zwei Tagen mitgeholfen hatte, die heruntergefallenen Stellar-Best-Werbebroschüren aufzusammeln. Er winkte hektisch, als der Bauleiter aus dem Schweber stieg. »Mister Miller! Haben Sie etwas Neues erfahren?«

Der Angesprochene schüttelte bedauernd den Kopf.

»Stimmt es, dass schon wieder Menschen verschwunden sind?«

»Ich fürchte, ja.«

»Was sollen wir denn jetzt machen?«, jammerte ein anderer Mann. »Vielleicht erwischt es uns demnächst auch.«

»Wir müssen auf jeden Fall Ruhe bewahren«, erklärte Miller sachlich. »Ich habe bereits eine Nachricht zur Erde geschickt.«

»Was ist aus der letzten von vor drei Wochen geworden? Kann es sein, dass man uns schlichtweg vergessen hat?«

»Das glaube ich kaum. Wir müssen geduldig bleiben und …«

»Müssen, müssen«, nörgelte eine Frau. »Ich will endlich von diesem verdammten Planeten weg! Die Bezahlung ist nicht hoch genug, damit ich mir den Stress noch länger antue.«

»Ganz meine Meinung!«, stimmte Oboma ihr zu. »Ich warte nur noch auf das nächste Raumschiff, und dann heißt es für mich ›Tschüss, Hallwa‹!«

Mittlerweile war es Giray und Sanders gelungen, sich aus der Menschentraube hinauszuzwängen. Kurioserweise sah sie von außerhalb kleiner aus. Eine grobe Zählung ergab rund siebenundzwanzig Köpfe.

»Müssten die Leute nicht eigentlich auf der Arbeit sein?«, flüsterte Liv ihrem Kollegen zu, doch eine Antwort erhielt sie von ihm nicht.

Ihn beschäftigte nämlich vielmehr die Frage, weshalb Sibi Nordvist noch immer in der Tür ihres Schwebers stand, anstatt nach Butterley zurückzukehren. Mit undeutbarem Gesichtsausdruck verfolgte sie das Treiben, das sich wenige Schritte vor ihr abspielte. Dann beugte sie sich mit einem Mal nach hinten in den Wagen und wechselte ein paar Worte mit Cavendish, ehe sie sich wieder nach vorne wandte und rief: »Miller, steigen Sie ein! Wir fahren zum Flugplatz.«

Obwohl die Agenten sofort damit begannen, sich einen Weg zurück zum Schweber zu bahnen, erreichten sie ihn nicht mehr rechtzeitig.

*

Der Flugplatz befand sich am südöstlichen Ende Ionnvilles, rund zweihundert Meter vom Rand der Siedlung entfernt. Giray und Sanders benötigten fast zehn Minuten bis dorthin. Als sie ankamen, diskutierten Miller und Nordvist mit einer Gruppe von acht Personen, die ebenfalls mit einem Schweber angereist war. Mit seinem künstlichen Auge hatte der Deutsch-Türke bereits von Weitem an dem Stellar-Mining-Logo erkannt, dass es sich bei dem Gefährt um eines aus Butterley handelte.

Die beiden Bauleiter zeigten sich gleichermaßen erstaunt über die Ankunft der Handelsvertreter, allerdings auch ein wenig genervt, wobei nicht ganz klar war, ob es an »Lynn Zander« und »Geralt Kuröy« lag.

»Was machen Sie denn hier?«, fragte Miller, kaum dass er seine Gäste erblickte.

»Wir dachten, dass Sie vielleicht Unterstützung brauchen«, gab Giray unumwunden zurück.

»Noch lebe ich, wie Sie sehen.«

»Gibt es Probleme?«

»Diese Gentlemen wollen Hallwa verlassen, und ich erkläre ihnen nun schon zum wiederholten Mal, dass wir das nächste reguläre Raumschiff erst in achtundzwanzig Standardtagen erwarten.«

»Im Hyperfunknetz steht etwas von Ende der Woche«, verkündete einer aus der Gruppe der Abreisewilligen, offenbar der Wortführer.

Miller stöhnte entnervt auf. »Wie oft noch? Keine Ahnung, wo Sie das gelesen haben, aber die Angaben stimmen nicht. Wenn Sie mitreisen wollen, meinetwegen. Kommen Sie in achtundzwanzig Tagen wieder!«

»Wieso fliegen Sie denn nicht nach Babylon?«, mischte sich Sanders an die Butterleyer gewandt ein.

»Der Raumer landet erst in zweiunddreißig Tagen«, erklärte der Wortführer.

»Das sind bloß vier Tage mehr.«

»Vier Tage zu viel. Wir wären lieber vorgestern schon abgereist.«

»Haben Sie keinen Platz mehr bekommen?«

»Die Frage stellte sich zu jenem Zeitpunkt noch nicht, denn eigentlich wollten wir nicht wie die anderen Feiglinge abhauen. Nach dem Spuk heute Nacht haben wir uns allerdings umentschieden. Bevor es uns als Nächste erwischt, setzen wir uns lieber in einen Raumer der Junction Mining Corporation.«

Die Erwähnung seines Arbeitgebers schien Jeremiah Miller zu gefallen. Mit einem Mal zeigte er sich ungewöhnlich großzügig gegenüber seinen selbst erklärten Feinden: »Hören Sie, ich kann Ihre Sorgen verstehen. Meinen Leuten ergeht es ganz genauso. Deshalb ein Vorschlag zur Güte: Ich rufe gleich auf der Erde an und beantrage einen Sonderflug. Das Raumschiff dürfte voraussichtlich in zwölf Standardtagen eintreffen. Wenn Sie möchten, reserviere ich Ihnen einen Platz. Dazu müssten Sie sich jedoch zeitnah in eine Liste eintragen, die ich Ihnen geben werde.«

Daraufhin hellten sich acht Gesichter auf, und Miller lächelte zufrieden.

Einzig Sibi Nordvist schien sich über den Vorschlag nicht zu freuen. Nachdem das Problem vorerst geklärt war, verabschiedete sie sich wortkarg und stieg in ihren Schweber, der sofort Richtung Butterley aufbrach. Die nun ruhiggestellte Gruppe folgte ihr kurz darauf.

Miller und die beiden Stellar-Best-Vertreter kehrten zu Fuß nach Ionnville zurück.

*

Am Abend ließ sich überraschend Sibi Nordvist in der Kneipe Ionnvilles blicken. Sie bestellte nichts, sondern verkündete, nun ihrerseits einen Sonderflug bei Stellar-Mining geordert zu haben.

Ihr Raumschiff sollte voraussichtlich einige Stunden früher als Millers eintreffen. »Hiermit lade ich jeden Mitarbeiter der Junction Mining Corporation ein, mit unserem Schiff in zwölf Standardtagen Hallwa zu verlassen. Sie dürfen das gerne weitererzählen.« Anschließend verschwand sie so plötzlich, wie sie gekommen war.

Die ungewöhnliche Einladung sprach sich rasend schnell herum, wobei die Ionnviller sich nicht entscheiden konnten, was sie davon halten sollten. Bis vor wenigen Minuten galten »die alte Hexe« und ihre Vasallen noch als ihre größten Erzfeinde, und nun wollte ausgerechnet Nordvist ihnen etwas Gutes tun?

Jeremiah Miller erfuhr von dem Sonderflug, während er mit Giray und Sanders im Saal des Gemeinschaftszentrums saß, wo er mit ihnen Kaffee trank. Im ersten Moment verschlug es ihm die Sprache, hielt er das Ganze doch für einen schlechten Scherz. Sofort rief er seine Konkurrentin mit seinem Armbandvipho an. Er sprach fast gar nicht, sondern hörte hauptsächlich zu. Knapp zwei Minuten später endete das Gespräch. Miller wirkte alles andere als glücklich.

»Diese alte Hexe versucht jetzt, sich bei meinen Leuten einzuschleimen«, knurrte er. »Ich frage mich, was sie im Schilde führt.«

*

Die folgenden vier Tage verliefen ruhig. Um sich die Wartezeit zu verkürzen, nahmen die Siedler wieder ihre Arbeit auf und beschäftigten sich in ihrer Freizeit damit, Umzugskartons zu packen.

Fast niemand wollte mehr auf Hallwa bleiben – weder in Ionnville noch in Butterley. Sibi Nordvist wurde fast schon als Heilige verehrt, bloß weil ihr Raumschiff ein paar Stunden früher abfliegen würde.

Jeremiah Miller vergrub sich derweil in Arbeit und blendete die Probleme um sich herum weitgehend aus. Zwischendurch konsultierte er »Lynn Zander« und »Geralt Kuröy« in Automatisierungsfragen.

»Wieso müssen Menschen heutzutage eigentlich noch Geld verdienen?«, philosophierte er bei der Gelegenheit herum. »Vor sechzig, siebzig Jahren hieß es, dass uns in absehbarer Zeit Roboter in den allermeisten Arbeitsbereichen ersetzen würden, doch nichts dergleichen ist geschehen. Liegt das an moralischen Bedenken, an der Angst vor einer antikapitalistischen Revolution? Ich meine, die Möglichkeiten existieren bereits dank modernster Hyperkalkulatoren sowie Suprasensoren. Unsere Roboter sind mittlerweile zu hochkomplexen Aufgaben in der Lage und sogar in beschränktem Maße zu Entscheidungen fähig. Warum stellen Firmen überhaupt noch Menschen ein? Das birgt doch immer ein Risiko der Unberechenbarkeit, wie wir es zurzeit hautnah miterleben dürfen.«

Weder Giray noch Sanders wussten etwas Vernünftiges darauf zu antworten, deshalb beteiligten sie sich nicht an der Erörterung dieses Problems. Stattdessen priesen sie die fiktiven Produkte von Stellar Best an, bis der Bauleiter plötzlich behauptete, noch einen wichtigen Termin zu haben und nun leider gehen zu müssen.

*

»Seltsam … Ich kann die Beulenpest nicht finden.« Liv durchforstete die Einwohnerlisten der beiden Siedlungen, die Bernd Eylers ihr und Ömer vor ihrem Abflug gegeben hatte.

Ihr Partner zog verwundert die Stirn kraus. »Tatsächlich? Ich dachte, ich hätte ihn gesehen. Hast du dich möglicherweise verschrieben? Wie buchstabiert man Cavendish überhaupt?«

»Es gibt hier einen Kradish. Möglicherweise verwechselst du die beiden gerade.«

»Möglich. Allerdings ändert das nichts an dem Problem.« Giray legte seinen Hand-Suprasensor beiseite, auf dem er im Hyperfunknetz und in der GSO-Datenbank neuerlich diverse Bewohner Ionnvilles und Butterleys recherchiert hatte. »Anscheinend sind die Listen unvollständig. Beispielsweise steht diese exzentrische Dame mit dem Hund auch nicht darauf, obwohl sie hier einen Frisör- und Massagesalon betreibt, den sie sogar im

Hyperfunknetz bewirbt. Auf Hallwa geht echt alles drunter und drüber.«

Die beiden Geheimagenten saßen in Girays Zimmer. Zwischen ihnen stand ein Sprachverwirbler, sodass sie sich offen über den Fall unterhalten konnten. Zuvor hatten sie den Raum auf etwaige Überwachungsgeräte – insbesondere visuelle – abgesucht, jedoch erfreulicherweise nichts dergleichen gefunden.

»Allmählich komme ich mir wie ein verdammter Amateur vor«, grummelte Sanders, lehnte sich im Sessel zurück und schaute zum Fenster hinaus. Jenseits der Scheibe erhoben sich die tristen Fassaden der billigen Fertigbauhäuser. »Irgendwie hatte ich schon vor unserer Abreise geahnt, dass dieser Fall ein Desaster werden wird.«

»Du kannst hellsehen?«, spöttelte ihr Kollege.

»Vorahnungen sind keine Hellseherei.«

»Ich hoffe, du hast bemerkt, dass das ein Witz war.«

»Ja, habe ich.«

Giray spürte Livs schlechte Laune. Obwohl er seine Kollegin sehr schätzte, wünschte er sich manchmal, dass sie die Dinge weniger verkrampft sehen würde. Seiner Meinung nach setzte sie sich nur unnötig selbst unter Druck, was sie auf Dauer krank machen würde. Mit ihren siebenunddreißig Jahren stand ihr noch eine lange Karriere bevor – hoffentlich an seiner Seite bei der Galaktischen Sicherheitsorganisation.

»Übrigens sollten wir nachher ein paar Proben an den Tatorten nehmen«, fand Liv. »Bislang haben wir das wegen der Leute vermieden, doch weil ohnehin im Moment Aufbruchstimmung herrscht, könnten wir es wagen.«

»Daran hatte ich auch schon gedacht«, räumte Giray ein.

»Und heute Nacht legen wir uns draußen in den Hügeln auf die Lauer.«

*

Wie geplant sammelten die beiden GSO-Agenten Proben auf jenem Grundstück in Ionnville ein, von dem das Haus mitsamt der Bewohner verschwunden war. Diese wollten sie mit dem nächsten Raumschiff nach Babylon zu ihrem Chef Bernd Eylers schicken und hofften, dass das Labor im Hauptquartier der Galaktischen Sicherheitsorganisation in ein paar Wochen neue Erkenntnisse würde liefern können. Sie selbst verfügten leider nur über eingeschränkte Möglichkeiten, die Proben zu analysieren, obwohl ihre mobile GSO-Ausrüstung zum Besten auf dem Markt zählte.

Nachdem dieser Punkt auf der Tagesliste abgehakt war, hieß es warten. In Ermangelung einer sinnvollen Aufgabe zogen sich die restlichen Stunden bis Einbruch der Dunkelheit wie Kaugummi dahin. Giray und Sanders vertrieben sich die Zeit mit Essen und Spaziergängen.

Als sie den örtlichen Frisör- und Massagesalon passierten, kam Liv ein genialer Einfall. Sie machte kehrt und eilte zum Schaufenster zurück. Dort saß wie üblich der kleine weiße Hund und leckte genüsslich an der Scheibe.

»Ob wir uns den mal ausleihen könnten?«, fragte Sanders ihren Partner, der sich für diese Idee allerdings nicht begeistern konnte.

»Wozu?«, wollte er wissen.

»Hunde verfügen über einen feineren Spürsinn als Menschen. Vielleicht erschnüffelt er in den Hügeln etwas Interessantes für uns.«

»Ich bezweifele, dass uns sein Frauchen nachts mit ihm spazieren gehen lässt.«

»Ich meinte jetzt.«

*

Der Spruch, dass man vom Hund oftmals auf den Halter schließen kann, traf in diesem Fall absolut zu. Marge Eastens weiß gebleichte, flusige Frisur entsprach der von Bonnie, bloß dass diese ihr nicht so gut stand. Außerdem teilten die beiden die gleiche Augenfarbe: dunkelbraun, fast schon schwarz. Die End-Fünfzigerin trug zudem Lippenstift in Bonnies Zungenton.

Das Einzige, das sie nicht von ihrem Hund abgeschaut hatte, waren die monströsen Ohrringe, die ihre Ohrläppchen unästhetisch in die Länge zogen, sowie ihre Satin-Kleidung, die eher einem Morgenmantel ähnelte und ihrer Figur nicht sonderlich schmeichelte. Wie es ihr trotz ihrer langen künstlichen Fingernägel gelang, ihre Kunden zu massieren, blieb ihr Geheimnis.

Fast eine Stunde lang mussten sich die beiden vermeintlichen Handelsreisenden mit Marge Eastens unterhalten. Zunächst ließ sie sich von »Lynn Zander« haarklein den neuesten Tratsch auf Babylon berichten, nur um dann selbst über Gott und die Welt zu erzählen. Dazu servierte sie Tee und selbstgebackene Kekse. Letztere steckte sie sich abwechselnd selbst in den Mund und in den ihres Hundes, der zu ihren Füßen saß und sie mit gespitzten Ohren und hypnotisierendem Blick anstarrte.

Am Ende kannten Giray und Sanders zwar fast die gesamte Biografie der Frau, doch das Zuhören hatte sich gelohnt. Als sie den Laden verließen, begleitete die Hundedame Bonnie sie an der Leine.

*

Wie bereits am ersten Tag nahmen die Agenten neuerlich Luftproben, zumal Joanne und Marge Eastens ihnen unabhängig vom violetten Flimmern berichtet hatten, das diese in der Nacht gesehen haben wollten. Leider brachten weder die Drohne noch die Messgeräte irgendetwas Neues zutage.

»Ich frage mich wirklich, was diese Lichterscheinung verursacht«, grübelte Liv Sanders vor sich hin, während sie die Messaufstecker an ihrem Hand-Suprasensor neu kalibrierte. »Die Pole des Planeten befinden sich woanders. Infrage kommende Gase konnten wir bislang keine feststellen. Meinst du, es könnte sich um nachtaktive Mikroorganismen handeln, die entweder nachts vom Boden aufsteigen oder aus höheren Luftschichten herabsinken?«

»Möglich«, erwiderte Giray knapp. Im Augenblick stand ihm nicht der Sinn danach, Livs Theorien zu erörtern, zumal sie am laufenden Band neue entwickelte. Stattdessen beobachtete er Bonnie, die hektisch hin und her lief, alles beschnüffelte und gefühlt an jedem zweiten Halm das Bein hob. Nach einer Dreiviertelstunde begann sie, sich mit Begeisterung im Gras zu rollen, und irgendwann buddelte sie ein paar Löcher, an denen sie jedoch schnell wieder das Interesse verlor.

»Vielleicht befindet sich unter den Hügeln etwas«, mutmaßte Sanders nicht zum ersten Mal. Sie wusste jedoch, dass zurzeit keine Möglichkeit bestand, nachzusehen. Zum einen verfügten die Agenten über keine entsprechenden Geräte, zum anderen konnten sie sich schlecht einen Bagger von Miller oder Nordvist borgen, ohne Verdacht zu erregen. »Ich wünschte, wir hätten leistungsstärkere Messspürer! Bis auf Kleintiere habe ich bisher nichts auf dem Schirm gehabt.«

»Schauen wir einfach, was unser Chef dazu sagt, sobald wir ihm Bericht erstatten«, schlug Giray ganz pragmatisch vor. »So wie wir momentan vorgehen, kommen wir auf Dauer ohnehin nicht voran. Es sei denn, es geschieht ein Wunder.«

*

In der Nacht beobachteten die beiden Agenten erstmals mit eigenen Augen jenes mysteriöse violette Flimmern. Es trat sowohl über den Hügeln als auch über beiden Siedlungen auf, schwebte wie eine Materiewolke dicht darüber. Weder Girays noch Sanders Messgeräte registrierten irgendwelche ungewöhnlichen Energiesignaturen oder Bioimpulse. Vor Einbruch der Morgendämmerung löste sich die Lichterscheinung ohne einen Hinweis auf ihre Herkunft wieder auf. Handelte es sich womöglich um eine Art nächtliche Fata Morgana?

5.

Am siebten Tag, direkt nach dem Frühstück, trafen sich die Geheimagenten in Girays Zimmer, stellten den Sprachverwirbler auf und holten das GSO-Vipho hervor, um damit Bernd Eylers zu kontaktieren. Wie immer nahm ihr Chef den Anruf ohne Verzögerung entgegen. Es kursierten teilweise Gerüchte, dass er sein Büro in der Regierungspyramide in Neu-Alamo nie verlasse und auch niemals schlafe. Momentan war es bei ihm allerdings 16:54 Uhr Ortszeit.

»Mister Giray, Miss Sanders«, grüßte Eylers mit der für ihn typischen Knappheit. »Ich habe Ihren Anruf bereits erwartet. Wie laufen die Ermittlungen?«

»Schleppend«, gab Ömer ohne Umschweife zu. Er wusste, dass sein Chef Ehrlichkeit gegenüber billigen Ausreden bevorzugte, daher informierte er ihn kurz und knapp über die spärlichen Erkenntnisse. »Die von uns gesammelten Daten übermittele ich Ihnen gerade. Außerdem schicken wir Ihnen mit dem nächsten Raumschiff ein kleines Paket mit Materialproben zu.«

Sein Chef nickte. »Gibt es irgendwelche Hinweise auf den Verbleib der verschwundenen Menschen? Irgendwelche Verbindungen zwischen den Opfern? Möglicherweise jemanden, den sie verärgert haben könnten?«

»Nichts. Die Leute kannten natürlich ihre Mitbewohner, doch über die Ortsgrenzen hinaus bestand kein Interesse an einem Kontaktknüpfen. Ionnville und Butterley liegen nach wie vor im Clinch miteinander. Allerdings …«

Weiter kam er nicht.

*

Ömer Giray grummelte, als er unsanft aus dem Schlaf geschüttelt wurde. Er blinzelte, und als er seine Kollegin erkannte, wurde er schlagartig wach und fuhr aus seiner ungemütlichen Liegeposition hoch. »Verdammt, was ist passiert?« Mit dem Ärmel wischte er sich den Speichelfaden von der Wange sowie vom Bildschirm des GSO-Viphos, über dem er zusammengebrochen war.

»Das wüsste ich auch gerne«, vermeldete Bernd Eylers, der noch immer auf dem Vipho zugeschaltet war. »Sie sind beide über zwei Stunden lang bewusstlos gewesen. Geht es Ihnen wieder gut?«

»Keine Ahnung.« Giray blinzelte. »Ich bin verwirrt. Was ist mit dir, Liv?«

Die Angesprochene zuckte ratlos mit den Schultern, erhob sich von ihrem Sessel und stolperte zum Fenster. »Ömer!«, rief sie mit einem Mal. »Das musst du dir ansehen!«

Giray tauschte einen Blick mit seinem Vorgesetzten aus, der sehr besorgt wirkte. Wenn Eylers so etwas wie Emotionen zeigte, bedeutete das selten etwas Gutes. Ömer stand nun ebenfalls von seinem Sessel auf und begab sich zu seiner Kollegin. Draußen konnte er nichts Ungewöhnliches entdecken bis auf einige Dorfbewohner, die wie geistig verwirrt hin und her liefen. »Das kann kein Zufall sein. Ob sie auch von der Ohnmacht betroffen waren?«

Liv schnappte sich ihren Hand-Suprasensor, ergänzte ihn um das aufsteckbare Messgerät und hielt ihn in die Höhe. »Mit etwas Glück stellen wir Anomalien in der Luftzusammensetzung des Raumes oder ungewöhnliche Energiesignaturen fest.«

Er staunte über ihre Geistesgegenwärtigkeit, während er selbst noch halb schlaftrunken aus dem Fenster starrte. »Irgendwie beschleicht mich das Gefühl, dass irgendetwas anders ist als vorher, doch ich kann einfach nicht mit dem Finger darauf zeigen.«

»Seltsam, oder?«, bestätigte sie seinen Verdacht. Dann sah sie wieder auf den Bildschirm ihres Hand-Suprasensors und stöhnte frustriert auf. »Wieder nichts! Das gibt es doch nicht! Könnte es sein, dass diese Aufsätze kaputt sind?«

»Ich bezweifele es, aber du darfst gerne mein Set benutzen.« Giray setzte sich wieder vor das abhörsichere GSO-Vipho, das auf dem Tisch stand, und schilderte Eylers die aktuelle Situation. »Liv und ich werden jetzt erst einmal die Lage sondieren. Wir melden uns später noch einmal.«

»Verstanden«, bestätigte sein Vorgesetzter und fügte unmittelbar hinzu: »Sie beide nehmen den nächsten Flug zurück nach Babylon – also in etwa einer Woche. Ich schicke ein Spezialteam nach Hallwa.« Noch bevor seine Agenten protestieren konnten, legte er auf.

*

Liv spielte nervös mit ihren Fingern, als sie aus dem Fenster blickte. »Habe ich irgendetwas falsch gemacht?«

»Was meinst du?«, hakte Ömer nach, der seine Ausrüstung für den Spaziergang zusammenstellte.

»Ich glaube, unser Chef hat mehr von uns erwartet.«

»Wie immer.«

»War er zufriedener mit deiner Arbeit, als ich noch nicht deine Partnerin war?«

Verdutzt runzelte der Agent die Stirn. »Definitiv nein. Was ist das überhaupt für eine Frage?«

»Ach, ich dachte nur … Vielleicht hätte ich im Vorfeld nicht so viel herumnörgeln sollen, dann hätte er uns nicht bei der erstbesten Gelegenheit zurückbeordert.«

»Ich glaube kaum, dass es daran liegt. Hast du seinen besorgten Gesichtsausdruck nicht bemerkt?«

»Ehrlich gesagt hatte ich gar nicht darauf geachtet.«

»Hm«, machte Giray. »Jedenfalls kommt es manchmal vor, dass er Leute von einem Fall abzieht, weil er andere für geeigneter hält. Deshalb habe ich mir in den letzten Jahrzehnten angewöhnt, mein Herz nicht an einzelne Fälle zu hängen.«

»Hoffentlich schickt er nicht Jos Achten van Haag.«

»Sag bloß, du hegst noch immer einen Groll gegen ihn?«

Sanders drehte sich mit düsterer Miene zu ihrem Kollegen um. »An unsere letzte unerfreuliche Begegnung vor eineinhalb Jahren erinnere ich mich noch sehr gut. Ich habe absolut keinen Bock darauf, dass er mir bei der nächsten unter die Nase reibt, wie er im Alleingang den Hallwa-Fall gelöst hat.«

»Ach, so schlimm ist er auch wieder nicht!«

Sie rollte mit den Augen und wechselte rasch das Thema: »Wollen wir dann langsam mal los?«

*

Draußen herrschten milde achtzehn Grad. Eine leichte Brise wehte, und am blauen Himmel befand sich keine einzige Wolke. Die beiden GSO-Agenten spazierten mit ihren unscheinbaren Staubsaugervertreter-Aktentaschen durch Ionnville, wo sich mittlerweile aufgeregt diskutierende Grüppchen vor diversen Haustüren zusammengefunden hatten.

Die Siedlung wirkte seltsam fremd. Beispielsweise wiesen die Betonplast-Straßen an den Rändern sowie alle zwanzig bis dreißig Meter bruchkantenartige Risse auf. Die Fassaden der Gebäude hingegen waren unbeschädigt, weshalb ein Erdbeben als Ursache eher nicht infrage kam.

Plötzlich blieb Giray stehen, drehte sich einmal um seine eigene Achse und schaute sich verwirrt um. »Sag mal, könnte es sein, dass sich die Anordnung der Häuser verändert hat?« Nachdenklich kratzte er sich im Nacken.

Sanders gluckste, doch das Lachen blieb ihr sofort im Halse stecken. »Oh Mann, du hast recht!«, presste sie hervor. »Ob sich die Nachwirkungen der Ohnmacht negativ auf unser Gedächtnis auswirken?«

»Ich bin mir ziemlich sicher, dass dieses Gebäude dort vor einigen Tagen noch in Butterley stand.«

»Was um alles in der Welt geht hier vor?«

Ohne zu antworten ging Giray zu jener Haustür und berührte den Klingelsensor. Als er keine Geräusche hörte, klopfte er an.

»Verschwinden Sie!«, brüllte eine männliche Stimme aus dem halb geöffneten Fenster im ersten Stock.

»Ich möchte bloß wissen, ob Sie sich eben noch in Butterley befunden haben«, rief Giray zurück.

»Allerdings! Und ich habe auch schon Miss Nordvist darüber informiert, was mir angetan wurde. Sie dürfte jeden Moment hier auftauchen. Machen Sie sich auf etwas gefasst!«

»Danke für die Warnung«, erwiderte Giray spöttisch. Nachdem sich seine Vermutung bestätigt hatte, kehrte er schnurstracks mit seiner Kollegin in die Herberge zurück.

Liv holte ihren Handnadelstrahler aus ihrem Zimmer, steckte ihn in das umgelegte Holster und zog eine weite Jacke darüber, damit ihn nicht jeder sofort sah. Mit ihrem geschulten Blick und aufgrund persönlicher Erfahrungen erkannte sie allerdings sofort, dass sich ihr Partner nicht bewaffnet hatte. »Bitte nicht jetzt, Geralt!«, flüsterte sie und spielte damit auf seinen Pazifismus an. »Nimm doch wenigstens den Paraschocker mit!«

Der Angesprochene schüttelte den Kopf. »Sollten sich unsere Befürchtungen bewahrheiten, werden wir es gleich mit vielen panischen und aggressiven Menschen zu tun haben. Bewaffnungen jedweder Art wirken da eher kontraproduktiv.«

»Ich kann momentan leider keine Rücksicht auf irgendwelche Gefühle nehmen. Außerdem sollten wir zuerst die ›Bürgermeister‹ aufsuchen, bevor wir mit den Bewohnern sprechen.«

»Einverstanden. Aber die willst du nicht wirklich mitnehmen, oder?« Er deutete auf die Aktentasche, die sie noch immer bei sich trug. »Die Leute könnten dich für eine penetrante Werbetussi halten.«

»Was ist mit den Messungen?«

Daraufhin nahm er seinen Arm beiseite, wodurch sie seine Jackentasche sehen konnte, aus der ein kleiner Messfühler heraushing.

»Geht der davon nicht kaputt?«, fragte Liv skeptisch.

Ömer zuckte mit den Schultern. »Probieren wir's aus!«

*

Giray und Sanders – ohne Aktentasche – begaben sich zunächst auf die Suche nach Jeremiah Miller. Sie benötigten allein fünfzehn Minuten, um das Gemeinschaftszentrum zu finden, das sich nun am anderen Ende der Siedlung befand. Dort trafen sie zwar etliche aufgebrachte Einwohner an, den Bauleiter hingegen nicht.

Seine Wohnadresse brachte sie leider auch nicht weiter, weil sich nicht nur die Gebäudeanordnung, sondern auch die Straßen verändert hatten.

Daher beschlossen die Agenten, nach Butterley zu fahren, was sich mangels Schweber schwierig gestaltete. Als sie den Rand von Millers Siedlung erreichten, umrundeten sie den Ort, bis sie die Hügelkette entdeckten.

»Was ist, wenn sich Butterley nicht mehr auf der anderen Seite befindet?«, sprach Liv das aus, was auch Ömer durch den Kopf ging. »Alles scheint sich verändert zu haben.«

»Die Hügel wirken erstaunlich nahe«, bestätigte ihr Kollege nachdenklich. »Solange wir nicht herausgefunden haben, was hier los ist, sollten wir nicht durch die Landschaft spazieren.«

»Und wie finden wir jetzt Sibi Nordvist?«

»Ich denke, sie wird früher oder später aufkreuzen.« Er holte seinen Hand-Suprasensor aus der Jackentasche und kontrollierte die Resultate der Luftanalyse. »Alles im Normalbereich.«

Liv seufzte leise.

*

Vor dem Gemeinschaftszentrum versammelten sich immer mehr Menschen. Bislang hinderte Daniel Beams sie erfolgreich daran, das Gebäude zu stürmen.

Giray und Sanders versuchten gar nicht erst, in die Nähe des Eingangs zu gelangen, sondern marschierten weiter durch Ionnville – sofern man die Siedlung überhaupt noch so nennen konnte. Sie begegneten nämlich einer Menge Gesichtern und Häusern, die sie flüchtig aus Butterley kannten. Niemand wusste, was geschehen war, dafür brodelte die übliche Gerüchteküche, in der sich die Konkurrenten gegenseitig beschuldigten.

»Nicht mehr lange, und die Leute gehen mit Fackeln und Mistgabeln aufeinander los«, prophezeite Sanders düster.

»Hoffentlich nicht, solange wir noch hier sind«, entgegnete Giray.

Plötzlich lief ihnen jener bebrillter Ingenieur über den Weg, dem sie am Tag ihrer Ankunft begegnet waren. Er grinste breit über beide Backen, so als ob er sich über irgendetwas freuen würde.

Der GSO-Agent packte ihn im Vorübereilen am Ärmel und riss ihn mit sanfter Gewalt zu sich. »Joel Frake, richtig? Wir haben uns lange nicht mehr gesehen. Wie geht es Ihnen, und wissen Sie zufällig, was hier los ist?«

Der junge Mann starrte ihn völlig perplex an. Erst allmählich dämmerte ihm, wer da gerade auf ihn einredete. »Ach, Sie sind es, die Leute mit den Broschüren!«

»Lynn Zander und Gerald Kuröy von Stellar Best.«

»Richtig, aber ich muss jetzt leider weiter. Es hat mich gefreut.«

»Wo wollen Sie denn hin?«

»Zum Gemeinschaftszentrum.«

»Ich fürchte, da gibt es im Moment kein Durchkommen. Hunderte Menschen blockieren die Straße.« Giray ließ nun endlich Frakes Ärmel los, was den armen Kerl sichtlich erleichterte.

»Wissen Sie zufällig, ob Jeremiah Miller dort ist?«

»Wir haben ihn in dem Chaos nicht entdecken können«, erklärte Sanders.

Frake kratzte sich am stoppelbärtigen Kinn. »So ein Mist. Auf seinem Vipho konnte ich ihn auch nicht erreichen, dabei habe ich interessante Neuigkeiten für ihn.« Er sah Liv an, wobei ihm der Blick immer wieder nach unten rutschte und für den Bruchteil einer Sekunde an ihrem üppigen Vorbau hängen blieb. »Sein verschollener Nachbar ist wieder aufgetaucht.«

»Bitte, was?«

»Na ja, genau genommen nur dessen Haus, und man kann auch nicht mehr von ›Nachbar‹ sprechen, weil es sich jetzt an einer anderen Stelle befindet. Ob wir uns in einer Art Dimensionsloch befinden? Das wäre krass.«

»Könnten Sie uns zu dem Gebäude führen?«

Frake genoss sichtlich Livs Aufmerksamkeit, und so verwunderte es nicht, dass er ihr den Gefallen ohne zu zögern tat.

*

Nachdem der Ingenieur die beiden Agenten zu besagtem Haus gebracht und sich verabschiedet hatte, kehrten diese in die Herberge zurück, um nun doch ihre vorbereiteten Aktenkoffer zu holen. Ohne Vorkehrungen wollten sie nämlich kein Gebäude betreten, das mehrere Wochen lang spurlos verschwunden gewesen war.

Von außen betrachtet glich das Haus den anderen in der Nachbarschaft. Lediglich die Pflanzen in den Blumenkästen welkten schon länger vor sich hin.

Mit seinem Werkzeug knackte Ömer Giray binnen Sekunden das mechanische Schloss der Eingangstür und trat rasch einen Schritt zurück. Als nichts geschah, holte er seinen Hand-Suprasensor mit dem Messaufsatz hervor und hielt ihn vorsichtig in den Flur hinein.

Nachdem er die Auswertung der Daten gesichtet hatte, wandte er sich zu seiner Kollegin, die ein wenig seitlich von ihm stand, bereit, ihren Nadelstrahler zu ziehen. »Die Luft ist im wahrsten Sinne des Wortes rein.«

»Lass uns trotzdem vorsichtig bleiben!«, mahnte sie und folgte ihm ins Innere des Hauses. Die Eingangstür drückte sie hinter sich zu, damit sich kein neugieriger Nachbar selbst einlud. Anschließend zog die ihre Waffe, um ihrem Partner Rückendeckung zu geben.

Giray hielt das für übertrieben, ließ ihr aber ihren Spaß. Sollten an diesem Ort tatsächlich Gefahren lauern, so glaubte er, würden Nadelstrahlen wahrscheinlich nichts dagegen ausrichten können.

Weder im Erdgeschoss noch im ersten oder zweiten Stock trafen die Agenten eine Menschenseele an – nicht einmal eine tote. Einen Keller gab es nicht. Bis auf die dünne Staubschicht, die auf allem lag, sowie den vergammelnden Lebensmitteln in den ausgeschalteten Kühlschränken wirkten die drei Wohnungen, als ob ihre Bewohner jeden Moment aus dem Urlaub zurückkommen würden.

»Die Luftzusammensetzung bewegt sich auch hier im Bereich des Normalen«, fasste Giray die Ergebnisse auf seinem Hand-Suprasensor für seine Kollegin zusammen. »Lediglich die Stickstoffwerte sind leicht erhöht. Ungewöhnliche Energiesignaturen wurden keine registriert.«

Liv ließ das unkommentiert. Stattdessen ersetzte sie ihre Waffe durch eine Schwarzlichtlampe, mit der sie noch einmal das gesicherte Gebäude nach etwaigen Blutspuren durchforstete – erfolglos. »Im Prinzip könnten wir uns diese ganze Arbeit sparen, weil am Ende ohnehin nichts dabei herauskommt. Eine solch lange Pechsträhne habe ich noch nie erlebt.«

»Ich schon, öfter sogar.«

»Hast du jemals daran gedacht, das Handtuch zu werfen?«

»Ständig, aber ich habe einfach geduldig weitergemacht, was sich am Ende immer ausgezahlt hat. Insofern sehe ich das hier gelassen. Wir halten uns ja erst seit sieben Tagen auf Hallwa auf. Das ist noch gar nichts.«

»Und nächste Woche reisen wir schon wieder ab. Stell dir mal vor, uns gelänge ein entscheidender Fortschritt am letzten Tag! Und dann kassiert das neue Team unsere Lorbeeren ein!«

»Ich wusste gar nicht, dass du so viel Wert auf Ruhm und Ehre legst.«

»Tu ich auch nicht. Es geht mir primär um mich. Ich mag es nicht, wenn mir eine Aufgabe entrissen wird, mit der ich mich intensiv beschäftige. Ich möchte Lösungen finden und bringe Dinge gerne zu einem vernünftigen Abschluss.«

Giray brummte eine Zustimmung. Auch wenn er es sich ungern eingestand, dachte und fühlte er genauso. Allerdings vermied er es weitgehend, über solche Was-wäre-wenns nachzudenken, denn das sorgte bloß für schlechte Laune.

*

Als Nächstes statteten Giray und Sanders den Nachbarn einen Besuch ab. Die wenigen, die ihnen überhaupt die Tür öffneten, redeten sofort auf die beiden ein, überschütteten sie mit ihren Sorgen, Ängsten und Erklärungsversuchen.

Harold, der seit Neuestem direkt gegenüber wohnte, legte seinen Gästen am Wohnzimmertisch unverblümt seine Pläne offen: »Sie zwei sind herzlich eingeladen, sich der Stellar-Mining-Bürgerwehr anzuschließen. Dann wären wir schon zu dritt. Und sobald wir genug Leute zusammengetrommelt haben, werden wir gemeinsam diese Ratte Miller dazu zwingen, alles rückgängig zu machen.«

»Bedauerlicherweise bin ich für solche Aktionen nicht gemacht«, lehnte Giray das Angebot ab. »Ich kann Prospekte verteilen und Kunden beraten, für alles andere habe ich einfach kein Händchen.«

»Ist es denn Zufall, dass unserer beider Firmennamen mit ›Stellar‹ beginnen?«

»Um ehrlich zu sein, habe ich nie darüber nachgedacht.«

Harold zog abschätzig die buschigen, grauen Augenbrauen in die Höhe. »Und worüber denken Sie so nach?«

»Darüber, wer hinter der Sache stecken könnte.«

»Jeremiah Miller natürlich!«

»Weshalb sollte er das tun?«

»Um uns zu schaden. Er glaubt bestimmt, er hätte ein Anrecht auf diesen Planeten, weil er zuerst hier war, und will uns vertreiben oder notfalls sogar verschwinden lassen.«

»Angenommen, Ihre Theorie trifft zu, warum vermengt er dann seine Siedlung mit der von Miss Nordvist?«

Harold stieß ein verächtliches Schnaufen aus. »Sie stellen Fragen! Wollen Sie den Kerl etwa in Schutz nehmen? Ich weiß, dass Sie in Ionnville übernachten.«

»Das hat gar nichts zu bedeuten«, versicherte Giray ihm ruhig. »Wir machen hier ganz neutral Geschäfte mit jedem, der sich für unsere Maschinen interessiert, auch mit Ihrer Vorgesetzten. Was ich eigentlich sagen wollte, ist, dass ich Ihren Tatendrang bewundere. Sie sind nicht wie die anderen, die angsterfüllt und panisch durch die Gegend laufen oder das Gemeinschaftszentrum belagern. Deshalb denke ich, dass wir noch ein wenig abwarten sollten, wie sich die Situation weiter entwickelt, um Fehler auszuschließen.«

»Absolut!«

Während Giray versuchte, Harold davon zu überzeugen, nicht mit einem Schlägertrupp loszuziehen, hielt sich Sanders zurück und trank heißen Pfefferminztee. Zwischendurch äußerte sie eine kleine, motivierende Zustimmung, sobald ihr Gastgeber sagte, was sie hören wollten.

Obwohl sich die beiden GSO-Agenten nach wie vor als Mitarbeiter von Stellar Best ausgaben, wollten sie nicht mehr dumm und naiv spielen, sondern, so gut es ging, dafür sorgen, dass sich die Siedler beruhigten und sich trotz Notlage nicht zu unüberlegten Handlungen hinreißen ließen. In Bezug auf die Raumschiffe, die in einer Woche landen sollten, blieben sie bewusst vage, um keine Hoffnungen zu nähren, die am Ende in Wut umschlagen würde, falls sich die Schiffe verspäteten.

*

Zurück im Herbergszimmer baute Giray in seinem Zimmer neuerlich das Spezial-Bildfunkgerät auf, das äußerlich wie ein herkömmliches, wenn auch altmodisches Vipho aussah. Sanders kümmerte sich um die Aktivierung des Sprachverwirblers und fasste die spärlichen Erkenntnisse der vergangenen drei Stunden in einem kleinen Zwischenbericht zusammen.

Nachdem ihr Kollege den Text überflogen und für gut befunden hatte, schaltete er das Vipho ein und drückte auf das Sensorfeld, das direkt Bernd Eylers' Büro anwählte. Während sich eine Verbindung zur Hyperfunk-Relaisstation aufbaute, band er sich rasch den Zopf neu. Mit den etlichen heraushängenden Haarsträhnen sah er nämlich mittlerweile ziemlich verwegen aus, nicht mehr wie ein langweiliger Baumaschinenhändler.

»Sag bloß, der Chef ist ausnahmsweise einmal aushäusig!«, bemerkte Liv, als der Bildschirm nach fünfzehn Sekunden immer noch nichts anzeigte. »Ausgerechnet jetzt!«

Giray deutete auf das pulsierende Signallämpchen. »Die Phase befindet sich noch im Aufbau.« Zwei Minuten später tat sie das noch immer. »Hm, irgendetwas blockiert wohl die Hyperfunkverbindung oder unser Vipho ist wider Erwarten kaputt gegangen.«

»Heute Morgen hat es noch funktioniert.«

»Ich kalibriere das Gerät mal neu. Organisierst du uns derweil einen Kaffee?«

»Von mir aus.« Liv verließ den Raum.

Eigentlich wollte Ömer nichts trinken, doch er hielt es für sinnvoll, wenn sich seine Partnerin anderweitig beschäftigte, anstatt ihm in den Nacken zu starren, während er sich um das Verbindungsproblem kümmerte.

Die Neukalibrierung dauerte nur wenige Sekunden, doch das GSO-Vipho konnte auch danach noch immer keine Verbindung nach Babylon beziehungsweise zur zwischengeschalteten Relaisstation aufbauen. Daher griff Giray zu seinem Armbandvipho, das nicht ganz so leistungsstark wie dessen großer, klotziger Bruder war. Zwar fand es die Relaisstation ebenfalls nicht, dafür aber das Vipho, sodass Ömer einen Defekt ausschließen konnte.

*

Liv Sanders betrat das Herbergszimmer erst zwanzig Minuten später – ohne Kaffee. Sie wirkte so aufgewühlt, dass ihr Kollege sich seine typischen Kommentare ausnahmsweise einmal sparte und stattdessen fragte: »Alles in Ordnung?«

»Gute Frage. Joanne war nicht da, also habe ich mich selbst am Kaffeeautomaten im Foyer bedient – oder besser gesagt, es versucht. Allerdings kam nichts heraus, weil er gar nicht erst ansprang. Dann musste ich mal kurz ins Bad, wo ich feststellte, dass kein Wasser fließt, und auch das Licht funktionierte nicht.«

»Du meinst, es gibt weder Strom noch Wasser?«, fasste ihr Partner zusammen.

»Genau«, rief sie aus seinem Badezimmer, in dem ansonsten keine Geräusche ertönten. »Bei dir ebenfalls nicht. Ob es in der ganzen Siedlung so ist? Das, was die Risse in den Straßen verursacht hat, könnte auch die Leitungen beschädigt haben. Auch wenn es albern klingt: Ich hege den Verdacht, dass irgendjemand die Gebäude aus Ionnville und Butterley genommen und an anderer Stelle neu arrangiert hat. Jetzt frage mich bloß nicht, was er damit bezwecken wollte.«

»Du könntest mit deiner Theorie recht haben«, erwiderte Ömer. »Das lässt sich bestimmt leicht feststellen.« Er erhob sich aus seinem Sessel und ging zu seinem Koffer, aus dem er einen kleinen, aufklappbaren Metalldetektor holte.

»Was ist mit dem Vipho?«, fragte sie, als sie sein Bad verließ.

»Zwecklos.«

*

Wenige Minuten später gruben die Agenten hinter der Herberge. Das dicht verwurzelte Gras bereitete ihnen einige Schwierigkeiten, doch keiner von beiden beklagte sich über die körperliche Arbeit, die nach gut einer Stunde belohnt wurde: Im Erdreich stießen sie auf die Leitungen, die von einer dicken Schicht Gummi umhüllt waren.

»Puh!«, seufzte Liv. »Müssen wir jetzt ernsthaft weiterbuddeln?«

Giray hatte eine bessere Idee, nahm den Metalldetektor und folgte damit kurzerhand einem Leitungsstrang bis zum Nachbargrundstück, wo das Gerät nichts mehr registrierte. An dieser Stelle gruben sie erneut.

Die Rohre und Leitungen endeten abrupt im Nichts, wie säuberlich abgetrennt.

Daraufhin untersuchten die Agenten stichprobenartig weitere Häuser, wo sie das gleiche Phänomen beobachteten. Das kostete sie fast den gesamten Nachmittag, doch immerhin erhärteten die Erkenntnisse ihre Hypothese von den neu arrangierten Häusern. Die Ursache blieb allerdings nach wie vor ein Rätsel.

*

Zurück in der Herberge versuchte Giray abermals, eine Hyperfunkverbindung nach Babylon herzustellen, allerdings wieder erfolglos. Daraufhin beschlossen die Geheimagenten, die letzten Stunden vor Einbruch der Dunkelheit zu nutzen, um sich nun doch außerhalb der Siedlung umzusehen. Dafür nahmen sie ihre Rucksäcke mit den Analysegeräten mit.

Die weitläufige Landschaft machte ein Verirren weitgehend unmöglich, deshalb marschierten sie auf die Hügel zu. Alles wirkte ganz normal. Im Gras, über das eine leichte Brise strich, zirpte und raschelte die winzige Fauna Hallwas.

Plötzlich sah Giray rechts von sich etwas aufblitzen. Als er hinschaute, entdeckte er in der Ferne einen merkwürdigen Silberstreifen. Mit seinem linken künstlichen Auge vergrößerte er diesen. »Dort ist ein Gewässer, vermutlich ein See.«

»Wirklich? Warum habe ich den nie bemerkt?«, fragte Sanders irritiert. Sie blinzelte in die Richtung, in die Giray deutete, doch so viel wie ihr Kollege konnte sie nicht wahrnehmen.

»Weil er vorher nicht da war.«

»Aber es hat doch gar nicht geregnet.«

»Bei all den Merkwürdigkeiten, die sich in den letzten Stunden ereignet haben, würde ich glatt darauf tippen, dass ihn jemand dorthin gesetzt hat.«

»Wie soll er das gemacht haben? So ein Becken zu füllen dauert doch Tage, wenn nicht Wochen.«

»Nun ja, in den zwei Stündchen unserer geistigen Abwesenheit hat jemand Ionnville und Butterley neu gestaltet. Da fand er bestimmt ein paar Minütchen dafür.«

»Das erinnert mich irgendwie an die Schöpfungsgeschichte, wo Gott auch auf den letzten Drücker das Komplexeste hergezaubert hat: den Menschen.«

Giray hob erstaunt die Augenbrauen. »Du meinst, wir haben es mit einem Gott zu tun?«

Liv schnalzte mit der Zunge. »An so etwas glaube ich nicht. Wir bereisen seit Jahrzehnten den Weltraum und sind bislang noch keinem allmächtigen und allwissenden Wesen begegnet, das dieser Bezeichnung würdig gewesen wäre.«

»… was nicht bedeutet, dass nicht doch irgendwo da draußen ein Gott existieren könnte.«

»Ich wollte jetzt keine Glaubensdiskussion mit dir führen. Wie kamen wir überhaupt auf das Thema?«

Als sich die beiden wieder den Hügeln zuwandten, sahen sie plötzlich einen Schweber auf sich zurasen.

6.

Der Schweber bremste so scharf, dass der Prallfeldgenerator ächzte. Kurz darauf öffnete sich die Tür, doch niemand stieg aus. Stattdessen erschien Sibi Nordvist in der Öffnung und winkte die beiden verdutzten GSO-Agenten zu sich. »Los, steigen Sie ein!«

Giray und Sanders tauschten einen Blick miteinander aus und folgten dann der Einladung.

»Das ist Brent Cavendish«, erklärte die Bauleiterin mit einem Nicken in Richtung des Fahrers. »Wenn ich mich nicht irre, kennen Sie ihn noch nicht. Er arbeitet hier als eine Art Taxifahrer, beziehungsweise tat er das bis vor ein paar Stunden.«

»Wir hatten bereits das Vergnügen«, erklärte Ömer knapp.

»Stimmt, Sie waren ja dabei, als wir mit Miller nach Butterley gefahren sind. Mein Gedächtnis funktioniert normalerweise besser, doch im Moment geht alles drunter und drüber.«

In diesem Moment fuhr der Muskelprotz an, wobei er etwas zu stark beschleunigte und die drei Stehenden damit zum Stolpern brachte – seiner grimmigen Miene nach mit voller Absicht. Offenkundig missfiel ihm, als Taxifahrer vorgestellt worden zu sein.

»Mister Cavendish!«, beschwerte sich seine Vorgesetzte, nachdem sie wieder Halt gefunden hatte. »Musste das sein?« Sie blickte entschuldigend ihre Gäste an. »Ich hoffe, Sie haben sich nicht verletzt. Bitte setzen Sie sich!«

Daraufhin ließen sich Nordvist und die Agenten in die freien Sitze fallen. Auf den übrigen saßen bereits drei Leute: Tayden, Phang und Omoshi.

»Wohin geht die Reise überhaupt?«, erkundigte sich Giray.

»Mister Cavendish kennt den Weg«, erwiderte die Bauleiterin kryptisch, rückte sich die dominante Brille zurecht und wechselte übergangslos das Thema: »Abgesehen von uns hier im Schweber scheinen fast alle Siedler verrückt geworden zu sein. Ich vermute, dass die Junction Mining Corporation hinter der Aktion steckt, um meiner Firma zu schaden.«

Bitte nicht schon wieder!, schrie der Agent innerlich auf. Die Genervtheit von dem leidigen Thema ließ er sich allerdings äußerlich nicht anmerken, sondern ließ sich die Frau ihren Frust von der Seele reden, den er in den letzten Tagen gefühlte tausend Mal in verschiedenen Varianten von diversen Leuten gehört hatte. So erzählte sie neuerlich die alte Leier von Jeremiah Miller, dem Drahtzieher, der angeblich einen Groll gegen sie hege. Ihm traue sie alles zu.

Giray verriet ihr nicht, dass ihr Konkurrent exakt das Gleiche über sie sagte, zumal ihn ein anderes Thema viel mehr interessierte. »Sie sind doch von den Hügeln gekommen. Haben Sie dort etwas entdeckt?«

Für einen kurzen Moment legte sich ein Schatten über Nordvists Gesicht, der jedoch sofort wieder verschwand. »Alles zu gegebener Zeit. Zuerst müssen Sie uns helfen, Miller dingfest zu machen, bevor noch Schlimmeres passiert – falls er sich überhaupt noch hier aufhält.«

»Warum wir?«

»Weil Sie, wie erwähnt, zu den wenigen gehören, die noch nicht den Verstand verloren haben.«

»Aber woher wollen Sie wissen, dass Sie uns vertrauen können?«

Die Ingenieurin lächelte dünn. »Wer spricht von Vertrauen? Im Moment steht es fünf gegen zwei. Außerdem möchten Sie vermutlich genauso wie wir, dass dieser ganze Spuk bald ein Ende findet. Daher bietet es sich an, wenn wir alle gemeinsam an einem Strang ziehen.«

Liv wirkte nicht überzeugt. »Was meinten Sie mit dem Zusatz ›falls er sich überhaupt noch hier aufhält‹?«

Wieder vertröstete Nordvist die Agenten auf später.

*

Die Truppe fand den Gesuchten auf dem neuentstandenen »Dorfplatz« mitten in der Großsiedlung, bei der es sich tatsächlich um eine Verschmelzung Ionnvilles und Butterleys handelte. Eine Menschentraube umringte den Mann und schrie hysterisch auf ihn ein. Immer wieder hob er beschwichtigend die Hände, wollte etwas erwidern, doch niemand ließ ihn zu Wort kommen. Die einen verlangten, dass er etwas unternehmen solle, die anderen beschuldigten ihn, für das Chaos verantwortlich zu sein. Es herrschte ein einziges Gekreische und Gezetere.

Nordvist, Giray und Sanders reckten ihre Hälse, versuchten die Leute beiseitezudrängen, aber es gab einfach kein Durchkommen. Alle zog es ins Zentrum des Geschehens, wo es allmählich eng wurde.

»Verdammt!«, zischte Sanders ihrem Partner zu. »Wir müssen etwas unternehmen, bevor sie ihn lynchen!«

Sie schickte sich schon an, ihren Nadelstrahler zu ziehen, da legte ihr Giray rasch die Hand auf den Unterarm und schüttelte den Kopf. »Das bringt nichts.«

»Willst du ihn ernsthaft seinem Schicksal überlassen?«

Brent Cavendish kannte keine Hindernisse, sondern bahnte sich seinen Weg, indem er die Leute unsanft beiseiteschubste. Als die Masse des überdimensionierten Muskelprotzes gewahr wurde, der durch sie hindurchpflügte, verstummte sie und machte ihm Platz. Giray, Sanders und Nordvist eilten ihm schnell nach.

Miller wirkte verängstigt und erleichtert zugleich, als er die vier erblickte. Bevor er etwas sagen konnte, warf ihn Cavendish zu Boden und verdrehte ihm die Arme hinter dem Rücken. Ein Raunen ging durch das Publikum, doch niemand von den Gaffern machte Anstalten dem »Bürgermeister« des ehemaligen Ionnvilles zu helfen.

»Lassen Sie den Mann los, Cavendish!«, forderte Liv Sanders entsetzt. »Sind Sie jetzt völlig übergeschnappt?«

»Halten Sie sich da raus, Miss Zander!«, knurrte der Angesprochene. »Das ist eine Sache zwischen Männern.«

»Wir wollten mit ihm reden, nicht ihm die Knochen brechen.«

Als der Muskelprotz sein Gewicht verlagerte, stöhnte sein Opfer vor Schmerz unter ihm auf. Der Bizeps, der sich in den

Nacken des Bauleiters drückte und mit Cavendishs muskulösem Unterarm eine Klemme bildete, schwoll einen weiteren Zentimeter an.

»Mir machen Sie nichts vor, Miller!«, knurrte die Beulenpest. »Keine faulen Tricks mehr!«

»Cavendish!« Nordvists Stimme durchschnitt förmlich die Luft. »Lassen Sie ihn verdammt nochmal los!«

»Sobald ich den Griff lockere, nutzt er das aus. Wir dürfen keine Gnade zeigen.«

»Er kriegt ja keine Luft mehr!«

»Vertrauen Sie mir, der tut nur so!«

»Und sein Gesicht wird bereits blau.«

Der Muskelprotz seufzte. »Auf Ihre Verantwortung!« Dann ließ er endlich von seinem Opfer ab, behielt es jedoch weiterhin misstrauisch im Auge.

Nordvist half Miller wieder auf die Beine, wobei sich die Bauleiterin bei ihrem Konkurrenten mehrfach für das Verhalten ihres Mitarbeiters entschuldigte. Offenkundig legte sie noch Wert auf Einhaltung moralischer Grenzen, die mit dem Angriff eindeutig überschritten worden waren.

*

»Ich komme gleich zurück!«, versprach Jeremiah Miller den aufgebrachten Leuten auf dem Platz. Seine Stimme krächzte dabei wie die eines Raben.

Die Menschen machten respektvoll Platz, als sich Brent Cavendish in Bewegung setzte. Die beiden ehemaligen »Bürgermeister« sowie Giray und Sanders folgten ihm zurück in den Schweber.

Obwohl Nordvist nicht verriet, wohin die Reise ging, fuhr Cavendish aus der Stadt und hielt schnurgerade auf die Hügelkette zu. Offenbar kannte er das Ziel.

»Gibt es eigentlich noch weitere Schweber als nur diesen – oder Gleiter?«, erkundigte sich Liv.

Die Bauleiterin hob die Schultern. »Wir besaßen bis vor wenigen Stunden einen ganzen Fuhrpark, doch dies ist leider das einzige Gefährt, das wir auftreiben konnten.« Sie durchbohrte ihren Konkurrenten anklagend mit ihrem Blick.

»Warum gucken Sie mich so seltsam an?«, konterte Miller mit gerunzelter Stirn. »Meinen konnte ich nirgendwo finden.«

»Das glaube ich gerne.«

»Weil Sie ihn gestohlen haben!«

»Was für ein Unsinn!«

»Ach ja? Seltsam, dass Sie die Einzige mit einem Schweber sind! Die Hinweise verdichten sich, dass es sich bei dem ganzen Scheiß um eine perfide Aktion von Stellar-Mining handelt, um der JMC zu schaden.«

»Wenn wir Ihnen schaden wollten, würden wir Sie einfach aus dem Markt drängen. Diesen Hickhack haben wir definitiv nicht nötig – im Gegensatz zu Ihrem Pleiteunternehmen.«

Daraufhin räusperte sich Giray laut, sodass er kurz die Aufmerksamkeit der beiden Ingenieure auf sich zog. »Ich fürchte, diese gegenseitigen Anschuldigungen werden unser aktuelles Problem nicht lösen. Momentan scheint es mir, als ob alle Seiten gleichermaßen Schaden erlitten haben, sodass ich bezweifele, dass überhaupt eine der beiden Firmen dahintersteckt.«

»Stellar-Mining besitzt genug Geld, um alles zu vertuschen«, behauptete Miller. »Ich wette, ihre Leute erhalten eine üppige Entschädigung dafür, dass sie mitspielen.«

Die Bauleiterin lachte schrill auf. »Es wird immer absurder.«

»Möglicherweise sollten wir die Diskussion vertagen«, schlug Giray mit einem diplomatischen Lächeln vor. »Sie wollten uns doch etwas zeigen, Miss Nordvist, nicht wahr?«

Für die restlichen Minuten der Fahrt kehrte im Fond Schweigen ein.

*

Oben auf einem der Hügel hielt der Schweber an. Während die Passagiere ausstiegen, verblieb Cavendish im Cockpit.

Giray und Sanders überblickten eine weitläufige flache Landschaft, die sich bis zum fernen Horizont erstreckte. Gras und niedrige Büsche charakterisierten sie. Lediglich die Siedlung, die um mindestens eine Lagerhalle sowie den Landeplatz ärmer geworden war, sowie der See stachen aus dem Gesamtbild hervor.

»Was ist das dort drüben neben der Stadt?« Liv deutete mit ausgestrecktem Arm in Richtung elf Uhr, wo ein kleiner, dunkler Turm zu stehen schien.

»Das schauen wir uns später an«, versprach Nordvist. »Zuerst will ich Ihnen etwas zeigen. Es befindet sich dort drüben hinter dem nächsten Hügel.«

Giray, Sanders und Miller gingen los, doch nach wenigen Schritten drehte sich die Agentin nach den vier Zurückgebliebenen um und fragte verwundert: »Kommen Sie nicht mit?«

Nordvist schüttelte den Kopf.

Giray stapfte einfach weiter den Hügel hinauf, sodass Liv keine Chance hatte, sich mit ihm auszutauschen. Er hatte die Nase voll von Rätseln und wollte schnellstmöglich herausfinden, was auf Hallwa los war. Oben angekommen blieb er nicht stehen. Wachsam ließ er seinen Blick über die Landschaft schweifen. Erst fünfzig Meter weiter entdeckte er hügelabwärts das völlig demolierte Wrack eines Schwebers.

Das Gefährt sieht aus, als wäre es mit hoher Geschwindigkeit gegen etwas geknallt, stellte der Agent in Gedanken fest, während er seine Schritte beschleunigte. *Hier gibt es jedoch weder Felsen noch Bäume noch ein zweites Wrack in der Nähe, mit dem es kollidiert sein könnte.*

Hinter sich hörte er das Aufstöhnen eines Mannes. Wenige Sekunden später rannte der Bauleiter an ihm vorbei und erreichte als Erster das zerstörte Fahrzeug. Die Karosserie war völlig verbogen, teilweise gerissen, die Scheiben zertrümmert. Teile des Kraftfeldgenerators lagen verstreut im Gras.

»Das …, das ist mein Schweber«, keuchte Miller und versuchte erfolglos, die verkanteten Türen zum Fond und zum Cockpit aufzustemmen. »Hallo? Kann mich jemand hören?«, rief er durch die Spalten ins Fahrzeuginnere hinein.

Als Giray durch das Loch im Bug schaute, in dem sich vormals eine Scheibe befunden hatte, entdeckte er den Grund, weshalb niemand antwortete: drei übel zugerichtete Leichen. Das halbe Gesicht des Fahrers hing buchstäblich im Lenkrad, was eigentlich hätte unmöglich sein sollen. Der rote Fleck an der Strebe links von ihm deutete darauf hin, dass der Mann zuerst mit dem Kopf gegen die Seite und dann mit voller Wucht auf die Steuerkonsole geknallt sein musste. Entweder es existierten keine Sicherheitsmechanismen oder sie waren defekt.

Die beiden Passagiere im Fond hingen noch angeschnallt in ihren Sitzen, das Kinn auf der Brust, als ob sie lediglich schlafen würden. Doch beim genaueren Hinsehen wiesen ihre Körper allerlei Wunden auf, aus denen bleiche Knochen herausstachen. Bei einem von ihnen hatte sich der Sicherheitsgurt in den Hals geschnitten, bei dem anderen so tief in die Seite, dass die Gedärme herausquollen.

»Oh Gott, das ist Sem Nijhuis!«, rief Miller völlig aufgelöst, als er den Fahrer entdeckte. Sofort wollte er durch das Cockpit ins Innere des Fahrzeugs kriechen, doch Giray hielt ihn sanft zurück.

»Lassen Sie es!«, riet der Agent mit leiser Stimme. »Wir können ihnen sowieso nicht mehr helfen.«

»Aber vielleicht lebt noch einer!«

Ömer empfand nicht viel beim Anblick der Toten. Blut, Verletzungen, Leichen gehörten zu seinem Berufsalltag als Geheimagent. Er hatte im Laufe seiner Karriere weitaus Schlimmeres gesehen, beispielsweise die Resultate von Folter und Mord. Hierbei handelte es sich hingegen vermutlich um einen tragischen Unfall. So etwas geschah nun einmal.

Trotzdem konnte er Millers Schmerz nachvollziehen, und deshalb kletterte er ins Innere, um den Ingenieur davon zu überzeugen, dass seine Leute tatsächlich tot waren. Er selbst wusste es längst, denn mit einem gebrochenen Genick, heraushängenden Organen und zermatschtem Gesicht lebte in der Regel niemand lange.

Liv übernahm den Part des Tröstens, indem sie sich mit Miller ins Gras setzte und ihm zuhörte. Derweil stieg Giray wieder aus dem Wagen und begann, sich am Unfallort umzusehen. Rasch stellte er fest, dass sich die Kollision tatsächlich an dieser Stelle zugetragen haben musste, denn das Erdreich wies entsprechende Spuren auf.

Der Schweber ist wahrscheinlich ungebremst und schräg gegen ein Hindernis gefahren, fasste er in Gedanken seine Theorie zusammen, die er auf Basis der Indizien entwickelte. *Durch die Wucht des Aufpralls wurde er zurückgeschleudert, rotierte. Gleichzeitig oder kurz darauf fiel der Prallfeldgenerator aus, sodass das Fahrzeug auf dem Boden aufsetzte und aufgrund des Widerstandes schließlich zum Stehen kam. Da sich am Bug keinerlei fremde Lackspuren befinden, wird der Schweber vermutlich nicht mit einem anderen zusammengestoßen sein.*

Der GSO-Agent sah sich noch einmal gründlich um, wobei er vor allem sein künstliches Auge einsetzte, doch auch das erweiterte Spektrum barg keinen Hinweis auf den zweiten Akteur. Schließlich setzte er sich in Bewegung, ging den Hügel weiter hinab, obgleich er bezweifelte, dass das Hindernis durch den Aufprall außer Sichtweite geschleudert worden war. *Mit etwas Glück entdecke ich Spuren im Gras, denn diese Kräfteentfaltung muss einfach irgendwelche Spuren hinterlassen haben – egal ob sich der andere Schweber, oder was auch immer das war, aus dem Staub gemacht hat.*

Kaum ließ er das Wrack zwölf Meter hinter sich, da stieß er plötzlich mit dem Kopf gegen einen unsichtbaren Widerstand. Benommen stolperte er einen Schritt zurück und rieb sich die Stirn.

»Geralt!«, hörte er seine Kollegin hinter sich. »Ist alles in Ordnung?«

»Ja, bleib wo du bist!« Giray tastete sich vorsichtig mit ausgestreckten Armen vorwärts, bis er etwas Kühles an seinen Fingerspitzen spürte. Er drückte die Handflächen dagegen, doch das Material gab nicht nach. *Es fühlt sich fast wie Glas an, nur etwas wärmer,* stellte er erstaunt fest. *Was zum Henker ist das?*

Verwirrt blickte er in die Landschaft, die sich jenseits des Widerstands befand. Dann ging er an der Wand entlang, wobei er die Hand nicht von ihr ließ. Nach rund einhundert Metern hielt er an, denn aus irgendeinem Grund ahnte er, dass er keinen Durchgang finden würde. Als er sich zu Liv umdrehte, sah er Nordvist und deren Leute oben auf dem Hügel stehen. Mit einer dezenten Geste winkte er seine Partnerin zu sich, wobei sie geistesgegenwärtig Miller und den anderen zu verstehen gab, ihr nicht zu folgen.

*

Sanders musterte den Neunundvierzigjährigen kritisch. »Bist du auch wirklich unverletzt?«

»Du kennst doch meinen Dickschädel«, entgegnete dieser. Obwohl ihm die Sorge seiner Kollegin gefiel, wollte er in diesem Moment nicht die Zeit mit der Erörterung seines Wohlbefindens verschwenden. Der Schädel brummte ihm leicht, doch das würde gleich verfliegen. Aus seinem Rucksack holte er diverse Analysegeräte hervor, die er auf dem Boden abstellte und drahtlos mit seinem Hand-Suprasensor verband.

Währenddessen berührte Liv fasziniert die unsichtbare Wand und wiederholte genau das, was ihr Partner vor weniger als drei Minuten auch durch den Kopf geschossen war. »Die Geschichte wird immer verrückter«, bemerkte sie. »Es würde mich nicht wundern, wenn ich gleich aufwache und in meinem Bettchen auf Babylon liege.«

»An deiner Stelle würde ich mir diesbezüglich nicht zu viele Hoffnungen machen.«

»Ob es hinter dieser Scheibe tatsächlich weitergeht? Meinst du, wir befinden uns unter einer Art Käseglocke?« Sie holte nun auch ihre eigenen Geräte hervor und nahm ein paar Schritte weiter eigene Messungen vor, deren Ergebnisse sie anschließend mit denen ihres Kollegen abglich. Allerdings gewannen die beiden Agenten daraus wie üblich keinerlei verwertbare Erkenntnisse.

»Das macht mich wahnsinnig!«, zischte Liv frustriert. »Dieses Material ist hart, aber spiegelt nicht. Wir können nicht feststellen, ob sich dahinter tatsächlich eine Landschaft befindet oder ob es sich lediglich um eine Illusion handelt. Ich fürchte, mit den sanften Methoden kommen wir nicht weiter.« Sie zückte ihren Nadelstrahler und feuerte.

Giray drückte ihren Arm gerade noch rechtzeitig herunter, sodass der Schuss lediglich einen dematerialisierten Krater im Boden hinterließ, anstatt in dem unbekannten Material.

»Das halte ich für keine gute Idee«, erklärte der Deutsch-Türke seine Reaktion. »Solange wir nicht wissen, was uns erwartet, sollten wir diese Wand keinesfalls ohne Schutzvorkehrungen beschädigen oder gar zerstören.«

*

Zurück bei den Wartenden erkundigte sich Liv Sanders bei den beiden Bauleitern, womit sich derer beider Firmen eigentlich beschäftigten. »Was genau stellen Sie mit dem seltenen Erz an?«

»Es wird eingeschmolzen und zu Platten oder Barren verarbeitet«, erklärte Nordvist. »Alle paar Wochen kommt ein Raumschiff und transportiert die Ware nach Babylon ins Zentrallager, von wo aus sie an die Abnehmer verteilt wird.«

»Bei uns verhält es sich ebenso«, schloss Miller sich an, »wobei unser Schiff zur Erde fliegt.«

»Nach meinem Kenntnisstand fliegt es zu einer Raumstation am Rande des Sol-Systems.« Nordvist sah ihr Gegenüber prüfend an.

»Das meinte ich doch.«

»Sie haben aber Erde gesagt.«

»Im Prinzip läuft es auf das Gleiche hinaus. Ein Teil der Ladung wird zur Erde gebracht. Der Rest verbleibt logischerweise in der Station außerhalb des Sonnensystems, weil nur im leeren Raum transitiert werden kann beziehungsweise darf. Jetzt zufrieden?«

»Sind Sie bei Ihren Angaben grundsätzlich so ungenau?«

»Ich wusste nicht, dass Miss Zander sämtliche Details über unsere Logistik erfahren wollte, mit der ich mich im Übrigen nicht sonderlich gut auskenne. Ich bin nämlich in erster Linie dafür zuständig, dass die Erzgewinnung auf Hallwa reibungslos verläuft, was sich dank Ihnen als Herausforderung erweist.« Miller schnappte kurz nach Luft, ehe er hinterherschob: »Könnte es sein, dass Ihre Leute meine Leute im Schweber auf dem Gewissen haben?«

Nordvists Wangen röteten sich. »Was fällt Ihnen ein?«, fuhr die Ingenieurin ihn an.

»Sie haben mein Fahrzeug bestimmt sabotiert, wie Sie das ständig tun.«

»Die Menschen sind durch die Kollision mit der unsichtbaren Wand gestorben«, lenkte Giray rasch ein, bevor ein neuerlicher Streit losbrach.

Am liebsten hätte er die beiden lautstark zur Raison gebracht, doch wie immer hielt er sich zurück. Stattdessen beschloss er, die Gelegenheit zu nutzen, um seine Kollegin und sich zu jenem seltsamen Objekt neben der Siedlung kutschieren zu lassen, worin Nordvist ohne zu zögern einwilligte.

*

Auf der Fahrt dorthin äußerte Brent Cavendish Zweifel an Lynn Zanders und Geralt Kuröys Identität. »Ständig sehe ich Sie irgendwo herumschnüffeln. Und diese Geräte haben Sie bestimmt auch nicht im herkömmlichen Elektrohandel bestellt.«

»Damit haben Sie vollkommen recht«, erwiderte Giray prompt. »Sie stammen von einem Fachhändler. Aufgrund mehrerer Vorfälle in der Vergangenheit sieht sich Stellar Best leider dazu gezwungen, eine Risikoeinschätzung bei unserer Versicherung abzugeben, die im Falle eines Schadens haftet. Dazu benötigen meine Kollegin und ich natürlich entsprechende Gerätschaften, die uns dabei unterstützen. Würden wir das nicht tun, müssten wir unsere Preise verdoppeln.«

»Wieso schicken andere Firmen ihre Mitarbeiter nicht ebenfalls her?«

»Das kann ich Ihnen leider nicht beantworten.«

»Ich glaube Ihnen kein Wort!«, posaunte Cavendish eine Spur zu laut, wobei sein Blick im Rückspiegel eindeutig den seiner Vorgesetzten suchte, der er offenbar imponieren wollte. »Beim Militär hatte ich mit einigen Aufschneidern zu tun, sodass ich so ziemlich jeden Trick kenne. Bei Ihnen beiden weiß ich nur noch nicht, was Sie mit dieser Aktion bezwecken. Natürlich halte ich Sie nicht für das aktuelle Chaos verantwortlich, denn dazu erwecken Sie keinen allzu gescheiten Eindruck auf mich – was keine Beleidigung sein soll.«

»Kein Problem«, meinte Giray unberührt. Was die Beulenpest über ihn dachte, interessierte ihn nicht im Geringsten.

Anscheinend hörte sich diese jedoch selbst gerne reden, denn sie fuhr fort: »Bei meiner Arbeit für den terranischen Botschafter Danog ut Keltris konnte ich meine detektivischen Fähigkeiten weiter vertiefen. Ich mache Miss Nordvist keinen Vorwurf, dass sie Ihr krummes Spiel nicht durchschaut, doch bei mir zieht Ihre Masche nicht.«

»Welche Intention verfolgen wir Ihrer Ansicht nach?«

»Darüber muss ich mir noch Gedanken machen, aber Ihre attraktive Partnerin sieht mir auf keinen Fall wie eine Handelsvertreterin aus.«

»Ach, wirklich?«, gab die Gemeinte angriffslustig zurück. »Als was arbeite ich denn dann?«

Im Rückspiegel stellte der Pilot ein überhebliches Grinsen zur Schau. »Glauben Sie ja nicht, ich hätte die Waffe unter ihrer Jacke nicht bemerkt. Nadelstrahler oder Paraschocker?«

»Ersteres«, klärte Liv ihn auf, ohne mit der Wimper zu zucken. Die Tatsache abzustreiten würde sie nur verdächtig machen. »Eine Frau muss sich schließlich wehren können.«

»Seit wann wird in Selbstverteidigungskursen der Umgang mit Energiestrahlern gelehrt? Oder haben Sie anderswo schießen gelernt? Ich gehe mal davon aus, dass Ihre Waffe nicht nur der Zierde dient, auch wenn …«

»Mister Cavendish!«, mischte sich Nordvist entnervt ein. »Könnten Sie bitte mal für ein paar Minuten den Mund halten und sich auf den Weg konzentrieren? Ich verspüre wenig Lust, wie die bedauerlichen Opfer in dem anderen Schweber zu enden.«

Beleidigt presste die Beulenpest ihre Kiefer aufeinander, wobei sich an den Seiten zwei weitere Muskelberge unter der glattrasierten Haut wölbten.

Für den Rest der Fahrt breitete sich wohltuende Ruhe im Fahrzeug aus.

7.

Das mysteriöse Objekt neben der Siedlung entpuppte sich als eine Art acht Meter hohe und vier Meter durchmessende Prismasäule mit dunkelbraun schimmernder, metallisch-glatter Oberfläche. An jeder Seite befand sich ein etwa zwanzig Zentimeter durchmessender Fugenring, unter dem jeweils ein Becken hing. Eines davon wies die Form eines Trichters auf, an dessen Boden sich ein Gitter befand. Darunter führte ein rund ein Meter durchmessendes Rohr ins dicht mit Gras bewachsene Erdreich hinab.

»Diese Behältnisse erfüllen garantiert einen Zweck«, meinte Liv Sanders und begann, die Wände auf der Suche nach einem versteckten Mechanismus abzuklopfen, der die Funktion der Prismasäule enthüllte. »Irgendwo muss sich ein Knopf oder so etwas befinden.«

Abgesehen von ihr und ihrem Kollegen hielt sich niemand an der Säule auf. Die anderen waren mit dem Schweber zurück in die Stadt gefahren, um Miller beim Begräbnis zu helfen.

»*Siehst* du wenigstens irgendetwas?« Damit spielte Liv auf Girays künstliches Auge an.

Der Angesprochene verneinte. »Und die Messaufsätze meines Hand-Suprasensors registrieren auch keine nennenswerten Energiesignaturen. Möglicherweise ist die Säule inaktiv.«

»Falls sie nicht nur der Zierde dient.«

»Auf mich wirkt sie recht funktional.«

»Könnte sie vielleicht die Hyperfunkverbindungen stören?«

»Ich habe bereits alle Frequenzen im Analysespektrum unserer Geräte überprüft.«

»Sobald wir von Hallwa weg sind, lassen wir als Allererstes unsere Ausrüstung warten. Das Zeug muss einfach kaputt sein.

Wir arbeiten hier ja wie die Leute vor zweihundert Jahren. Kein Wunder, dass wir auf keinen grünen Zweig kommen!«

»Reg dich nicht auf, Lynn! Wir machen doch Fortschritte. Immerhin können wir jetzt ausschließen, dass die Junction Mining Corporation oder Stellar-Mining dahinterstecken. Dieses Monument hier stammt höchstwahrscheinlich nicht aus menschlicher Produktion.«

»Und von wem dann?«

»Keine Ahnung. Den architektonischen Stil kann ich keinem Volk zuordnen, und für die Bestimmung des Materials fehlt uns ein Labor.«

Sanders schirmte ihre Augen mit der Hand vor dem direkt einfallenden Licht ab und blinzelte, als ob sich dadurch ihre Sehschärfe verbessern würde. Allerdings half das nicht, denn an der Spitze der Säule befand sich nichts, sonst hätte Giray seine Partnerin längst darauf aufmerksam gemacht.

»Ob die Unbekannten uns feindlich gesinnt sind?«, überlegte Liv laut.

Der Agent kratze sich ratlos unter dem Zopfgummi und wunderte sich über das Gras um die Säule herum. Er versuchte erfolglos, es mit dem Schuh aus dem Boden zu lösen.

Entweder es wächst binnen Stunden dicht nach, oder das Volk beherrscht sehr fortschrittliche Gartenbautechniken, grübelte er. *Mir fällt keines ein, das sich so intensiv mit der Relokalisierung von Pflanzen befasst. Oder sind womöglich diese Halme keine Halme, sondern intelligente Lebewesen? Nein, das wäre absurd. Wobei ...*

»Du wirst lachen«, fuhr Sanders fort, »aber irgendwie weckt dieses Ding in mir die Assoziation eines Futterautomaten.«

»Futter ist ein gutes Stichwort«, erwiderte Giray mit Blick auf die Uhr. »Wir sollten zurückkehren und schauen, ob das Gemeinschaftszentrum schon abgefackelt wurde.«

»Mal bloß nicht den Teufel an die Wand!« Liv öffnete die rechte Handfläche und schaute zum Abendhimmel hinauf, der sich rasch mit Wolken zuzog. »Ich glaube, es regnet gleich.«

Wie aufs Stichwort öffneten sich in diesem Moment im wahrsten Sinne des Wortes die Schleusen. An einer Stelle über der

Siedlung ging ein regelrechter Wasserfall nieder. Sekunden später versiegte der Strom, dann setzte ein gleichmäßiger, senkrecht fallender Regen ein.

*

In der Siedlung herrschte helle Aufregung. Als Giray und Sanders dort ankamen, folgten sie einfach den in eine bestimmte Richtung eilenden Leuten. Das Haus, über dem der Himmel seine Schleusen geöffnet hatte, erreichten sie aufgrund der davor stehenden Menschenmasse allerdings nicht, sondern blieben rund zwanzig Meter entfernt stehen.

»Das war der seltsamste Regen, den ich je erlebt habe«, berichtete Marge Eastens, die mit Bonnie auf dem Arm plötzlich neben den beiden Agenten aufgetaucht war. »Das ganze Dach hat er zerdrückt. Hoffentlich geht es den Bewohnern gut.«

»Hätte ich meine BOXER noch, hätte ich uns alle längst von diesem Drecksplaneten evakuiert«, dröhnte eine dunkle Stimme, die niemand anderem als Brent Cavendish gehörte. »Der schönste Xe-Flash, der das Weltall je bereist hat! Wenn nur mein letzter Arbeitgeber ihn nicht einkassiert hätte, dieser Geizknochen! Mit etwas Pech gehen wir seinetwegen alle drauf. Zu blöd, dass die Hyperfunkverbindung nicht funktioniert, sonst hätte ich mich per Videobotschaft persönlich bei ihm bedankt.« Er redete und redete, aber da sich niemand für das Thema zu interessieren schien, beendete er seinen Monolog schließlich wieder.

Zum ersten Mal freuten sich die beiden GSO-Agenten darüber, diesen muskelbepackten Querulanten wiederzusehen, denn niemand trennte Menschenmassen so effizient wie er. Liv brauchte ihn nicht zweimal zu bitten. Wenig später standen die drei vor der geschlossenen Tür des zertrümmerten Hauses.

»Hat schon jemand nach den Bewohnern gesehen?«, erkundigte sich Giray bei einem Schaulustigen, der jedoch nur mit den Schultern zuckte und weiter mit halb geöffnetem Mund zum Dach hinaufschaute. Als er sich wieder der Tür zuwandte, rammte Cavendish diese gerade mit der Schulter. Zwei Anläufe brauchte es, da brach sie entzwei.

»Unglaublich!«, rutschte es Sanders verblüfft heraus, woraufhin sich ein breites Grinsen in das Gesicht der Beulenpest stahl.

»Dachten Sie etwa, meine Muskeln seien nur Deko?«, hakte er nach und präsentierte ihr stolz seinen angespannten Bizeps, der sich selbst unter der robusten Lederjacke gut sichtbar hervorwölbte. Er zwinkerte ihr zu und blickte demonstrativ ihren Kollegen an. »Das jahrelange Training zahlt sich regelmäßig aus. Vielleicht überlegen Sie es sich noch mal.«

»Vielleicht«, entgegnete Giray lakonisch. Obwohl er auf keinen Fall so aussehen wollte wie Cavendish, beeindruckte ihn der Körper des Piloten durchaus. Doch solange Gefahr bestand, das Ego dieses Mannes noch weiter anschwellen zu lassen, behielt er lobende Kommentare lieber für sich.

*

Das Erdgeschoss des Hauses stand knöcheltief unter Wasser, welches noch immer die Treppen aus den oberen beiden Stockwerken herabfloss. Ein Großteil des Dachgeschosses existierte bis auf die Außenmauern nicht mehr, sondern befand sich eine Etage tiefer im Wohnzimmer und in der Küche. In letzterem Raum traf die Gruppe auf einen der Bewohner – fast zur Unkenntlichkeit von der Betondecke zerdrückt, die beim Kaffeekochen auf ihn herabgestürzt war. Ansonsten schien sich niemand während des »Regens« im Haus aufgehalten zu haben.

Brent Cavendish drängte sich ausnahmsweise einmal nicht mit seinen Weisheiten in den Vordergrund, sondern schlug vor, eine Beerdigung zu organisieren. »Für Millers Leute haben wir bereits außerhalb der Siedlung einen kleinen Friedhof angelegt.«

»Das ist nett«, erwiderte Giray mit einem sanften Lächeln. Zum ersten Mal verspürte er so etwas wie Sympathie für den Muskelprotz.

»Er wächst schneller, als uns lieb ist. Jeder Tote ist einer zu viel.«

»Deshalb benötigen wir unbedingt Ihre Hilfe, um dafür zu sorgen, dass keine Streitereien unter den Bewohnern ausbrechen.«

Cavendish nickte ernst. Gebraucht zu werden schien ihm zu gefallen.

Doch ausgerechnet Sanders zerstörte diesen erbaulichen Augenblick: »Hoffen wir, dass irgendjemand die Leiche identifizieren kann, sonst wird es wohl ein anonymes Grab.«

*

Von den insgesamt dreihunderteinundachtzig verbliebenen Einwohnern passten nicht alle in das Gemeinschaftszentrum, in dem eine Großversammlung mit beiden »Bürgermeistern« stattfand. Verbale Entgleisungen hielten sich dank Daniel Beams und Brent Cavendish in Grenzen. Von ihren alles überdeckenden, donnernden Stimmen machten sie ausgiebig Gebrauch. Wenn das nicht half, packte letzterer den einen oder anderen Aufmüpfigen schon einmal beim Kragen, um ihm den Ernst der Lage zu verdeutlichen.

Obwohl Nordvist und Miller einander nicht beschuldigten, spürte jeder Anwesende im Umkreis von zwanzig Metern die gereizte Stimmung zwischen den beiden. Das verleitete natürlich den einen oder anderen Einwohner dazu, sich die Konkurrenz vorzuknöpfen, um Stress zu kompensieren. Zu Lösungen führte dieses Verhalten allerdings nicht.

Trotz aller Differenzen waren sich die beiden Bauleiter in einem Punkt jedoch einig: Niemand sollte allein bleiben, geschweige denn allein nach draußen gehen, solange man nicht wusste, was auf Hallwa vor sich ging.

»Befinden wir uns überhaupt noch auf Hallwa?«, rief jemand quer durch den Raum, woraufhin ein allgemeines Raunen losbrach.

Natürlich konnte niemand diese Frage beantworten. Gegen zwei Uhr morgens löste sich die Versammlung allmählich auf.

*

Dass niemand allein bleiben sollte, galt natürlich auch für Giray und Sanders, sodass letztere kurzerhand ins Zimmer ihres

Kollegen umsiedelte, wie sie es schon bei vergangenen Fällen das eine oder andere Mal gemacht hatten. Obwohl sich die Männerwelt gerne in die vollbusige Brünette verguckte und auch Giray seine Partnerin sehr attraktiv fand, beschränkten sich die gemeinsamen Aktivitäten der beiden fast ausschließlich auf das Berufliche. Manchmal gingen sie zur Krönung eines erfolgreich abgeschlossenen Falls auch zusammen etwas trinken.

Als Ömer sich auf den Boden legen wollte, um seiner Kollegin das Bett zu überlassen, schleppte Liv ihre Matratze herbei mit dem Kommentar: »Es kommt nicht infrage, dass du dich für mich quälst! Wir leben im einundzwanzigsten Jahrhundert!«

Trotz der relativen Gemütlichkeit konnte keiner von beiden einschlafen. Sie hörten seltsame, nicht näher zu definierende Geräusche draußen. Die Nacht hatte vor der Relokalisierung der Siedlungen anders geklungen.

»Glaubst du, wir befinden uns noch auf Hallwa?«, fragte Giray leise. Er starrte an die dunkle Decke, an der er bloß eine Wolke vager Schatten ausmachte. Sein künstliches Auge deaktivierte er in der Nacht, damit es sein Gehirn nicht ständig mit Reizen überflutete.

Liv, die sich die letzte halbe Stunde mehrfach unruhig hin und her gewälzt hatte, seufzte. »Ich hoffe es für uns. Andernfalls wüsste ich nicht, wie wir je wieder aus diesem Drecksloch entkommen sollten.«

»Morgen inspizieren wir die Wand, die du vorhin mit deinem Nadelstrahler attackieren wolltest.«

»Was ist mit dem ›Futterautomaten‹?«

»Dem was?«

»Der Prismasäule. Ich meine, dass wir uns dieser zuerst widmen sollten. Möglicherweise finden wir etwas über die Intention der Unbekannten heraus, bevor wir ihnen jenseits der Wand womöglich direkt in die Arme rennen.«

»Ich frage mich, wie groß das eingeschlossene Areal ist, sofern es überhaupt geschlossen ist und wir nicht nur zufällig auf eine einzelne Wand gestoßen sind. Wir sollten uns unbedingt für ein paar Stunden Nordvists Schweber ausleihen – ohne den dazugehörigen Fahrer.«

Plötzlich fiel ein schwaches violettes Licht in das Zimmer. Sofort sprangen die Agenten auf und stürzten zum Fenster. Sie sahen gerade noch das letzte Aufglimmen jener viel beschworenen Lichterscheinung, bevor der Himmel wieder dunkel wurde.

*

Am nächsten Morgen organisierten sich Giray und Sanders Schaufeln und kehrten zur Prismasäule zurück, wo zu ihrer Überraschung bereits Brent Cavendish fleißig am Graben war.

»Was um alles in der Welt machen Sie so früh hier?«, wollte die vermeintliche Handelsreisende von diesem wissen.

Die Beulenpest wischte sich den Schweiß von der Stirn und blinzelte misstrauisch. »Das Gleiche könnte ich Sie fragen!«

»Wir wollen die Säule näher untersuchen.«

»Genau wie ich.«

»War das Ihre Idee?«

»Nein, ich handele im Auftrag von Miss Nordvist«, entgegnete er überheblich. »Und Sie?«

»Aus reiner Neugier.«

»Für Kaufleute sind Sie ganz schön gut vorbereitet.«

Liv hob ihre Schaufel an. »Die haben wir uns ausgeliehen. Natürlich war es kein spontaner Einfall, hierherzukommen.« Missbilligend starrte sie in das rund vierzig Zentimeter tiefe und eineinhalb Meter durchmessende Loch, das der Muskelprotz gegraben hatte. »Wieso beauftragt Nordvist Sie eigentlich, hier zu buddeln?«

»Ich verstehe die Frage nicht.«

»Schon gut«, mischte sich Giray rasch ein und begann, Cavendish bei der Arbeit zu helfen.

Den Piloten würden sie sowieso nicht loswerden, weshalb er es als ratsamer erachtete, seine Anwesenheit einfach für sich zu nutzen. Aufgrund des lockeren Bodens kamen sie sogar relativ schnell voran.

*

Wenige Stunden später stießen die Männer in sechs Metern Tiefe auf harten, glatten Boden, dessen Beschaffenheit sie im Schlamm nicht identifizieren konnten.

»Vielleicht kann ich eine Pumpe auftreiben«, schlug Liv vor. Sie stand am Rand des Abhangs, darauf achtend, nicht hinunterzurutschen.

»Oder einen Eimer«, fügte Nordvist hinzu. Die Bauleiterin war gegen Mittag mit dem Schweber gekommen, um sich über den Fortschritt zu informieren sowie ihrem Mitarbeiter etwas zu essen und zu trinken zu bringen. Als sie gleich drei Leute an der Säule angetroffen hatte, war sie extra in die Stadt zurückgefahren und mit mehr Proviant zurückgekehrt. »Ohne Strom gestaltet sich das Auspumpen des Lochs schwierig.«

»Ich habe eine bessere Idee«, behauptete Cavendish, kletterte den Hang hinauf zu seiner Lederjacke, neben der er auch seine beiden Handnadelstrahler abgelegt hatte. Er schnappte sich eine der Waffen und wollte wieder nach unten steigen, da sagte Giray: »Das halte ich für keine gute Idee. Sie könnten den Grund beschädigen.«

Die Beulenpest rollte entnervt mit den Augen. »Was glauben Sie, was mein Ziel ist?«

»Wir wissen nicht, was sich darunter befindet.«

»Und wir werden es nie herausfinden, solange wir nicht nachschauen. Vertrauen Sie mir, ich weiß, was ich tue!«

»Der Spruch kommt mir erschreckend bekannt vor.«

»Treten Sie mal bitte zur Seite, Mister Kuro!«, verlangte Cavendish, kaum dass er im knöchelhohen Schlammwasser stand.

»Kuröy«, korrigierte der Agent ihn. »Und nein, ich kann leider nicht zulassen, dass Sie uns alle in Gefahr bringen.«

Die Beulenpest blickte amüsiert zu den beiden Damen hoch, denen er zweifellos imponieren wollte. »Haben Sie das gehört? Er glaubt, dass wenn ich in den Schlamm schieße, irgendetwas Schlimmes passiert. Wenn der wüsste, dass ich bereits die Säule mit Nadelstrahlen traktiert habe!«

»Sie haben was?«, keuchte Nordvist entsetzt.

»Ich habe ein kleines Löchlein hineingeschossen, um herauszufinden, ob sie einen Außenmantel besitzt, unter dem sich vielleicht ein Mechanismus verbirgt. Es war aber nicht tief genug, und eine weitere Nadelstrahldosis war mir in dem Moment dann doch zu heikel.«

»Legen Sie sofort die Waffe beiseite, Mister Cavendish!«

Die Beulenpest versuchte wie üblich, eine Diskussion vom Zaun zu brechen, doch seine Vorgesetzte würgte ihn gnadenlos ab. Mit sichtlichem Widerwillen steckte der Pilot den Nadelstrahler schließlich hinten in den Hosenbund.

»Keine Sorge, Ihre Zeit kommt noch«, raunte Giray Cavendish zu, wofür er einen giftigen Blick von ihm kassierte.

»Darf ich eigentlich mal erfahren, weshalb Sie zwei ihn bei der Arbeit behindern?«, wandte sich Nordvist an die vermeintlichen Handelsreisenden.

»Wie meinen Sie das?«, gab der Deutsch-Türke zurück, verwundert über den plötzlichen Stimmungswechsel der Ingenieurin. Erst vorhin hatte sie ihm noch eine Flasche Wasser gereicht.

»Ich frage mich schon die ganze Zeit, was Sie hier eigentlich tun.«

»Ich mich auch«, pflichtete die Beulenpest ihr bei, doch Nordvist ignorierte ihn einfach.

Liv erklärte noch einmal, wie ihr Kollege und sie in der Nacht vor lauter Neugier den Entschluss gefasst hätten, am Folgetag an der Prismasäule zu graben. »Wir können nicht einfach untätig herumsitzen, während alles im Chaos versinkt.«

Die ehemalige »Bürgermeisterin« starrte Sanders unbeeindruckt an. »Und das soll ich Ihnen glauben? Mister Kuröy spielt sich heute ungewöhnlich dominant auf, ganz anders als in meinem Büro.«

Der Genannte warf die Arme in die Luft und rief mit gespielter Entrüstung: »Ja, meine Güte, wo liegt das Problem? In jedem Verkaufsseminar lernt man als Allererstes, sich vor Kunden zurückzuhalten.«

»Es geht mir mehr um Ihr befehlsgewohntes Verhalten, das mich ein bisschen daran zweifeln lässt, dass Sie lediglich hier sind, um Baumaschinen zu verkaufen. Ich finde es sowieso seltsam, dass Sie zwar in Butterley gelandet sind, aber ausgerechnet Ionnville als Übernachtungsort ausgewählt haben.«

»Dafür trägt Mister Beguile, der Außeneinsatzkoordinator von Stellar Best, die Verantwortung. Rufen Sie ihn gerne an.« Ömer kletterte mit seiner Schaufel aus dem Loch. Oben angekommen fügte er hinzu: »Allerdings möchte ich noch einmal ausdrücklich vor unüberlegten Handlungen warnen, solange wir nicht wissen, womit wir es hier auf Hallwa zu tun haben. Es dient bloß unser aller Sicherheit, und mit Sicherheit kennen meine Kollegin und ich uns berufsbedingt ein wenig aus.«

Die Erklärung schien die Bauleiterin etwas milder zu stimmen. »Nun, ich wollte lediglich sichergehen, dass wir alle am selben Strang ziehen. Ich hoffe, Sie nehmen mir meine Fragen nicht übel.«

»Keineswegs, wir kenn…«

Plötzlich fing die Prismasäule an, leicht zu vibrieren und zu gurgeln. Die runden Einlassungen klappten ein, und etwas hartes Rundliches plumpste geräuschvoll in die Becken. Dasjenige mit dem Gitter am Boden füllte sich hingegen mit Wasser.

Wie von einer Tarantel gestochen sprang Brent Cavendish aus dem Erdloch, was bei einer Tiefe von etwa sechs Metern an ein Wunder grenzte, drängelte sich an den Agenten vorbei, um als Erster bei der Säule anzukommen und die ausgeworfenen Schätze zu inspizieren. Keine drei Sekunden später schnüffelte er an einem faustgroßen, bräunlich-grünen Brikett.

»Riecht essbar!«, stellte er fest und öffnete seinen Mund zum ersten Bissen.

»Tun Sie das lieber nicht!«, riet Sanders ihm mit einem kritischen Blick ins gut gefüllte Becken.

»Wieso nicht? Ich bin so hungrig, ich könnte im Moment alles essen.«

»Dann nehmen Sie doch den Kartoffelsalat, den Miss Nordvist mitgebracht hat.«

»Der passt nicht in meinen Diätplan, zu viele schlechte Kohlenhydrate. Außerdem steht er schon zu lange ungekühlt herum. Es könnten Salmonellen darin herumschwimmen.«

»Aber in diesem Ding da sehen Sie kein Problem?«

»Ohne Scherz, dieses Brikett riecht exakt wie Brathühnchen.«

»Nicht Ihr Ernst!«

Die Beulenpest beäugte Liv von der Seite und lächelte amüsiert. »Machen Sie sich etwa Sorgen um mich, Miss Zander?«

»Also ich finde, das Zeug riecht eher wie tote Socken«, sprang Giray seiner Kollegin bei. Normalerweise würde er sie nicht vor unbeholfenen Flirtversuchen retten, doch in diesem speziellen Fall machte er eine Ausnahme.

Widerwillig legte Cavendish das Brikett zurück ins Becken, doch als er sah, wie Sanders sich eine ganze Tüte voll davon einsteckte, beschwerte er sich lauthals darüber.

»Ich habe vor, die Briketts zu analysieren«, klärte ihn die Agentin unbeeindruckt auf.

»Das würde ich auch behaupten!«

Wie hat es dieser Typ überhaupt je zum Leutnant gebracht?, schoss es Ömer Giray durch den Kopf. *Er ist so unglaublich nervtötend, dass er doch spätestens am zweiten Tag beim Militär rausgeflogen sein müsste. Womöglich tischt er uns schon die ganze Zeit Märchen über seine Karriere auf, wobei ich mich frage, wie er an die Nadelstrahler herankam. Da er die ganze Zeit mehr oder weniger offen mit ihnen herumrennt, gehe ich stark davon aus, dass er einen entsprechenden Waffenschein besitzt.*

»Wie ich das sehe, kommen wir hier ansonsten nicht weiter«, stellte Sibi Nordvist nüchtern fest. Sie bot Giray und Sanders eine Mitfahrgelegenheit in die Stadt an, die die beiden dankend annahmen.

*

Zurück in der Herberge berieten sich die beiden GSO-Agenten, wobei sie überlegten, kurzfristig das Kommando an sich zu reißen.

»Möglicherweise sollten wir einfach die ›Bürgermeister‹ gefangen nehmen«, schlug Sanders so nüchtern vor, als ob sie über das Wetter sprechen würde. »Sie polarisieren mit ihrem Auftreten, und ein gemeinsames Schicksal signalisiert ihren Anhängern, dass es im Moment Wichtigeres gibt als eine Feindschaft auf Basis eines unterschiedlichen Firmennamens.«

»Wie willst du das anstellen?«, hakte Giray nach. »Die zwei werden sich uns kaum freiwillig ausliefern.«

Sie nickte in Richtung ihrer Energiewaffe, die auf dem Bett lag. »Der Anblick allein dürfte das Problem lösen.«

»Und was ist mit Cavendish? Der besitzt gleich zwei davon und wartet bestimmt nur auf eine Gelegenheit, damit wild um sich zu schießen.«

»Du unterschätzt meine Planungsfähigkeiten, mein Lieber«, entgegnete sie mit einem milden Lächeln. »Natürlich würde ich die Beulenpest zuallererst mit meinem Paraschocker betäuben, wobei ich diese Aufgabe auch gerne dir überlasse.«

Ihr Partner verzog unschlüssig das Gesicht. »Wenn etwas schiefläuft, haben wir nicht nur einen schießwütigen Rambo, sondern auch die gesamte Siedlung gegen uns. Wollen wir wirklich riskieren, es uns mit Miller und Nordvist zu verscherzen?«

»Ich fürchte, uns sitzt die Zeit im Nacken. Das klingt jetzt vielleicht böse, aber die meisten Menschen in solchen Situationen brauchen jemand Starken, der ihnen sagt, wo es langgeht. Ansonsten bricht Chaos aus, was wir nun wirklich nicht gebrauchen können. Nun stelle dir mal vor, die Bauleiter verkrachen sich mehr als ohnehin schon. Das wäre das Ende!«

Er schürzte die Lippen. Obgleich ihm die Argumentation seiner Kollegin einleuchtete, gefiel ihm die Aussicht auf Gewalt nicht. Er bevorzugte nach Möglichkeit eine deeskalierende Methode. »Vielleicht sollten wir zuerst versuchen, mit Miller und Nordvist zu reden, bevor wir zu solch radikalen Maßnahmen greifen. Mit ein bisschen Glück gelingt es uns, sie zur Zusammenarbeit zu bewegen. Sie müssen ja nicht gleich Freunde werden.«

»Ich denke, so sollten wir es machen«, stimmte Liv ihm zu, begutachtete das zerriebene Brikett in der Schüssel und gab einen Teil davon in das Analysegerät für organisches Material. Natürlich war dieses nicht so leistungsstark wie jenes Monstrum im Labor des GSO-Hauptquartiers auf Babylon, doch in der Regel spuckte es brauchbare Ergebnisse aus. Im Falle des Briketts ergab die Analyse, dass es sich um ein getrocknetes Eiweiß-Ballaststoff-Gemisch mit Vitamin- und Spurenelementzusatz handelte.

»Tja, ich bin zwar keine Lebensmittelchemikerin, doch wie es aussieht, hätte Cavendish das Zeug relativ gefahrlos essen können.«

»Da wird er sich aber freuen«, gab Giray spöttisch zurück.

»Möchtest du mal probieren?«

»Nein danke.«

*

Am späten Nachmittag trafen sich Giray und Sanders mit Miller und Nordvist im ehemaligen Gemeindezentrum Ionnvilles. Seit der Versammlung in der vergangenen Nacht hielten sich nicht mehr so viele Menschen vor dem Gebäude auf, vor allem keine wütenden. Daniel Beams mimte trotzdem noch den Türsteher.

»Wissen Sie schon das Neueste?«, begrüßte Miller die Agenten, kaum dass sie sein Büro betreten hatten. »Als wir vorhin die arme Miss Phobes beerdigen wollten, die beim Einsturz des Hauses umkam, konnten wir unseren Friedhof nicht mehr wiederfinden.«

»Ja, und?«, reagierte Giray wenig interessiert.

»Wir haben überall gesucht. Miss Nordvist ist sogar mit dem Schweber einmal um die Stadt herumgefahren, doch die Gräber sind spurlos verschwunden.«

»Es wäre nicht das erste Mal, dass sich etwas auf Hallwa in Luft auflöst. Ich möchte jedoch kurz auf ein anderes Thema zu sprechen kommen. Bei den Briketts, die wir gefunden haben, handelt es sich um etwas potenziell Essbares.«

»Oh, tatsächlich?«, fragte Nordvist überrascht. »Dann ist die Säule wohl eine Art Futterspender.«

»Das dachte ich auch«, gestand ihr Liv Sanders. »Unsichtbare Wände, seltsame Wetterphänomene sowie die Prismasäule, die Nahrungsmittel ausgibt. Alles deutet darauf hin, dass wir uns in einer Art Terrarium befinden.«

Die Ingenieurin lachte auf. »Das klingt sowas von absurd.«

»Absolut. Trotzdem ist dies momentan die einzige halbwegs plausible Erklärung, die wir haben.«

»Wo sollte denn ein Terrarium mit diesen Dimensionen stehen?«

»Höchstwahrscheinlich nicht auf Hallwa, denn dort wäre ein solch gewaltiges Konstrukt sicherlich längst entdeckt worden.«

»Sollten Sie recht haben, stecken wir ganz schön in der Klemme«, stellte Miller fest. »Niemand weiß, wo wir uns aufhalten, und es besteht nach wie vor keine Möglichkeit, per Hyperfunk Hilfe zu rufen. Wer sind die Typen und was wollen sie von uns?«

»Dies gilt es, zeitnah herauszufinden«, hielt Giray fest. »Der Futterautomat deutet jedoch darauf hin, dass man uns zumindest fürs Erste am Leben lassen will.«

»Ob sie uns in diesem Augenblick beobachten?«

»Machen Sie sich darüber mal keinen Kopf! Wir müssen unter allen Umständen vermeiden, paranoid zu werden.«

»Das sagt sich so leicht.«

»Ich weiß. Meine Kollegin und ich wollen herausfinden, mit wem wir es zu tun haben. Dazu benötigen wir W-Anzüge, eine Schleusenkammer, die wir an die Seitenwand des Terrariums montieren können, sowie Energiequellen wie beispielsweise Generatoren. Könnten Sie uns diese Dinge bis spätestens morgen früh organisieren?«

»Was haben Sie vor?«, fragte Nordvist verwirrt und beeindruckt zugleich.

»Wir schauen uns außerhalb dieses Gefängnisses um.«

»Allein?«

»Natürlich.«

»Haben Sie so etwas schon einmal gemacht?«

»Um ehrlich zu sein, noch nie.«

»Ich bewundere Ihren Mut, auch wenn Sie mich immer mehr an Ihrer Identität zweifeln lassen. Die meisten Verkäufer, die ich kenne, suchen bei kleinsten Problemen das Weite.«

Giray zuckte mit den Schultern. »Vielleicht liegt es daran, dass wir in all den Jahren bei Stellar Best bereits in die eine oder andere Gefahrensituation geraten sind: verschüttete Schächte, wütende Arbeiter, enttäuschte Kunden. Was soll uns schon groß hinter der Terrariumwand erwarten?«

»Vielleicht die Mysterious«, spekulierte Miller. »Ich meine, mal gelesen zu haben, dass sie solch überdimensionierte Experimente mögen.«

»Unwahrscheinlich«, widersprach Nordvist prompt. »Nach aktuellem Forschungsstand treiben die Worgun ihr Unwesen seit Jahrhunderten nicht mehr in der Milchstraße. Außerdem fehlt von ihrem Lieblingsbaustoff Unitall weit und breit jede Spur.«

»Machen Sie das eigentlich aus Prinzip?«

»Was genau?«

»Mir widersprechen.«

Nordvist nahm ihre Brille ab und rieb sich den Nasenrücken. »Also darauf …«

»Entschuldigung, wenn ich Sie unterbreche«, mischte sich Liv ein, »aber könnten wir für einen Augenblick die Kriegsbeile begraben? Wir brauchen dringend jemanden, der die Siedler während unserer Abwesenheit ruhig hält. Dafür kommen nur Sie beide infrage.« Nach einer kurzen Pause schob sie provokant hinterher: »Oder sollen wir uns diesbezüglich lieber an Brent Cavendish wenden?«

»Um Gottes willen! Bloß nicht!«, platzte es aus Miller heraus. Die Abneigung gegenüber dem Muskelprotz teilte er mit seiner Konkurrentin, sodass den Bauleitern nichts anderes übrig blieb, als in »Lynn Zanders« Vorschlag einzuwilligen.

8.

Der Morgen graute in perfekter fliederfarbener Schönheit. Ein sanfter Wind strich über die Graslandschaft, vertrieb den Nebel aus den taubesetzten Halmen.

Die GSO-Agenten erwachten mit den ersten Sonnenstrahlen, wobei sie sich nicht sicher waren, ob es sich nicht um eine künstliche Lichtquelle handelte, die sich dort über die Dächer der Nachbargebäude schob. Sie emittierte sogar UV-Strahlung.

Im Frühstücksraum trafen die beiden Joanne an, die in Gesellschaft einer leeren Kaffeekanne gedankenverloren aus dem Fenster starrte. Als sie ihre Gäste eintreffen sah, sprang sie auf, wünschte einen guten Morgen und entschuldigte sich mehrfach, dass das Mahl bescheiden ausfallen würde. »Aufgrund des Stromausfalls sind die Lebensmittel im Kühlschrank mittlerweile verdorben. Ich kann nur noch mit Konservenessen dienen. Es tut mir so leid, und ich verstehe vollkommen, wenn Sie mir deswegen eine schlechte Bewertung im Hyperfunknetz schreiben.«

»Joanne«, antwortete Giray mit ruhiger Stimme, »um die Bewertung brauchen Sie sich keine Sorgen zu machen. Wir wissen, dass Sie keine Schuld an diesem Schlamassel trifft.«

»Was gibt es denn zur Auswahl?«, erkundigte sich Sanders und ließ sich mit ihrem Kollegen an ihrem Stammtisch nieder. Wie üblich waren sie die einzigen Gäste.

Die Herbergsmutter listete die üblichen Dosen-Gerichte auf, von denen sich Giray und Sanders jeweils eines aussuchten. Eine halbe Stunde später erreichte das Essen lauwarm ihren Tisch.

Joanne war dies sichtlich peinlich. »Nicht einmal einen vernünftigen Kaffee kann ich mehr brühen!«

»Das ist in Ordnung«, versicherte Sanders ihr und löffelte ein Pressfleischstück aus der Suppe. »Schmeckt gar nicht so übel!«

»Wirklich? Warten Sie, ich bringe Ihnen noch Pfeffer und Salz. Getrocknete Petersilie dürfte ich auch noch irgendwo haben.« Mit diesen Worten verschwand Joanne aus dem Raum.

Die Agentin seufzte erleichtert. »Irgendwie tut sie mir leid.«

»Mir nicht«, entgegnete Ömer gleichgültig. »Wenn ihre einzigen Probleme negative Bewertungen sind, kann sie sich im Gegensatz zu manch anderem hier glücklich schätzen.«

»Vielleicht fragt sie sich schon, was sie uns anbieten soll, sobald der Vorrat aufgebraucht ist. Ich meine, die Relokalisierung kam völlig unerwartet, und unsere unbekannten ›Gönner‹ haben vergessen, die Lagerhallen mitzunehmen.«

»Dafür versorgen sie uns mit Kaninchenfutter. Verhungern werden wir also nicht.«

»Ich bezweifele, dass die Siedler lange damit ruhigzustellen sind. Du weißt doch, was manche Leute schon für ein Theater veranstalten, sobald es zweimal hintereinander das Gleiche zu essen gibt. Denk nur an die wählerische Beulenpest!«

»Auf mich wirkte sie sehr glücklich mit den Briketts« Giray grinste.

»Ja, Bodybuilder sind solche einseitigen Diätpläne gewohnt, aber stell dir vor, Cavendish passt die Nährstoffzusammensetzung nicht, dann ist die Hölle los! Mit seiner Nörgelei inspiriert er garantiert weitere Unzufriedene, sich ebenfalls zu beklagen. Du hast doch bestimmt mal vom sogenannten Dominoeffekt gehört, oder?«

»Sicher, aber könnten wir das Thema Beulenpest kurz fallenlassen, damit ich in Ruhe aufessen kann? Sonst kriege ich gleich keinen Bissen mehr hinunter.«

*

Nach dem bescheidenen Frühstück kehrten die Agenten in Girays Zimmer zurück, wo Giray das GSO-Vipho anschaltete. Er versuchte mehrfach pro Tag, eine Verbindung zur Hyperfunkrelaisstation herzustellen – erfolglos. Diesmal nahm er jedoch eine Sprachnachricht auf, in der er Bernd Eylers grob über die neuesten Ereignisse und Theorien aufklärte. Sobald das Gerät

Empfang haben würde, würde sie sofort losgeschickt werden. Das Vipho ließ er eingeschaltet, denn der Energiespeicher reichte noch für mindestens zwei Monate im Dauerbetrieb. Ein versteckter biometrischer Schutzmechanismus verhinderte, dass in ihrer Abwesenheit Unbefugte auf das Gerät zugreifen konnten. Wer sich trotzdem daran zu schaffen machte, würde bloß die Benutzeroberfläche eines herkömmlichen Bildfunkgerätes zu sehen bekommen. Deshalb stellte es kein Problem dar, dass Giray das Vipho einfach auf dem Tisch stehen ließ, wo es jeder sehen und theoretisch auch benutzen konnte.

Gegen Mittag tauchte Jeremiah Miller auf und verkündete: »Gute Neuigkeiten: Ich habe zwei unserer Reserve-W-Anzüge auftreiben können! Zudem ist jetzt alles für Ihren Außeneinsatz bereit. Draußen wartet schon der Schweber.«

»Fantastisch!«, freute sich Giray. »Wie kommen Sie eigentlich an diese Anzüge, wenn ich fragen darf?«

»Sie gehören zur Standardausrüstung und werden normalerweise von unseren Sicherheitsingenieuren in der Mine benutzt. Wir hatten ursprünglich insgesamt sechs, was eine ganz schöne Menge darstellt, wenn man bedenkt, wie schwierig und kostspielig es ist, welche auf dem freien Markt zu ergattern.«

»Dann haben wir ja Glück, dass zwei W-Anzüge den unfreiwilligen Umzug mitgemacht haben. Warten Sie bitte kurz, wir sind gleich zurück.«

Die beiden GSO-Agenten holten ihre Rucksäcke, dann fuhr Miller sie mit Nordvists Schweber aus der Stadt.

*

Einige Kilometer weiter hielt Miller an einer Baumgruppe an. Die drei stiegen aus und begaben sich in den Hain, wo bereits ein paar Leute aus Ionnville und Butterley an einer schwer einsehbaren Stelle die improvisierte Schleusenkammer montierten.

»Wir sehen, Sie haben mitgedacht«, bemerkte Giray positiv überrascht.

Nordvist nickte. »Das Gefängnis wird wahrscheinlich überwacht. Wir wählten diesen Ort in der Hoffnung, dass Sie beide einen kleinen Vorsprung erhalten, ehe das Loch in der Wand entdeckt wird.«

»Falls wir beobachtet werden, haben *die* bestimmt längst den Schweber entdeckt und fragen sich, was wir hier so heimlich treiben«, wandte Sanders ein.

»Das ist nicht auszuschließen, aber leider unsere einzige Chance.«

»Ich finde, wir sollten den Teufel nicht an die Wand malen«, unterstützte Miller seine Konkurrentin. »Entweder es klappt oder es klappt nicht.«

Giray holte ein tragbares Funkgerät aus seinem Rucksack und vertraute es den beiden Bauleitern an. »Möglicherweise ruft unser Chef an, während wir da draußen herumlaufen. Es wäre schön, wenn Sie ihn dann über die Situation und unseren Verbleib aufklären könnten.«

Miller und Nordvist tauschten einen irritierten Blick miteinander aus. Offenbar fanden sie es seltsam, dass die größte Sorge der beiden vermeintlichen Baumaschinenverkäufer deren Vorgesetztem galt.

»Äh«, machte die Ingenieurin zögerlich. »Das werden wir natürlich tun, keine Frage.«

»Nichts für ungut, aber auf ihn ist bestimmt mehr Verlass als auf Stellar-Mining oder die Junction Mining Corporation.«

»Ja, schon verstanden.«

»Unsere Armbandviphos sind ebenfalls mit dem Gerät verbunden, doch im Augenblick gibt es keine Hyperfunkverbindung, und wir wissen nicht, wie der Empfang außerhalb des Terrariums ist.«

»Wir werden Ihrem Chef Bericht erstatten«, versprach Miller.

*

Giray und Sanders schlüpften in die W-Anzüge. Nachdem vor einigen Jahren im Industriedom auf Hope ein Maschinensatz für die Massenproduktion dieser Anzüge gefunden worden war, gehörten sie eigentlich zur Standardausrüstung der Terranischen Flotte. Allerdings erfreuten sie sich aufgrund ihrer herausragenden Eigenschaften auch zunehmender Beliebtheit in der Industrie.

Die weißen Ganzkörperanzüge bestanden aus einer dünnen Folienhaut, die selbst bei extremen Minustemperaturen keine Körperwärme nach außen entweichen ließ und sich bei erhöhtem Druck automatisch verhärtete. Sie waren nicht nur raumtauglich, sondern boten auch einen Strahlungs- und Temperaturschutz bis mindestens 600°C. Zudem verfügten sie über Sauerstoffgeräte sowie Funksprechanlagen unbekannter Kapazität – das alles bei geringem Eigengewicht und größtmöglicher Flexibilität für den Träger. Niemand wusste, woher diese kompakten worgunschen Wunderwerke ihre Energie bezogen, wo sich überhaupt die Sauerstoffversorgung befand.

Die beiden Agenten interessierte die genaue Funktionsweise nicht, solange ihnen die W-Anzüge den erwünschten Schutz gewährten. Nachdem sie sich angezogen hatten, schnallten sie sich ihre Rucksäcke um und kontrollierten die Funkverbindung sowohl untereinander als auch mit dem GSO-Vipho.

Sanders testete den durchsichtigen, zurückklappbaren Helm. Anschließend lächelte sie zufrieden. »Wie es scheint, ist das Glück ausnahmsweise einmal auf unserer Seite.«

Allerdings hatte sie sich zu früh gefreut, denn mit einem Mal baute sich Brent Cavendish vor ihr und ihrem Kollegen auf. Er trug ebenfalls einen W-Anzug. »Sehr schön. Ich wollte gerade schauen, wo Sie bleiben. Können wir dann los?«

»Äh, was?«, gab Liv überrumpelt zurück.

»Ich komme mit.«

»Nein, das tun Sie nicht.«

»Doch, tut er«, korrigierte Sibi Nordvist die Agentin. »Er war beim Militär und verfügt über Kampferfahrung. Sie brauchen ihn vielleicht.«

»Meines Erachtens ist er mit seinen Fähigkeiten hier viel besser aufgehoben«, versuchte Giray, sie vorsichtig umzustimmen. »Wer sonst sollte die Menschen vor etwaigen Gefahren beschützen?«

Zu seiner Verwunderung prallte das Lob einfach an der Beulenpest ab. »Dafür bin ich nicht zuständig«, stellte sie prompt klar, was in etwa wie »Ich bin für Höheres bestimmt« klang. »Außerdem werden Sie beide kaum allein gegen die übermächtigen Feinde ankommen.«

»Zu dritt höchstwahrscheinlich auch nicht«, konterte Liv.

»Wenigstens werde ich den Typen ordentlich Feuer unter dem Hintern machen.«

»Und damit womöglich Ihren Zorn schüren.«

»Hauptsache, wir geben nicht widerstandslos auf. Wir müssen ihnen zeigen, dass wir uns nicht von ihnen einschüchtern lassen, ansonsten ist die Schlacht von Anfang an verloren.«

»Haben Sie mal daran gedacht, dass es sich bei allem vielleicht um ein großes Missverständnis handeln könnte?«

Cavendish lachte mit einem kehligen Laut auf. »Nicht eine Sekunde. Und meine Menschenkenntnis sagt mir, Sie ebenfalls nicht, Miss Zander.«

»Im Gegensatz zu Ihnen wirke ich aber nicht gefährlich.«

»Sie behaupten also, das berühmte Ass im Ärmel zu sein? Wenn Sie sich da mal nicht überschätzen! Diese Mission braucht jemanden, der etwas von militärischer Taktik versteht und mit Waffen umzugehen weiß.«

»Wie kommen Sie darauf, dass ich von alledem keine Ahnung habe?«

»Gegenfrage: Haben Sie schon einmal jemanden getötet?«

Die ehemalige Polizistin blinzelte. Natürlich durfte sie ihm nicht die Wahrheit sagen, deshalb schwieg sie und überließ ihm die Interpretation.

»Dachte ich's mir doch!«, meinte Cavendish nach einer Weile selbstzufrieden. »Wäre diese Angelegenheit also geklärt?«

Giray verspürte wenig Lust, noch mehr Zeit mit aussichtslosen Diskussionen zu verschwenden, darum willigte er kurzerhand ein, den Querulanten mitzunehmen. Seiner Partnerin missfiel diese Entscheidung, doch im Moment konnte und wollte er auch darauf keine Rücksicht nehmen.

Die hochgewachsene Frau blickte der Beulenpest fest in die Augen und warnte mit zischender Stimme: »Na, schön, da haben Sie Ihren Willen ja doch noch gekriegt! Während des Ausflugs gelten jedoch unsere Regeln, also die meines Kollegen und meine. Ab sofort halten Sie sich besser an unsere Anweisungen – und zwar ohne Widerrede, sonst werde ich Sie ohne mit der Wimper zu zucken betäuben, irgendwo festbinden und erst am Ende der Mission wieder abholen. Daran wird mich nicht einmal Geralt hindern können.«

»Wer ist Geralt?« Cavendish lachte brummend über seinen eigenen Witz und wähnte sich in seinem W-Anzug sicher. Doch die vermeintliche Handelsreisende funkelte ihn so böse an, dass ihm das Lachen ziemlich schnell wieder verging.

*

Die Mitarbeiter der »Bürgermeister« standen mit Planen und Spezialkleber bereit für den Fall, dass irgendetwas beim Durchschießen der Wand schieflief. Sie versiegelten die provisorische Schleusenkammer hinter den drei Freiwilligen, die sich gleich hinaus ins Unbekannte wagen würden.

Zu Cavendishs und Sanders' Enttäuschung übernahm Giray die Aufgabe, die Wand mit Nadelstrahl zu beschießen. Insgeheim amüsierte den Agenten der Gedanke daran, dass dies einen der seltenen Momente darstellte, in denen er überhaupt zur Waffe griff.

Nach einigen Fehlversuchen fand er schließlich die richtige Dosis, die das unbekannte Material halbwegs sanft dematerialisierte. Die pinkfarbene, überlichtschnelle Strahlung löste nämlich die meiste Materie in Energie auf, was in der engen Schleusenkammer schnell lebensgefährlich werden konnte. Zudem verfügten die Handfeuerwaffen über zu geringe Kapazitäten, um sie dauerhaft auf Maximum benutzen zu können, weshalb er möglichst effizient damit umgehen musste.

Nach wenigen Minuten war der Energiespeicher leer, und Giray nahm sich die nächste Waffe, während seine Kollegin die verbrauchte am bereitgestellten Generator auflud. Schließlich begann die Schleusenkammer, sich langsam aufzublasen.

»Ich glaube, wir sind durch«, stellte Giray hinter seinem transparenten Helm erleichtert fest. Direkt um das Einschussloch herum schlug die Landschaft sanfte Wellen. »Anscheinend handelt es sich tatsächlich um eine Visualisierung, vermutlich Flüssigkristalle, die sich zu stabilisieren versuchen. Durch das Loch hindurch kann ich leider noch nichts erkennen.«

»Dann hören Sie doch mal auf zu quatschen!«, drängte die Beulenpest ungeduldig. »Ich wäre längst auf der anderen Seite.«

Der Agent blickte ihn unberührt an. »Nein, wir warten, bis sich der Druck vollständig ausgeglichen und meine Kollegin die Abdichtung der Kammer kontrolliert hat. Wir wollen schließlich nicht die Menschen da draußen gefährden, oder?«

Cavendish verschränkte die Arme vor der Brust und starrte grimmig auf das Loch in der Wand, als ob er es per Telekinese vergrößern könnte.

Nachdem sichergestellt war, dass die Schleusenkammer ihren Zweck hinreichend erfüllt, fuhr Ömer Giray mit dem Nadelstrahlbeschuss fort. Millimeter für Millimeter trug er von dem unbekannten Material ab.

Eineinhalb Stunden später konnte er zwar schon seinen Kopf in das Loch stecken, doch noch nicht auf der anderen Seite hinausschauen.

»Das reicht noch nicht«, erklärte er. »Immerhin kann ich mit meinem Arm bis zum anderen Ende hindurchgreifen. Die Wand ist rund sechzig Zentimeter dick, das wird also noch ein paar Stündchen dauern.«

Die Beulenpest rollte mit den Augen und stieß einen Seufzer aus, der durch ihren Helm leider nicht gedämpft wurde. Einen blöden Spruch ersparte sie den Anwesenden jedoch.

*

Gegen Mittag konnte sich Liv Sanders mit ihren verhältnismäßig schmalen Schultern halb durch das Loch quetschen. Bereits wenige Sekunden später ließ sie sich wieder hinausziehen und berichtete: »Jenseits der Wand scheint sich eine Art Gang mit Rohren zu befinden.«

»Ja, und?«, hakte Cavendish gelangweilt nach. »Was sonst noch?«

»Nichts. Ich konnte ja meinen Kopf kaum drehen.«

»Vielleicht haben wir die falsche Seite des Terrariums erwischt. Am besten beauftragen wir ein zweites Team, das woanders die Wand durchbricht.« Er schickte sich an, sein Armbandvipho zu bedienen.

»Kommt nicht infrage!«, fuhr Giray ihm grob dazwischen. »Bitte verzichten Sie künftig auf Eigeninitiative! Wir hatten eine Vereinbarung.«

»Tatsächlich? Welche denn?«

»Dass Sie sich an unsere Anweisungen halten!«, rief Sanders dem Querulanten mit strenger Stimme in Erinnerung.

»Ich kann mich nicht daran erinnern, zugestimmt zu haben.«

»Provozieren Sie uns lieber nicht, Mister Cavendish!«, warnte Giray. Normalerweise brauchte es ziemlich lange, bis er sich über irgendetwas aufregte, doch der Muskelprotz brach jegliche Rekorde in Sachen Nervigkeit. Es würde nicht mehr lange dauern, bis auch Ömer den Einsatz seines Paraschockers in Erwägung ziehen würde. Der Deutsch-Türke konzentrierte sich wieder auf seine Aufgabe. Am späten Nachmittag war die Öffnung schließlich groß und breit genug, damit auch ein Schrank wie Cavendish hindurchpasste.

*

»Na, endlich!« Voller Tatendrang sprang die Beulenpest vom Boden auf und drängte Giray beiseite. Sie versuchte gerade, sich wie eine Krabbe seitlich durch die Öffnung zu schieben, als der Agent sie am Arm packte.

»Mister Cavendish, wer hat Ihnen erlaubt, die Vorhut zu übernehmen?«

Der Angesprochene glotzte Giray verdutzt an. »Ja, niemand, aber wer sollte es sonst tun?«

»Ich zum Beispiel.«

»Sie? Aber Sie sind doch bloß ein durchschnittlicher Handelsreisender. Lassen Sie das lieber mich übernehmen. Immerhin war ich beim Militär und verfüge über Kampferfahrung.«

»Vom ständigen Wiederholen überzeugen Sie uns auch nicht von Ihren Kompetenzen. Und nun treten Sie bitte zurück!«

Einige Sekunden lang funkelte der frühere Leutnant seinen Konkurrenten an, als ob er hoffen würde, dass es sich dieser noch einmal überlegte. Dann machte er zähneknirschend Platz.

»Lynn«, wandte sich »Kuröy« an seine Kollegin, »du wartest hier bitte mit Mister Cavendish. Sollte ich in zehn Minuten nicht zurück sein, kannst du nach deinem Ermessen nach mir suchen – wenn möglich allein.« Bevor der Muskelprotz protestieren konnte, verschwand er durch die Öffnung.

*

Liv Sanders bemühte sich, beschäftigt zu wirken, indem sie auf ihrem Hand-Suprasensor herumtippte. In der knapp drei mal drei Meter großen und knapp zwei Meter zwanzig hohen Schleusenkammer, in der sie mit Brent Cavendish gefangen war, gab es keinerlei Ausweichmöglichkeiten – abgesehen von dem improvisierten Notausgang aus dem Terrarium. Durch die milchige Folie konnte sie nur schemenhafte Schatten erkennen. Das Brummen des Generators überdeckte die Stimmen der Menschen, die sich draußen im Hain aufhielten.

»Ignorieren Sie mich eigentlich absichtlich?«, unternahm die Beulenpest den ersten Kontaktversuch mit der attraktiven Brünetten, keine fünf Minuten nachdem Giray sie beide alleingelassen hatte.

»Ich bin beschäftigt«, versuchte Liv ihn abzuwimmeln.

»Nein, das sind Sie nicht.«

»Woher wollen Sie das wissen?«

»Intuition. Die meisten Menschen ticken ähnlich. Insbesondere Frauen sind leicht zu durchschauen.«

»Sie kennen sich wohl aus, was?«

»Allerdings«, bestätigte er völlig ernst. »Sind Sie und Geralt eigentlich ein Paar?«

»Wie bitte?«

»Ob Sie und Ihr Kollege ein Paar sind.«

»Ich wüsste nicht, dass Sie das etwas anginge. Und schlagen Sie sich eines aus dem Kopf: Für Ihre Flirtversuche bin ich nicht zugänglich.«

Cavendish schnaubte verächtlich. »Wie kommen Sie auf die absurde Idee, dass ich mit Ihnen flirten wollte?«

Sanders starrte auch weiterhin auf den Bildschirm ihres Hand-Suprasensors, während sie sich intensiv wünschte, dass der Pilot verschwinden oder alternativ den Mund halten würde. *Vielleicht gibt er auf, wenn ich ihm die kalte Schulter zeige,* hoffte und bezweifelte sie zugleich.

»Ich habe überhaupt nicht mit Ihnen geflirtet!«, empörte sich die Beulenpest weiter. »Warum bilden sich die Frauen immerzu ein, dass jeder Mann, der nett zu ihnen ist, gleich etwas von ihnen will?«

»Keine Sorge, ich habe Ihre Worte nicht als Annäherungsversuche aufgefasst, sondern wollte Sie lediglich vorwarnen, um etwaige Enttäuschungen zu vermeiden.«

»Das klang für mich aber ganz anders.«

»Dafür kann ich nichts.«

Unruhig tigerte Cavendish in der Schleusenkammer auf und ab und steckte schließlich seinen Kopf in die Öffnung. »Verdammt, wo bleibt der Typ? Die zehn Minuten sind fast um.«

»Würden Sie es bitte unterlassen, dort hinauszubrüllen? Wir wollen schließlich nicht unnötig auf uns aufmerksam machen.«

Cavendish zog den Kopf wieder zurück. »Könnten Sie endlich mal aufhören, mich ständig zu kritisieren? Langsam finde ich das nicht mehr lustig!«

»Vorschlag zur Güte: Wir beide schweigen jetzt, bis mein Kollege zurückkommt.«

Cavendish gab noch eine Handvoll Zeilen von sich, doch Liv hörte ihm längst nicht mehr zu. Nach einer gefühlten Ewigkeit kam Giray zurück und erlöste seine Kollegin von der Qual.

*

»Wo waren Sie so lange?«, beackerte die Beulenpest nun den GSO-Agenten. »Sie meinten zehn Minuten, und es sind elf geworden.«

»Haben Sie etwa die Sekunden gezählt?«, erwiderte Giray unbekümmert.

»In der Tat. Sie ahnen gar nicht, wie wichtig Pünktlichkeit auf solchen Missionen ist. Man muss sich aufeinander verlassen können.«

»Da gebe ich Ihnen absolut recht. Vielleicht überlegen Sie es sich ja noch einmal anders und unterstützen lieber die Leute hier im Terrarium.«

»Das hätten Sie wohl gern!«

»Es könnte da draußen ziemlich ungemütlich werden, und möglicherweise haben wir nicht genügend Ausrüstung dabei.«

»Kein Problem. Erstens bin ich nicht zimperlich, zweitens kann ich hervorragend improvisieren. Was glauben Sie, was ich schon alles gemeistert habe, wo andere dachten, das es ausweglos sei!«

»Was, wenn wir uns durch einen Gang quetschen müssen, in den Sie mit ihrer imposanten Statur nicht hineinpassen?«

Cavendish fuhr sich mit dem Finger über den Nasenrücken. Amüsiert entgegnete er: »Das klingt ja wie ein billiger Vorwand, mich loszuwerden. Allerdings besteht Miss Nordvist darauf, dass ich Sie begleite. Sie brauchen mich und meine Fähigkeiten. Ich kann nicht nur hervorragend schießen, ich treffe sogar. Und im Notfall könnte ich Sie beide tragen.«

Giray begriff, dass jegliche Überzeugungsversuche ins Gegenteil umschlugen und bloß die Abenteuerlust in der Beulenpest schürten. Der ehemalige Leutnant, der vermutlich wegen seiner großen Klappe aus dem Militärdienst entlassen worden war, wollte unbedingt als Held glänzen. Wahrscheinlich träumte er bereits davon, in Talkshows aufzutreten – bei Lance Buldook, dem nach Meinung vieler Menschen beliebtesten und begehrtesten Moderator der Milchstraße. Es führte also kein Weg daran vorbei, Cavendish mitzunehmen.

9.

Zu dritt verließen sie also das Terrarium und gelangten in einen schmalen Gang.

Über ihren Köpfen hingen ein einziges Kabelgewirr sowie dicke Rohre. Ventilatoren sorgten anscheinend für die Klimatisierung des Terrariums, denn die Luft außerhalb des Gefängnisses setzte sich anders zusammen als innerhalb. Die Agenten vermuteten ein geschlossenes System.

»Hoffentlich hält die provisorische Schleuse«, murmelte Sanders mit besorgtem Blick nach hinten über ihre Schulter, wo sich der Gang unbekannter Länge entlangzog. Unregelmäßig angeordnete Lampen in transparenten Vorsprüngen spendeten schummriges Licht.

»Nun ja, selbst wenn nicht: Sterben werden die Leute schon nicht so schnell«, behauptete Cavendish lapidar, während er gleichzeitig an seinem Helm herumfummelte, wahrscheinlich um sicherzustellen, dass sich nirgendwo ein Löchlein befand. »Schließlich unterscheidet sich die Luftzusammensetzung hier draußen nicht groß von normaler Atemluft.«

»Wenn Sie das sagen ...«

Giray zog es vor, sich gar nicht erst einzumischen, obwohl er die Sorgen seiner Kollegin teilte. Mithilfe seines Hand-Suprasensors und einem entsprechenden Messaufsatz stellte er im Gang einen erhöhten Stickstoff- sowie Kohlenstoffdioxid- und sehr niedrigen Sauerstoffgehalt fest.

Wenn ich versuche, die Beulenpest zu korrigieren, dachte er, *wird sie garantiert aus Prinzip auf ihrer ›Wahrheit‹ beharren. Möglicherweise tue ich ihr mit meinen Vorurteilen Unrecht, aber lieber lasse ich mich positiv von ihr überraschen, anstatt mit Vertrauensvorschüssen auf die Nase zu fallen.*

Nach mehreren Kilometern Fußmarsch machte der Gang einen abrupten Knick nach rechts, genau im Neunzig-Grad-Winkel.

Cavendish blieb stehen. »Das muss dann wohl die Ecke des Terrariums sein.« Er begann, an einem der dicken, gummierten Kabel zu ziehen, die aus der rund drei Meter hohen Eckfassung ragten.

»Was tun Sie da?«, verlangte Sanders barsch zu wissen.

Er ließ von dem Kabel ab und sah die Agentin an. »Ich versuche herauszufinden, womit wir es zu tun haben. Einer muss es ja tun.«

»Ich wüsste nicht, was es bringen sollte, an der Technik des Terrariums herumzufummeln. Wenn Sie etwas kaputt machen, sterben womöglich sogar unsere Leute.«

»Ach was!«

»Wir sind erst eine gute Stunde unterwegs, und schon tanzen Sie aus der Reihe. Bitte behalten Sie Ihre Hände bei sich, außer wir fordern Sie zum Gegenteil auf!«

Die Beulenpest schnaufte. »Wissen Sie, was das Problem ist? Sie nehmen mich einfach nicht ernst.«

Giray seufzte innerlich auf und ging weiter. Als Sanders bemerkte, dass er sich bereits einige Meter entfernt hatte, ließ sie den Querulanten einfach stehen und eilte ihrem Kollegen nach. Da blieb Cavendish keine andere Wahl, als sich ebenfalls wieder in Bewegung zu setzen.

*

Schließlich, rund fünfzehn Kilometer weiter, sah die Gruppe einen schwachen, vertikalen Lichtstreifen in der Ferne und stieß eine halbe Stunde später auf einen Abgrund. Auf der fernen, gegenüberliegenden Seite erkannten sie riesige, beleuchtete Kuben.

Giray pfiff. »Offenkundig befinden wir uns in einem gigantischen Zoo, aber diesmal nicht als Besucher, sondern als Ausstellungsstücke.« Er versuchte, Details mit seinem künstlichen Auge auszumachen, doch die Vivarien standen viel zu weit entfernt. Vorsichtig beugte er sich nach vorn, um über den Abgrund nach links und rechts zu schauen.

Wenn das hier ein Gang ist, grübelte er, *wie groß muss diese Einrichtung sein? Nach meinen Erfahrungen mit der Worgun-Architektur kann man nicht von den Dimensionen der Gebäude auf ihre Erbauer schließen. Wo könnte sich diese Einrichtung hier befinden? Auf Hallwa? Im Inneren des Planeten? Doch warum ist sie niemandem aufgefallen? Der Planet wurde doch bestimmt gründlich von Prospektoren durchleuchtet, bevor sich die JMC und Stellar-Mining hier niedergelassen haben.*

Als er vom Rand zurücktrat, blickte Liv ihn fragend an. Er brauchte kein Gedankenleser zu sein, um erraten zu können, was ihr durch den Kopf schoss. Allerdings kannte er auch keine Antwort auf ihre unausgesprochene Frage, weshalb er bloß mit den Schultern zuckte.

»Es handelt sich um ein Raumschiff«, durchbrach Cavendish die Stille.

Die Geheimagentin zog verwundert die Augenbrauen hoch. »Wie kommen Sie darauf?«

»Als Pilot kenne ich mich bestens damit aus. Sehen Sie beispielsweise dort drüben den kleinen Vorsprung an der Seite des Abgrunds? Er ist mit der Bodenplatte verbunden, was darauf hindeutet, dass es sich um einen kleinen Agrav-Generator handeln könnte.«

»Das erkennen Sie von hier aus?«

»Wie gesagt, ich kenne mich bestens aus.« Um seine Mundwinkel herum zuckte es leicht, als ob er sich darum bemühte, nicht aus der Rolle des »coolen« Ex-Militärs zu fallen. Er deutete auf vierzehn Uhr in Richtung Decke. »Und das da oben könnte Teil eines Luftaustauschsystems sein.«

»Angenommen, Ihre Theorie stimmt«, begann Giray, »muss es sich um ein gigantisches Schiff handeln, das – in Anbetracht der vielen Kuben – schon weit in der Galaxis herumgekommen sein muss.«

»Sofern sie schon bewohnt sind«, warf Sanders ein.

»Richtig. Worauf ich hinaus will, ist, dass ein solches Fluggerät irgendwann einmal jemandem aufgefallen sein muss, denn selbst wenn es über hervorragende Tarntechnologie verfügt, so braucht es irgendwann einmal Energie oder Ersatzteile. Die erhält es jedoch nur auf Planeten mit entsprechender Zivilisationsstufe.«

»Es könnte ein kleineres Beiboot geschickt haben.«

»Mit welcher Reichweite? Irgendwo müssen sie ihr Mutterschiff ja lassen.«

»Und wenn sie einfach die Ressourcen von jenen Planeten mitnehmen, auf denen sie die Behausungen samt Bewohnern stehlen? Beispielsweise verfügten sowohl Ionnville als auch Butterley über Reparaturwerften, ganz zu schweigen von den Raffinerien.«

»Die erbeuteten Materialien dürften zu wenig für ein solch gigantisches Schiff sein. Das heißt, dass es regelmäßig Planeten abklappern müsste, was die Wahrscheinlichkeit des Entdecktwerdens erhöht.«

»Vielleicht stammt es aus einer anderen Galaxis.«

Plötzlich räusperte sich Cavendish laut. »Wenn Sie zwei noch länger herumspekulieren, gehe ich schon mal ohne Sie los.«

»Wohin?«, wollte Giray wissen.

»In die Zentrale dieses Raumschiffs natürlich.«

»Um was zu tun?« Selbstverständlich meinte der Deutsch-Türke diese Frage nicht ernst, doch aus irgendeinem Grund verspürte er das Verlangen, die Beulenpest ein bisschen zu ärgern.

»Äh, das ergibt sich, wenn ich dort bin.«

»Falls wir auf jemanden treffen, überlassen Sie das Sprechen besser uns«, warf Liv ein und erwiderte Cavendishs bösen Blick mit einem unschuldigen Lächeln. »Möglicherweise handelt es sich hier nur um ein gewaltiges Missverständnis.«

*

Die Reise ging weiter. Zunächst gingen die drei den schmalen Steg zwischen Terrariumwand und Abgrund entlang, bis sie zu einem Vorsprung gelangten, der ein weiteres Vorankommen zunächst verhinderte.

»Mist, hier geht es nicht weiter!«, stellte Cavendish besorgt fest. Er stemmte die Fäuste in die Taille und sah sich um. »Falls unsere Seite genauso gebaut ist wie die jenseits des Abgrunds, wird der Vorsprung vielleicht fünfzig bis hundert Meter breit sein. Mit einem Kabel können wir uns folglich nicht zum benachbarten Terrarium hinüberschwingen. Eventuell befindet sich am hinteren Ende der Regalwand jedoch eine Lücke, durch die wir schlüpfen könnten.«

»Bis dorthin wandern wir wieder mehrere Stunden«, wandte Giray ein und holte zwei Saugnäpfe aus seinem Rucksack.

»Was zum Geier haben Sie alles mitgenommen?«, staunte der Pilot.

»Leider nichts mit Antigravitation.«

Indes schnallte sich Sanders ihre Saugnäpfe an Hände und Füße, aktivierte sie und wollte gerade losklettern, als die Beulenpest rief: »Halt! Was wird aus mir?«

Sie warf einen Blick nach hinten über die Schulter. »Haben Sie etwa keine Ausrüstung für sich mitgebracht?«

»Woher sollte ich wissen, dass ich hier draußen herumturnen muss?«

»In dem Fall kann ich Ihnen leider nicht weiterhelfen. Ich würde vorschlagen, Sie kehren ins Terrarium zurück.«

»Wozu? Wahrscheinlich besitzt kein Mensch Saugnäpfe außer Ihnen beiden. Wie kamen Sie überhaupt auf die Idee, diese in Ihren Koffer einzupacken? Wollten Sie auf Hallwa klettern gehen?«

»Ja, so etwas in der Art …«

»Na schön, kein Problem. Ich trage Sie.«

»Wie bitte?«, entfuhr es Sanders entsetzt.

»Sie haben richtig gehört: Ich trage Sie. Mit Ihrer schlanken Figur wiegen Sie vermutlich nichts, zumindest nach meinen Maßstäben. Allein beim Kreuzheben nehme ich durchschnittlich dreihundert Kilo an Gewicht bei zwanzig Wiederholungen je Trainingseinheit.«

»Und wenn Sie drei Tonnen stemmen könnten, Sie tragen mich nicht.« Bevor Cavendish irgendetwas tun konnte, kletterte Liv flink wie eine Spinne über den Abgrund.

Der Pilot grummelte irgendetwas Unverständliches in seinen Oberlippenbart, bevor er sich schließlich an Giray wandte: »Dann trage ich eben Sie.«

Befremdet runzelte der Angesprochene die Stirn. Er ahnte jedoch, dass Cavendish den Vorschlag nett meinte, und beschloss, ihn nicht vor den Kopf zu stoßen. Also griff er zu einer kleinen Notlüge: »Ich weiß nicht, ob die Saugnäpfe unser beider Gewicht zu tragen vermögen, deshalb sollten wir sicherheitshalber einzeln klettern.«

»Wie stellen Sie sich das vor?«

»Einer von uns klettert zu meiner Kollegin hinüber, holt ihre Saugnäpfe und kehrt hierher zurück.«

»Und derjenige, der hinüberklettert, sind Sie?«, hakte der Muskelprotz argwöhnisch nach. Offenkundig befürchtete er, dass sich die beiden vermeintlichen Handelsreisenden ohne ihn aus dem Staub machen würden.

»Um ehrlich zu sein, dachte ich an Sie, da Sie deutlich sportlicher sind und bestimmt über mehr Ausdauer verfügen als ich. Falls Sie müde werden, können wir uns auch gerne von Mal zu Mal abwechseln.«

Das Lob schien Cavendish zu gefallen, denn seine Brust schwoll sichtlich an. Ausnahmsweise verzichtete er darauf, neuerlich mit seinen Fähigkeiten zu prahlen. Stattdessen nickte er und machte sich sofort auf den Weg.

*

Obwohl die Gruppe über drei Stunden hinweg zügig marschierte und nur selten eine Pause einlegte, beklagte sich niemand. Bald änderte sich die Umgebung. Anstelle einer glatten, durchsichtigen Terrariumwand, hinter der sich entweder meterhohes Bodensubstrat oder Wasser befand, folgten nun Rillenstrukturen, die sich mit vier Meter durchmessenden Röhren abwechselten.

»Haben Sie eine Ahnung, was das hier sein könnte?«, erkundigte sich Giray bei Cavendish, während er mit der Hand über die Konstruktion strich. Durch die dünne Folienhaut des W-Anzug blieb sein Tastsinn besser erhalten als durch einen engen Handschuh, und so erfühlte er die feine Oberflächenstruktur des matten, metallischen Materials.

Der Pilot zuckte mit den Schultern. »Vermutlich ein Teil des Luftaustauschsystems. Wenn wir die dazugehörige Konsole finden, könnten wir versuchen, sie zu manipulieren. Möglicherweise bekommen wir dann endlich mal die Typen zu Gesicht, die dieses Schiff hier fliegen.«

»Wie stellen Sie sich vor, dass zwei Zwerge wie wir eine überdimensionale Konsole bedienen?«

»Wer redet von bedienen? Wir benutzen einfach unsere Handnadelstrahler.«

»Das wird die unbekannten Riesen garantiert beeindrucken.«

»Warten Sie nur ab! Ich ...«

Plötzlich ergriff ein Luftsog Liv Sanders, die fünf Meter weiter vor den beiden Männern ging. Keine Sekunde später verschwand sie in einer Röhre.

Entsetzt rannten die beiden Männer hinterher, stoppten jedoch, kurz bevor sie die Öffnung erreichten, und drückten sich eng an die Wand, damit der Sog sie nicht ebenfalls erfasste. Von Cavendish unterstützt lugte Giray vorsichtig um die Ecke. Die Folienhaut des W-Anzugs verhärtete sich sofort, sodass er nichts von dem Windzug spürte.

»Lynn?«, schrie er in die Dunkelheit hinein. Unter seinem Helm klang seine Stimme laut, doch außerhalb hatte der Wind sie vermutlich weggerissen.

Giray trat einen Schritt zurück.

Nachdem er erfolglos versucht hatte, seine Kollegin über sein Armbandvipho sowie die Funkverbindung des W-Anzugs zu erreichen, weihte er Cavendish in das weitere Vorgehen ein. Anschließend holte er ein Seil hervor, das er sowohl an sich als auch an dem Piloten sowie einem der Saugnäpfe festband. »Falls mir irgendetwas zustößt, folgen Sie mir nicht, sondern schneiden das Seil durch. Verstanden?«

Sein Gegenüber nickte mit ernster Miene, in der geschrieben stand, wie wenig er von »Geralt Kuröys« Idee hielt.

Im Grunde konnte es Giray egal sein, was Cavendish tat, solange dieser nicht einfach so das Seil kappte. Während sein Begleiter draußen auf ihn wartete, robbte er mit zwei Saugnäpfen – einen an der Hand, einen am Fuß – in die finstere Röhre hinein.

Bereits nach wenigen Metern erreichte er die Stelle, an der sie senkrecht nach unten abfiel.

»Lynn!«, rief er in den Schacht hinein, erhielt jedoch keine Antwort. Er schaute neuerlich auf sein Armbandvipho, doch weder signalisierte es den Erhalt einer Nachricht noch einen verpassten Anruf. Einige Atemzüge lang schloss er die Augen, um die Emotionen loszuwerden, die ihn soeben zu überwältigen drohten. *Der Tod gehört zum Berufsrisiko,* erinnerte er sich an die ersten Worte, die ihm und den anderen GSO-Anwärtern gleich am ersten Tag der Agentenausbildung eingetrichtert worden waren.

Er musste unter allen Umständen einen klaren Verstand bewahren, denn im Terrarium zählten Hunderte weiterer Menschen auf ihn. Das bedeutete natürlich nicht, dass er Liv nun einfach ihrem Schicksal überlassen würde, doch im Augenblick konnte er nichts für sie tun.

Betrübt kehrte er zu Cavendish zurück und klärte ihn über die neue Situation auf, woraufhin dieser sich losbinden wollte, um sich vom Sog mitreißen zu lassen und hoffentlich bei »Miss Zander« wieder herauszukommen.

»Tun Sie das nicht!«, riet Giray ihm. »Falls Lynn den unfreiwilligen Flug nicht überlebt hat, wäre Ihr Opfer sinnlos.«

Der ehemalige Soldat schnaufte. »Nicht alle Männer sind so feige wie Sie, Kuröy!«

»Das hat nichts mit Feigheit zu tun, sondern mit Verstand.«

»Sie lassen Ihre Kollegin also im Stich?«

»Lynn würde an meiner Stelle genauso handeln.«

»Wirklich? Das ist ganz schön asozial.«

»Ich fürchte, das bringt unser Beruf mit sich.«

Cavendish zeigte sich erschüttert über Girays Kaltherzigkeit. Seine Unterlippe bebte, sein Oberlippenbart zuckte. Sein Mund klappte auf und zu wie bei einem Fisch an Land. Schließlich fand er zu sich zurück und hielt dem vermeintlichen Verkäufer eine fünfminütige Standpauke über Ehre, Verantwortung und Männlichkeit. »Ich wäre ohne zu zögern hinterhergesprungen, um das Leben einer Frau zu retten! Und da wundern Sie sich, weshalb so viele Emanzen glauben, uns nicht mehr zu benötigen?«

Die Worte prallten wirkungslos an dem Geheimagenten ab. Schon vor Jahren hatte er das Thema ausgiebig mit seiner Kollegin diskutiert, und sie beide waren sich darin einig, dass freundschaftliche Gefühle keine Mission gefährden durften. Sollte einer von ihnen umkommen, sollte der andere nicht zurückschauen, sondern weitermachen. Nun wusste Ömer natürlich nicht, ob Liv noch lebte, weshalb er sie nicht einfach aufgab. Doch entgegen Cavendishs Erwartung würde er sich ganz sicher nicht auf gut Glück einen Schacht hinab ins Ungewisse stürzen. Stattdessen wollte er alle paar Stunden versuchen, sie anzufunken. Sobald die Mission erfolgreich abgeschlossen war, würde er sich auf die Suche begeben. Vielleicht war bis dahin dann auch Eylers' Ersatzteam zugegen und konnte ihn dabei unterstützen.

»… dazu stehen, männlich zu sein, aber man muss auch um Anerkennung kämpfen!«, maulte Cavendish munter weiter. Anscheinend hörte er sich selbst gern reden. »Das musste ich als junger Knirps schon lernen. Beispielsweise war da dieses subversive Element von Mitschüler in meiner Klasse, das mich bis zu meinem fünfzehnten Lebensjahr drangsalierte. Aber dann habe ich …«

Mit einem Mal meldete sich eine weibliche Stimme über die Schallfelder in den Helmen der W-Anzüge: »Kann mich jemand hören?«

»Wir hören dich, Lynn!«, antwortete Giray prompt, erleichtert darüber, seine Kollegin noch am Leben zu wissen. »Geht es dir gut?«

»Geralt? … nur schlecht … weiß nicht …«

»Es tut mir leid, aber ich kann dich nur schwer verstehen. Anscheinend wird die Funkverbindung gestört. Wo bist du?«

»Bitte?«

»Kannst du mich orten?«

»Nein.«

»Geht es dir gut?«

»Ja.«

»Das freut mich«, erwiderte er und fuhr mit langsamen, deutlichen Worten fort: »Nun höre mir gut zu: Wir treffen uns in der Zentrale des Raumschiffs.«

»Zentrale des Raumschiffs. Verstanden.«

»Keine Umwege! Ich versuche in zwei Stunden, dich zu kontaktieren.«

»Ja.«

Als nichts mehr kam, wandte sich Giray an Cavendish, der vor sich hin lächelte: »Lassen Sie uns keine Zeit verlieren! Kommen Sie!«

»Wissen Sie überhaupt, wo wir lang müssen?«, hakte der Pilot skeptisch nach.

»Der Gang hat nur zwei Richtungen. Wir gehen in der Richtung weiter, die wir ohnehin schon eingeschlagen haben. Sobald wir eine Tür erreichen, schauen Sie, ob wir uns auf dem richtigen Weg befinden.«

»Wie soll ich das machen?«

»Möglicherweise entdecken Sie einen Hinweis darauf, ob wir uns in Richtung der Antriebssektion befinden. Die Zentrale liegt meines Wissens in der Regel auf der gegenüberliegenden Seite eines Schiffs.«

»Kommt drauf an …«

»Für alle Fälle erstelle ich eine Karte, damit wir nicht versehentlich dieselbe Strecke zweimal nehmen.« Giray zeigte Cavendish den Hand-Suprasensor in seinem Rucksack sowie den damit in drahtloser Verbindung stehenden Ortungssensor, den er an seinem Gürtel trug.

»Ich zweifele immer mehr daran, dass Sie wirklich nur Baumaschinen verkaufen«, verkündete der Pilot. »Wozu schleppen Sie Expeditionsausrüstung mit sich herum? Was haben Sie noch alles in Ihrem Rucksack?«

»Wir benutzen die Technologie in Höhlen und Minenschächten für den Fall, dass wir verschüttet werden und einen Alternativausgang suchen müssen. Die Antwort auf Ihre zweite Frage lautet: Proviant.«

*

Seitdem der Agent das Essen in seinem Rucksack erwähnt hatte, beschwerte sich Cavendish alle paar Minuten über Hunger und Durst. Tatsächlich hatten die beiden nichts mehr gegessen oder getrunken, seitdem sie vor acht Stunden aus dem Terrarium aufgebrochen waren. Wie viele Kilometer sie bereits zurückgelegt hatten, konnten sie nur vermuten.

Als sie wieder einmal rasteten, holte der Muskelprotz einen Müsliriegel aus seinem Rucksack und leckte sich gierig über die Lippen. »Ich glaube, ich klappe jetzt meinen Helm zurück. In der hiesigen Luftmischung können Menschen bestimmt ein paar Minuten überleben. Das reicht für eine kurze Mahlzeit.«

»Lassen Sie das besser, Mister Cavendish«, riet Giray dem Mann. »Sollten Sie ohnmächtig werden, kann ich nichts für Sie tun.«

»Dann lassen Sie mich doch einfach liegen! Bei Ihrer Kollegin kannten Sie schließlich auch keine Skrupel.«

Der Agent spürte einmal mehr, wie seine normalerweise unerschütterliche Geduld allmählich an ihre Grenzen stieß.

Ich fürchte, er nimmt mich nicht ernst, grübelte er. *Ohne ihm irgendwas Böses zu wollen: Irgendwann muss er mit den Konsequenzen seines Handelns leben. Allzu lange kann ich nämlich nicht mehr den Aufpasser für ihn spielen, denn meine Prioritäten liegen woanders.*

Weil Giray schwieg, anstatt der Beulenpest eine Steilvorlage für die nächsten Unterstellungen zu bieten, verlor diese rasch das Interesse an einem Streit, packte den Müsliriegel wieder ein und stand vom Boden auf. Erwartungsvoll blickte sie den Agenten an, der noch immer am Boden saß, den Rücken an die Terrariumwand gelehnt. »Worauf warten Sie? Oder wollen Sie ein Nickerchen machen?«

Cavendish, kannst du dir nicht einmal im Leben die blöden Sprüche sparen?, dachte der Angesprochene genervt. *Du bist ja schlimmer als ich!*

Er erhob sich, und die beiden setzten wortlos ihren Weg fort. Der »Zoo« schien kein Ende nehmen zu wollen, doch wenigstens erkannten sie in weiter Ferne den mutmaßlichen Ausgang aus diesem Sektor.

In Ermangelung eines zweiten Satzes Saugnäpfe musste sich Giray notgedrungen von Cavendish tragen lassen, wann immer sie auf ein Hindernis trafen. Der Agent schluckte seinen Stolz hinunter, und dankenswerterweise verschonte die Beulenpest ihn mit blöden Sprüchen diesbezüglich.

*

Stunden später, dem Ausgang noch immer nicht wesentlich nähergekommen, legten die beiden Männer eine längere Pause ein, um kurz zu schlafen. Giray übernahm die erste Schicht, während Cavendish friedlich schlummerte. Mittlerweile plagten auch ihn Hunger und Durst, doch er wagte nicht, seinen Helm abzunehmen.

Hin und wieder funkte er seine Kollegin an, erhielt jedoch keine Antwort. Er versuchte sich vorzustellen, wie es ihr gerade erging, und fragte sich, wie es mit der Odyssee weitergehen sollte. Noch immer wussten sie nichts über die Unbekannten, die diesen gewaltigen »Zoo« unterhielten. Merkwürdigerweise k-amen auch keine Besucher.

Möglicherweise handelt es sich um Wilderer, die die künftigen Ausstellungsstücke zu ihrem Heimatplaneten oder wo auch immer hinbringen, grübelte der Agent. Er sah hinüber auf die andere Seite jenseits der »Schlucht«. *Wer oder was sich wohl in den anderen Vivarien befindet? Tiere? Weitere Milchstraßen-Völker? Vermutlich haben die Unbekannten über längere Zeit Hallwa beobachtet und anfänglich nur ein paar Menschen und Häuser entführt, um die Gefängnisse entsprechend einzurichten. Das erklärt jedenfalls die Verzögerung zwischen den ersten Vorfällen und unserem unfreiwilligen Umzug.*

Drei Stunden später übernahm Cavendish die Wache. Giray rollte sich auf dem Boden zusammen. Es gelang ihm nicht, eine einigermaßen gemütliche Position zu finden, denn entweder ein Gelenk drückte ungünstig gegen den harten Untergrund oder der W-Anzug störte. Um keine kostbare Zeit zu vergeuden, schloss er die Augen und versuchte einzuschlafen.

10.

Unsanft wurde der GSO-Agent aus dem Schlaf gerüttelt, und ehe er sich versah, zog ihn jemand mitsamt seinem Rucksack in eine nahegelegene Nische.

»Wir kriegen Besuch!«, flüsterte Cavendish, sein Retter.

Genau in diesem Moment tauchten zwei Giganten auf, die einige Kuben abklapperten und einen flüchtigen Blick hineinwarfen. Sie trugen langes, schneeweißes Fell – flauschig wie bei einem überdimensionalem, gestriegelten Angorakaninchen ohne Ohren. Einer hielt eine Kiste in seinen feingliedrigen Händen.

Rasch zückte Giray seinen Translator, damit dieser Gelegenheit hatte, die fremde Sprache zu lernen.

Beim nächsten Terrarium harrten die Angehörigen des unbekannten Volks besonders lange aus und gaben geckernde Laute von sich, die wahrscheinlich keine Worte darstellten.

Schließlich kommentierte einer von ihnen: »Gro nak-ar«, woraufhin der andere euphorisch quiekte und eine Klappe unterhalb des Terrariums öffnete, hinter der sich eine Konsole versteckte.

Routiniert drückte er ein paar Knöpfe, dann geschah erst einmal gar nichts – jedenfalls nichts Sichtbares.

Rund eine Minute später fuhr der Kubus ein Stück aus dem Regal heraus.

Der mit der Kiste zauberte eine Art Pinzette aus seinem Fell hervor, mit der er vermutlich einen Bewohner des Terrariums aufgriff und in den mitgebrachten Behälter verfrachtete, den er sogleich verschloss.

Der andere Gigant bediente neuerlich die Konsole, woraufhin der Kubus sich wieder ins Regal eingliederte. Anschließend traten sie zurück und gingen in Richtung Ausgang. Giray und

Cavendish konnten nur rätseln, was die Fremden mit dem Terrariumbewohner vorhatten, waren jedoch froh, dass es keinen Menschen erwischt hatte. Als die Riesen dicht an den beiden entkommenen Terranern vorbeikamen, markierte Giray sie mithilfe eines Abschussgeräts jeweils mit einem Sender.

Kaum waren die beiden fort, spürte der Agent, wie ihn die Beulenpest misstrauisch beäugte. Er ahnte, dass Cavendish ihm den Stellar-Best-Mitarbeiter längst nicht mehr abkaufte. Doch solange dieser nicht hinter sein Geheimnis zu steigen drohte, war es ihm egal, was er dachte.

Er funkte Liv Sanders an, die sich diesmal mit deutlich besserem Empfang zurückmeldete. Kurz informierte er sie über die Sichtung der zwei Fellriesen.

»Können wir schon einschätzen, ob sie uns tendenziell freundlich oder feindlich gesinnt sind?«, erkundigte sie sich.

»Keine Ahnung. Wir haben sie nur kurz gesehen, deshalb gibt es jetzt eine kleine Planänderung.«

»Planänderung?«, dröhnte Cavendish hellhörig geworden. »Davon weiß ich ja gar nichts!«

»Ich bin gerade dabei, sie zu erläutern.«

»Wann haben Sie die beschlossen? Warum haben Sie mich nicht früher darüber aufgeklärt?«

»Sie ist mir eben eingefallen.«

»Also sind Sie ein Schnellschießer?«

Die Männer vernahmen Livs Seufzer über die Schallfelder in ihren Helmen. »Mister Cavendish, dürften mein Kollege und ich uns bitte ungestört miteinander unterhalten?«

»Wie sieht es mit deinem Ortungsgerät aus, Lynn?«, wollte Giray übergangslos wissen.

»Ich habe es leider noch immer nicht zum Laufen gebracht. Allerdings arbeite ich nur alle paar Stunden daran, während ich raste.«

»Das ist schade. Versuche, es so schnell wie möglich zu reparieren. Nach der Begegnung mit den fremden Wesen möchte ich nämlich erst mehr über sie herausfinden, ehe wir ihnen gegenübertreten.«

»Brauchst du mich dafür?«

»Im Grunde nicht, aber ich wollte dich wissen lassen, dass sich unser Zusammentreffen möglicherweise verzögern könnte.«

»Kein Problem. Ich arbeite mich derweil durch das Röhrensystem weiter zur Zentrale vor.«

*

Mithilfe des Hand-Suprasensors verfolgten Giray und Cavendish die beiden Wesen. Das Ortungsprogramm war intelligent genug, die Routen der Markierten aufzuzeichnen, sodass eine spartanische Karte entstand.

»So etwas hatten wir damals auch beim Militär«, erzählte der Pilot. »Bei den Märschen – mit deutlich schwereren Rucksäcken wohlgemerkt – habe meistens ich die Vorhut übernommen und die Lage sondiert. Das waren noch Zeiten! Leider ließen sich meine Kameraden selten dazu herab, meine Leistungen zu würdigen, und auch meine Vorgesetzten hielten sich mit Lob stets zurück. Ich glaube, sie befürchteten, dass mir die Anerkennung zu Kopf steigen könnte.« In Erinnerungen schwelgend lachte er brummend vor sich hin. »Kann ich Ihren Hand-Suprasensor mal sehen? Ich lasse ihn auch nicht fallen, versprochen.«

»Nein, er wärmt im Moment so schön meine Finger«, lehnte Giray ab. »Auf diesen Luxus verzichte ich ungern.«

»Ich dachte, in W-Anzügen friert man nicht. Und seit wann werden diese modernen Miniaturrechner warm?«

»Weshalb hinterfragen Sie ständig alles?«

»Das liegt in meiner wissbegierigen Natur. Die meisten Menschen machen den Fehler, immer alles hinzunehmen, wie es kommt, doch so entwickelt man sich nicht weiter.«

»Was bringt es Ihnen, meinen Hand-Suprasensor zu halten?«

»Ich kenne mich super damit aus und finde bestimmt eine Funktion, die uns mehr Aufschluss über die Bewegungen der Fremden gibt.«

»Dieses spezielle Programm wurde eigens für Stellar Best entwickelt.«

»Ach, letztendlich funktionieren doch alle gleich.« Dann wechselte Cavendish abrupt das Thema: »Wussten Sie, dass ich in der Off Season viertausendsechshundert Kilokalorien brauche, um meinen Körper in Form zu halten?«

»Was meinen Sie?«

»Ich meine, dass ich dringend etwas essen muss. Meine letzte Mahlzeit liegt über dreizehn Stunden zurück, ihre vermutlich auch. Außerdem scheinen die Wände näherzukommen, was ein eindeutiges Zeichen von Dehydrierung ist!« Der Muskelprotz blieb stehen, nahm seinen Rucksack ab und setzte sich auf den Boden. »Sagen Sie, was Sie wollen, aber ich werde jetzt etwas futtern!«

Giray schwieg. Er verspürte wenig Lust, einen erwachsenen Mann andauernd zu ermahnen. Außerdem fühlte er sich matt von Hunger und Durst, doch im Gegensatz zur Beulenpest wollte er keine Experimente wagen.

Cavendish packte seinen Proviant aus, der aus einer Kollektion Müsliriegel sowie einer Flasche Wasser bestand. Er klappte seinen Helm zurück, verdrückte hastig ein paar Riegel und spülte den Rest mit reichlich Wasser hinunter. Anschließend setzte er den Helm wieder auf. Mit einem zufriedenen Grinsen blickte er zu seinem Begleiter auf, der noch immer stand. »Sehen Sie, ich lebe noch! Wollen Sie nicht doch etwas essen? Sie können was von mir abhaben. Mögen Sie lieber Kirsche oder Banane?«

»Danke, aber behalten Sie Ihr Essen lieber.«

»Keine falsche Bescheidenheit. Mein Rucksack ist voll.«

»Mit Müsliriegeln?«

»Unter anderem. Wasser habe ich auch jede Menge dabei. Das dürfte für drei, vier Tage reichen, wenn wir es nicht verschwenden.«

Der Agent schmunzelte. *Cavendish scheint doch kein schlechter Kerl zu sein, auch wenn er die meiste Zeit über echt nervtötend ist,* dachte er und gesellte sich zu ihm. Nachdem er rasch gespeist und getrunken hatte, empfahl er Liv Sanders per Funk, ebenfalls etwas zu sich zu nehmen, weil Cavendish und er das Experiment erfreulicherweise überlebt hatten.

*

Nachdem die beiden Männer gegessen, getrunken und geruht hatten, kamen sie deutlich schneller voran als zuvor. Weil sich der bisherige Weg zunehmend verengte, kletterten sie irgendwann die »Schlucht« hinab auf den Boden des Ganges, von wo aus sie weiter in Richtung Ausgang strebten.

»Das hätten wir viel früher machen sollen«, fand Cavendish, als er Giray absetzte und ihm die Saugnäpfe zurückgab. »Dann hätten wir uns die ganze Kletterei sparen können, und Miss Zander wäre vielleicht noch bei uns.«

Der Agent stimmte ihm insgeheim zu, obgleich es seinen Grund gehabt hatte, in den höheren Etagen herumzuwandern: Von dort oben aus gab es einen deutlich besseren Ausblick als aus der Froschperspektive.

*

Nach zwei Stunden erreichten sie schließlich den Ausgang dieses Sektors.

Eine Schleuse existierte anscheinend nicht oder sie stand dauerhaft offen. Da alles so gigantisch wirkte, ließ sich das schwer sagen.

Giray warf einen Blick auf den Bildschirm seines Hand-Suprasensors. »Laut Karte befinden wir uns jetzt auf halber Strecke zwischen unserem Terrarium und jenem Ort, der von den Fremden seit der Markierung am meisten frequentiert wurde.«

»Bedeutet das etwa, dass wir einen weiteren Tag dorthin marschieren müssen?«, schlussfolgerte Cavendish wenig begeistert. »Vergessen Sie nicht, dass ich Kraftsportler und kein Langstreckenwanderer bin, Sie wahrscheinlich auch nicht!«

»Ich fürchte, uns bleibt keine andere Wahl, als es zu probieren. Oder wollen Sie mit leeren Händen zu Miss Nordvist zurückkehren?«

»Selbstverständlich nicht! Ich hatte mir auch eher Sorgen um Sie gemacht. Mich haut so schnell nichts um, solange mein Kalorienbedarf gedeckt ist.«

Giray spielte mit dem Gedanken, Cavendish vorzuschlagen, dass dieser ins Terrarium zurückkehrte. Allerdings konnte er ihm nicht einfach seine Saugnäpfe überlassen, deshalb sprach er seine Idee nicht aus.

»Da Sie gerade meine Arbeitgeberin erwähnten«, fuhr der Pilot fort, »wann wollen wir ihr mal Bericht erstatten? Bestimmt macht sie sich schon Sorgen.«

»Sollte etwas sein, kann sie sich selbst bei uns melden«, entgegnete der Agent lakonisch.

»Was, wenn Sie uns nicht erreichen kann und einen weiteren Expeditionstrupp hinausschickt?«

»Diese Entscheidung obliegt ganz allein ihr, und damit auch die Verantwortung.«

»Warum sind Sie denn so angefressen?«

»Das bin ich nicht. Ich versuche lediglich, mich auf unsere Mission zu konzentrieren. Unsere Kraftreserven sowie Vorräte reichen nicht ewig. Wenn wir Pech haben, schaffen wir es nicht mehr zurück und verdursten oder verhungern irgendwo.«

»Jetzt malen Sie mal nicht den Teufel an die Wand, Mister Kuröy! Wir schaffen das schon.«

Die Männer erklommen den nächsten »Hügel« der strukturierten Bodenplatte. Oben angekommen gönnten sie sich eine kurze Verschnaufpause. Obgleich sie den »Zoo« mittlerweile hinter sich gebracht hatten, wussten sie noch immer nicht, in welchem Teil des Raumschiffs sie sich befanden. Führte dieser Gang zur Zentrale? Gab es hier Antigrav-Schächte, um die Ebenen zu wechseln? Registrierten die Generatoren überhaupt Winzlinge wie sie? Oder verfügte das Schiff über mechanische Aufzüge, die über eine Konsole bedient werden mussten?

*

Obwohl Ömer Giray glaubte, den Marsch nicht mehr lange durchzuhalten, brachten er und sein Begleiter Kilometer um Kilometer hinter sich und schienen mit jeder Stunde schneller zu werden. Möglicherweise lag es daran, dass sie zwischendurch neue Kraft tankten, indem sie nicht nur pausierten, sondern auch etwas aßen und tranken. Einmal schwatzte Cavendish Giray einen seiner Müsliriegel auf, den dieser nur widerwillig annahm.

Danach ging die Reise wundersamerweise noch besser voran, sodass sie ihr Ziel bereits nach einem halben statt eines ganzen Tages erreichten.

Aus der Zwergenperspektive konnten sie allerdings nicht viel erkennen, deshalb erklommen sie ein höhergelegenes Podest. Mit Giray auf dem Rücken und einer Steilwand von zweihundert Metern begann der Muskelberg nun doch zu ächzen, aber letztendlich schaffte er es ohne Absturz nach oben.

Seufzend ließ er sich auf dem Boden neben den beiden Rucksäcken nieder, die Giray zuvor getragen hatte. »Nicht übel! Jetzt habe ich endlich einmal wieder den Schmerz bis in die letzte Muskelfaser gespürt. Das sollte ich öfter machen.«

»Ohne mich«, entgegnete Giray.

Cavendish grinste, klappte kurz seinen Helm zurück und wischte sich rasch den Schweiß von der Stirn. »Ich bezog mich auf das Klettern mit Gewichten. Es fordert viel mehr Muskelgruppen gleichzeitig, allerdings kann ich damit nicht gezielt an meinen Proportionen arbeiten. Deshalb ziehe ich es eher als kleine Ergänzung zu meinem jetzigen Trainingsplan in Betracht.« Es folgte eine detaillierte Auflistung aller Übungen und deren Auswirkungen, anschließend ein Vortrag über optimale Ernährung während der und zwischen den Wettkampfzeiten.

Weil der Angesprochene sich mit Kraftsport nicht auskannte und sich im Augenblick auch nicht dafür interessierte, ließ er Cavendish einfach reden. Derweil sah er sich in der Halle um, in die sie gelangt waren.

Vermutlich handelte es sich um ein Labor, denn überall standen Geräte und Behältnisse mit Flüssigkeiten herum. Alles wirkte hochtechnologisiert mit der klinischen Optik und den vielen Konsolen.

»Wo sind wir hier eigentlich?«, wechselte der Pilot Minuten später das Thema. »In einer Küche? Irgendwie finde ich es hier total unheimlich. Wir sollten besser von hier verschwinden.«

»Aber wir sind doch eben erst angekommen«, wandte Giray ein. »In den letzten Stunden haben sich die Fremden mehrfach hier aufgehalten. Dieser Ort spielt folglich eine wichtige Rolle in ihrem Alltag.«

»Also befinden wir uns in ihrer Küche.«

»Ich finde, dass es mehr auf ein Labor hindeutet. Sehen Sie die Schläuche, die die verschiedenen Flüssigkeitsbehälter miteinander verbinden?«

»Ja und? Vielleicht mischen sie hier Cocktails oder frönen der Molekularküche.«

»Sie glauben, unsere haarigen Freunde sind Gourmets?« Giray blickte sein Gegenüber nachdenklich an.

»Es ist nur eine Theorie.«

»Und was bereitet Ihnen dann solche Angst, dass Sie schnellstens hier weg wollen?« In der Stimme des Agenten lag ein lauernder Unterton.

»Wieso Angst?«, empörte sich die Beulenpest wie erwartet. »Ich habe bloß keinen Bock, meine Zeit hier zu verschwenden. Lassen Sie uns endlich in die Zentrale aufbrechen, unser eigentliches Ziel!«

»Ob Küche oder Labor, ich will wissen, was die Kerle mit dem Wesen aus dem Vivarium gemacht haben.«

»Wozu? Das war eh keiner von uns.«

»Sein Schicksal könnte uns jedoch Aufschluss darüber geben, was uns demnächst ebenfalls blüht. Ich glaube fast, dass sich das Wesen irgendwo hier in dieser Halle befindet.«

»Falls Sie vorhaben, nach ihm zu suchen, müssen Sie leider auf mich verzichten. Wir würden vermutlich Stunden, wenn nicht Tage brauchen, um jeden Winkel abzuklappern. Und wenn das Wesen doch woanders hingebracht wurde, war unsere Arbeit ganz umsonst. Davon abgesehen wissen wir gar nicht, was die Riesen aus dem Terrarium genommen haben. Vielleicht war es nur eine Bodenprobe.«

»Stimmt«, räumte Giray ein, wobei ihn Cavendishs Einwand keineswegs überraschte. Er hatte sogar damit gerechnet.

»Dann können wir ja gehen«, fand der ungeduldige Muskelprotz.

»Moment! Ich gebe Ihnen zwar in Bezug auf den Inhalt der Kiste und die Größe dieser Halle recht, doch an meinem Vorhaben, mehr über unsere ›Zoowärter‹ herausfinden zu wollen, halte ich fest.«

»Ich will hier nicht an diesem unübersichtlichen Ort herumspazieren. Wir könnten womöglich wie Ihre Kollegin in einen Sog geraten – oder Schlimmeres!«

»Keine Sorge, ich habe nicht vor, hier herumzulaufen. Wir suchen uns jetzt einen Platz, von dem aus wir einen guten Überblick habe, ohne selbst sofort entdeckt zu werden. Dort schlagen wir für ein paar Stündchen unser Lager auf und schauen, was die Felligen hier so treiben.«

*

Die erhöhte Position verschaffte den beiden Männern tatsächlich einen Überblick über den gesamten Raum, der auf den zweiten Blick doch nicht mehr so groß wirkte. Sie versteckten sich in der Nische zwischen einer Regalwand und einem Ständer mit langen, phiolenartigen Glasbehältern.

Giray schaltete seinen Hand-Suprasensor in den Bereitschaftsmodus, damit dieser ihm signalisierte, sobald sich eines der markierten Wesen auf dem Weg ins Labor befand. Da blitzte mit einem Mal eine Nachricht auf dem Bildschirm auf. Als er sie antippte, sah er einen pulsierenden, blauen Punkt im leeren Teil der Karte. Offenkundig befand sich Liv Sanders rund dreißig Kilometer vom Labor entfernt.

Just in diesem Moment rief sie ihn an: »Na, alles klar bei euch? Mein Ortungsgerät funktioniert wieder.«

»Ich merke es«, erwiderte er mit einem zufriedenen Lächeln. »Siehst du uns auf deinem Bildschirm?«

»Tu ich, aber viel kann ich damit nicht anfangen. Euer Punkt schwebt im Nichts.«

»Warte einen Augenblick, ich schicke dir unsere Kartenaufzeichnung sowie die Translatordaten rüber.«

»Ich empfange etwas«, vermeldete die Agentin. Kurz darauf stieß sie einen erstaunten Laut aus. »Oh, ihr seid gut herumgekommen, was?«

»Über die Filtereinstellungen kannst du auswählen, wessen Route du angezeigt haben möchtest. Den Großteil der Karte haben wir den Fellriesen zu verdanken.«

»Verstehe. Wo befindet ihr euch gerade?«

»In einer Art Labor. Kommst du zu uns? Wir warten auf dich.«

»Hm«, machte Liv. »Dann müsste ich ja die ganze Strecke durch das enge Tunnelsystem zurückkriechen. Meine Vorräte reichen nur noch für gut zwei Tage. Ich glaube, es geht schneller, wenn ich mich weiter zur Zentrale durchschlage und unabhängig von euch Infos über die Fremden sammele. Oder spricht etwas dagegen?«

Giray fasste sich an den Bart beziehungsweise versuchte es. Stattdessen stieß er mit dem Daumen gegen den federleichten Helm, den er schon gar nicht mehr spürte.

»Was war das?«, fragte Liv alarmiert.

»Ich habe mich bloß gestoßen«, erklärte er.

»Wie läuft es mit … du weißt schon wem?«

»Sie dürfen mich gerne Brent nennen!«, posaunte die Stimme der Beulenpest über die Schallfelder der Helme. »Und es läuft fantastisch. Es hat sich schon so eine Art Männerfreundschaft zwischen uns entwickelt.«

»Ach, wirklich?«

»Kein Grund, eifersüchtig zu sein, meine Liebe. Das ist alles rein platonisch.«

»Etwas anderes habe ich auch nicht erwartet.«

Cavendish plauderte munter die Details der Kletteraktionen aus, wobei er nicht müde wurde zu betonen, dass er ihren Kollegen sowie zwei Rucksäcke gleichzeitig getragen hatte, und zu allem Überfluss rechnete er ihr auch noch den ungefähren Kalorienverbrauch vor. »Mit fünfeinhalb Müsliriegeln lässt sich das Defizit allerdings ausgleichen, wobei ich diese einseitige Ernährung nicht dauerhaft empfehle.«

Ömer Giray verfügte über genügend Selbstbewusstsein, um sich nicht dafür zu schämen, von dem Muskelprotz getragen worden zu sein. Sollte Cavendish die Geschichte an die große Glocke hängen wollen, würde er ohnehin nur von einem nicht existierenden »Geralt Kuröy« berichten können. Und falls der Kerl wider Erwarten ein Foto von ihm besaß, so würde Bernd Eylers, der Chef der Galaktischen Sicherheitsorganisation, schon dafür sorgen, dass es verschwand.

»Danke für die Infos, Mister Cavendish«, antwortete Sanders.

Der Angesprochene schien den Sarkasmus in ihrer Stimme nicht bemerkt zu haben. »Gern geschehen! Sobald die Mission erfolgreich abgeschlossen ist, können wir uns gerne zusammen auf ein Bier treffen. Dann erzähle ich Ihnen die ganze Geschichte.«

»Bier? Steckt das nicht voller böser Kohlenhydrate?«

»Für Sie mache ich eine Ausnahme.«

»Ich muss jetzt leider auflegen.«

»Pass auf dich auf, Lynn!«, riet Giray ihr noch, bevor sie die Verbindung unterbrach.

*

»Ich glaube, wir werden allmählich warm miteinander«, murmelte Cavendish eine Viertelstunde nach Gesprächsende vor sich hin.

Giray, der mit geschlossenen Augen an der Regalwand lehnte, runzelte irritiert die Stirn. »Wovon reden Sie?«

»Von Lynn. Anfänglich war sie total abweisend zu mir, aber mittlerweile betrachte ich es als willkommene Herausforderung. Wie stehen Sie eigentlich zu ihr?«

»Was meinen Sie?«

»Haben Sie etwas miteinander am Laufen?«

»Haben Sie mich das nicht schon einmal gefragt?«

»Nicht, dass ich wüsste.«

»Nein, Lynn und ich stehen ausschließlich in kollegialer Beziehung zueinander.«

»Aber Sie finden sie attraktiv, oder?«

»Mister Cavendish, ein guter Rat von Mann zu Mann: Schlagen Sie sich diese Frau unverzüglich aus dem Kopf!«

Die Beulenpest rümpfte die Nase. »Damit Sie freies Feld haben?«

»Damit Sie nicht enttäuscht werden.«

»Ich hege keinerlei Erwartungen, also kann ich auch nicht enttäuscht werden.«

»Sie wollten mit ihr in die Kneipe gehen.«

»Ja und? Das macht man so, wenn man einander kennenlernen will. Waren Sie schon mit ihr etwas trinken?«

»Mehrfach sogar.«

»Aber Sie haben nie angebändelt.«

»Korrekt.«

»Das bedeutet doch bloß, dass Sie nicht ihr Typ sind. Ich bin quasi das Gegenteil von Ihnen: körperbewusst, muskulös, gutaussehend, erfolgreich, ungefähr in Lynns Alter.«

Der Agent prustete los. »Wie alt sind Sie?«

»Runde fünfzig. Und Sie?«

»Ein Jahr jünger.«

Die Beulenpest glotzte Giray durchdringend an. Schließlich giftete sie: »Dafür haben Sie sich aber nicht sonderlich gut gehalten.«

»Das macht nichts. Ich versuche auch nicht, bei meiner Kollegin zu landen.«

»Aber Sie würden gerne!«

»Nein, und jetzt würde ich das Thema gerne fallenlassen. Ich spreche nur ungern über Abwesende.«

Cavendish grummelte noch eine Weile vor sich hin, während Giray wieder die Augen schloss, um sich noch eine Weile auszuruhen.

Wie kommt der Kerl eigentlich ständig auf diese Ideen?, nagten Gedanken an ihm. *Er wirkt recht verzweifelt auf mich. Entweder er hatte schon lange keine Freundin mehr oder er ist generell einsam. Möglicherweise trifft beides zu. Wie stellt er sich das überhaupt mit Liv vor? Er kennt sie gar nicht und dürfte bisher keinerlei Gemeinsamkeiten festgestellt haben. Vielleicht reizen ihn einfach nur ihre Schönheit und Widerspenstigkeit. Ich kann mir nicht vorstellen, dass Liv auf Typen wie ihn steht, wahrscheinlich nicht einmal auf mich. Sie findet bestimmt solche wie unseren Kollegen Jos Aachen van Haag anziehend, der im Alter komischerweise immer attraktiver wird. Dem rennen alle Frauen nach.*

Um die Gedanken abzuschütteln, kniff sich Giray vorsichtig in den rechten Oberschenkel. Zwischen den Fingern spürte er, wie sich die Folienhaut des W-Anzugs unter dem Druck leicht verhärtete – ein Schutzmechanismus, der selbst Kugeln abfangen konnte.

*

Etwa eine Stunde später gab der Hand-Suprasensor der GSO einen leisen Signalton von sich. Sofort riss Giray die Augen auf und nahm das neben ihm bereitliegende Fernglas, welches er nur zur Tarnung benötigte, denn sein künstliches Auge hätte ihm denselben Dienst erweisen können. Cavendish hatte sein eigenes Fernglas dabei.

In schätzungsweise zweihundert Metern Entfernung stand eines der markierten Wesen in Begleitung zweier weiterer laut schnatternd an einer Ablagefläche.

Bald verfügte Girays Translator über ausreichend Informationen über die Sprache des Fremdvolks, um sie ins Angloter, die Hauptsprache der Menschen, übersetzen zu können. Seine mechanische Stimme klang leise über die Schallfelder in den Helmen der W-Anzüge.

»Unsere Neuzugänge sind wahrlich der beste Fang seit Langem«, fand der Markierte. »Anfänglich hatte ich die Befürchtung, dass ihre Lebensweise zu komplex für unsere Sammlung ist, aber zum Glück habe ich mich geirrt.«

»Ja«, bestätigte der Haarige links von ihm. »Aber ich denke, wir haben ihren Lebensraum ganz gut nachgebaut. Sie dürften sich schnell eingewöhnen.«

»Habt ihr euch schon mal gefragt, wieso sich Lebensformen so unterschiedlich entwickeln, obwohl sich die Umweltbedingungen auf zwei Planeten gleichen? Die Wesen in Kubus siebzehn scheinen viel weniger weit entwickelt zu sein als unsere neueste Errungenschaft.« Der Markierte drehte eine transparente Kiste in seiner Hand und musterte den Inhalt. »Manche verfügen über vier Extremitäten, andere über mehr oder keine. Woran mag das liegen?«

»Zufall vielleicht?

»Habt ihr eigentlich auch einen kleinen Schock erlitten, als ihr dieses kleine weiße Fellknäuel im Glatthaut-Kubus gesichtet habt? Im ersten Moment fürchtete ich, es hätte sich eines unserer Kinder eingeschmuggelt.«

»Wir haben doch gar keine an Bord.«

»Ich weiß. Trotzdem war es ein komisches Gefühl. Auf den zweiten Blick habe ich meinen Irrtum natürlich bemerkt.«

»Beeile dich mal, bevor das Wesen erstickt!«

»Es befindet sich genügend Atemluft in der Kiste, um ihn noch eine weitere Stunde am Leben zu halten. Das haben wir doch erprobt, weißt du nicht mehr?« Der Markierte stellte die Kiste auf die Ablage, gut sichtbar für die heimlichen Beobachter.

»Das …, das ist Mister Johnson!«, entfuhr es Cavendish entsetzt, als er den korpulenten Mann erkannte, der lethargisch in der Mitte des Behälters saß. »Was haben diese Mistkerle mit ihm vor?« Die Finger seiner rechten Hand zuckten um den Griff eines seiner Handnadelstrahler, die griffbereit in zwei Holstern an seinem Gürtel steckten.

»Bleiben Sie ruhig!«, mahnte Giray ihn leise. »Oder wollen Sie, dass wir entdeckt werden?«

»Die sind beschäftigt. Wir könnten das Überraschungsmoment nutzen und sie mit Nadelstrahlen attackieren.«

»Zwecklos. Die werden maximal so brennen wie ein Wespenstich, sofern sie nicht einfach nur winzige Stellen im Fell dematerialisieren.«

»Und was wird aus Johnson?«

»Dem können wir nicht helfen.«

»Wollen Sie etwa schon wieder einen Menschen im Stich lassen? Allmählich sind Sie bei mir unten durch, Kuröy!«

»Dann machen Sie doch einen realistischen Vorschlag, bei dem wir nicht alle drei draufgehen!«, forderte der Agent ihn auf. »Berücksichtigen Sie dabei auch die anderen im Terrarium, bei denen sich die Riesen vielleicht rächen oder sie einfach nur töten, weil sie unser Volk für zu anstrengend, zu unberechenbar oder was auch immer halten.«

»Billige Ausrede!«, moserte die Beulenpest, doch auf einen Gegenvorschlag wartete Giray vergeblich.

Der markierte Fellriese nahm den Deckel ab, woraufhin Johnson für sein Übergewicht erstaunlich flink aufsprang und wild die Fäuste über dem Kopf schüttelte. Anhand seiner Mundbewegung und seines wütenden Gesichtsausdrucks erkannten Giray und Cavendish, dass er offenbar schimpfte. Aufgrund der Entfernung hörten sie allerdings nichts.

Die weißen Riesen beobachteten ihn eine Weile fasziniert mit ihren rabenschwarzen Murmelaugen, bis ihm die Puste ausging und er erschöpft zusammenbrach.

»Ein possierliches Kerlchen!«, kicherte einer der Zoowärter. »Schade, dass wir ihn nicht verstehen.«

»Wahrscheinlich hat er uns wüst beschimpft«, mutmaßte der Markierte, nahm die Kiste und stellte sie in das Gerät neben sich. Anschließend schloss er die Luke, gab etwas in die Konsole ein, wartete fünf Sekunden, bis ein »Piep« ertönte, und nahm die Kiste wieder heraus. Johnson lag regungslos am Boden.

»Scheiße«, zischte Cavendish fluchend. »Haben sie ihn etwa umgebracht?«

»Sein Brustkorb bewegt sich nicht«, stellte Giray fest. »Das muss aber nichts heißen. Möglicherweise befindet sich Johnson bloß in einer tiefen Bewusstlosigkeit.« Er selbst glaubte nicht wirklich an seine Worte, doch er hoffte, dass sie seinen übermütigen Begleiter zumindest so weit beruhigten, dass dieser sich nicht zu Kurzschlusshandlungen hinreißen lassen würde. Am liebsten hätte er ihm die Waffen abgenommen, aber das hätte nur zu einer weiteren ergebnislosen Diskussion geführt.

Vorsichtig nahm der Markierte den leblosen oder bewusstlosen Körper mit einer Art Stock auf, an dessen Spitze sich vermutlich ein kleiner Antigravitations-Generator befand, denn Johnson begann zu schweben. Er legte den Terraner in einer flachen Schale ab, die er in ein sehr großes Gerät einführte, schloss die Luke und nahm ein paar Eingaben an der Konsole vor. Minutenlang geschah gar nichts, außer dass das Gerät leicht vibrierte und leise vor sich hin brummte.

»Hoffentlich ist das kein Backofen«, murmelte Cavendish besorgt. »Wird es hier schon wärmer? Durch den verdammten W-Anzug spürt man nichts.«

»Ich bin froh, dass er so gut isoliert«, entgegnete Giray, während er mit dem Fernglas die Gesichtsausdrücke der Wesen zu interpretieren versuchte. Mit ihrem mittellangen, flaumigen Fell erinnerten sie an überdimensionale Wischmops ohne Haltestange. Lediglich ihre schwarzen Murmelaugen sowie ihre kleinen rosalippigen Münder stachen aus dem flusigen Weiß hervor. Ihre verhältnismäßig dünnen Arme verschwanden im Fell und kamen nur zum Vorschein, wenn sie diese ausstreckten. Beine oder Füße ließen sich nicht ausmachen.

»Entweder sie halten ihr Schiff sehr sauber oder ihre Haare sind selbstreinigend«, lenkte der Agent von Johnson ab.

Cavendish starrte ihn irritiert an. »Wovon reden Sie?«

»Von den Riesen. Sehen Sie nur, wie weiß ihr Fell selbst dort ist, wo es den Boden berührt!«

»Wie kommen Sie jetzt darauf?«

»Ich erwähnte doch, dass ich mehr über unsere Entführer wissen wollte.«

Der Pilot schmunzelte. »Sie sind schon ein komischer Vogel, Kuröy.«

Eine halbe Stunde später ertönte ein heller Pfeifton, und ein violettes Signallämpchen blinke hektisch an der großen Maschine. Die Riesen unterbrachen ihr Gespräch über die Eigenarten der Evolution und öffneten die Luke. Erstaunt quiekten sie auf, als sie den Inhalt erblickten. Johnson füllte nun das gesamte Innere aus.

»Verdorri nochmal!«, platzte es nicht weniger überrascht aus Cavendish heraus. »Der Mann muss bestimmt achtzig Meter groß sein. Wie zum Geier haben die das gemacht?«

Die Riesen berieten sich aufgeregt über ihr weiteres Vorgehen und wirkten nicht glücklich über die neue Größe ihres Mitbringsels.

»Du hast bestimmt falsche Werte eingegeben«, warf einer von ihnen dem Markierten vor, der die Vorwürfe jedoch prompt von sich wies: »Unsinn! Ich bediene die Konsole schon seit Monaten. Was kann ich dafür, wenn diese Glatthäuter zu groß geraten und sich verkanten? Die letzte hat hervorragend hineingepasst.«

»Im Gegenteil, es war ein ziemlicher Aufwand, sie aus der Maschine zu holen! Wir mussten zu dritt an einer ihrer Extremitäten ziehen, wobei es ekelig geknackt und geknirscht hat.«

»Seit wann bist du so empfindlich?«

»Ich glaube, ich habe eine Idee!«, verkündete der dritte und tapste mit seinen nicht sichtbaren Fortbewegungsapparaten zu einem Schrank, der sich automatisch für ihn öffnete, als er sich ihm näherte. Er entnahm ihm einen Gegenstand und kehrte zu seinen Artgenossen zurück, wo er ihn stolz präsentierte. »Dieses Utensil löst all unsere Probleme!«

11.

Der Fellriese begann, an Johnsons linkem Ellenbogen zu sägen. In mühseliger Fleißarbeit durchtrennte er Haut, Gelenkknorpel, Knochen, Sehnen. Das Blut spritzte nicht allzu weit aus der Arterie, was bedeutete, dass Johnsons Herz längst nicht mehr schlug. Trotzdem veranstaltete der Fremde eine ziemliche Schweinerei in der Küche.

»Ich hasse diese komplexen Organismen«, kommentierte er mit Blick auf den abgetrennten Arm, den sein Artgenosse nun in der Hand hielt. »Hoffentlich rechtfertigt das Ergebnis den Aufwand.«

»Wir müssten uns mal besser ausstatten«, fand der mit dem Arm, den er in ein senkrechtes Rohr steckte, das in den Boden hinabführte. »Heutzutage sollte alles vollautomatisch laufen. Moderne Raumschiffe und mechanische Sägen passen meines Erachtens nicht zusammen.«

»Sobald der Strom ausfällt, weißt du diese altmodischen Instrumente zu schätzen. – Igitt!« Angewidert schüttelte der Sägende ein Stück Gewebe ab, das sich in seinem Fell in Gesichtsnähe verfangen hatte. »Wäre die Öffnung größer, würde ich einfach das Hackbeil benutzen.«

»Also *ich* reinige die Küche auf keinen Fall!«

»Als ob du jemals geputzt hättest ...«

Plötzlich ging in einiger Entfernung an der Wand eine Luke auf. In der Öffnung stand ein Tablett mit hübsch arrangierten, rosafarbenen Häppchen. Derjenige, der Johnson zerteilte, legte das Werkzeug beiseite und begab sich mit seinen Artgenossen dorthin, wo einer von ihnen pipettenartigen Stäbe verteilte, mit denen sie die Delikatessen zum Schweben brachten und in ihre Münder mit den kleinen, spitzen Zähnen führten. Genüsslich kauten sie auf dem Fleisch herum, gluckten zufrieden und aßen das komplette Tablett leer.

»Jetzt darf sich niemand von uns mehr beklagen«, fand der Markierte. »Der Aufwand lohnt sich auf jeden Fall.«

»Der beste Fang seit Langem!«, stimmte ein anderer zu und leckte sich über die Mundgegend, deren Fell sich kirschrot gefärbt hatte. »Einfach köstlich!«

»Die vorherige Glatthaut hat nicht so gut geschmeckt«, meinte derjenige, dessen Vorderseite komplett mit Johnsons Blut besudelt war. »Das lag bestimmt am Fett, das das Fleisch viel zarter und aromatischer macht.«

»Glaubst du? Dann sollten wir auf jeden Fall die Zusammensetzung des Futters ändern. Der Großteil unseres Glatthautbestands besteht nämlich aus Klappergestellen. Vielleicht könnten wir sogar ein paar Exemplare herausnehmen und separat mästen.«

»Später«, widersprach der Markierte. »Vergiss nicht, dass wir nicht zum Vergnügen hier sind! Wir dürfen nicht einfach die köstlichsten Funde wegnaschen und die mittelmäßigen übrig lassen.«

»Du meinst, wir sollen alle aufessen?«, fragte der Säger mit abgehackten hohlen Lauten, was vermutlich das Äquivalent zum menschlichen Kichern darstellte.

»Mit Sicherheit nicht, du Witzbold. Und nun mach dich mal wieder ans Werk! Ich möchte Nachschlag.«

*

Die Wesen ließen sich noch zwei weitere Tabletts produzieren. Schmatzend fielen sie über die Fleischhäppchen her und rülpsten, als sie ihr Festmahl schließlich beendeten.

»Bei Phutin, bin ich voll!«, verkündete der Markierte. »Den Rest der Glatthaut konservieren wir. Und schmeißt ja nicht die Knochen und Knorpel weg! Daraus lässt sich noch eine herrliche Gelatinebrühe kochen. Den Rest mahlen wir und backen aus dem Mehl Kekse.«

»Du solltest Koch werden«, empfahl einer seiner Artgenossen.

»Ach was, ich kenne mich nur mit effizienter Resteverwertung aus. Für alles andere drücke ich nur auf die Knöpfchen unserer Kochautomaten.«

Die drei warfen Johnsons Torso in das Rohr und begaben sich Richtung Ausgang. Beim Hinausgehen drückte der Markierte auf einen Knopf, woraufhin sich Greifarme aus der Decke lösten und sofort mit der Reinigung der Küche begannen.

*

Giray stieß Cavendish an, der noch immer fassungslos mit halb geöffnetem Mund auf die Blutlachen starrte. Er nahm ihm das Fernglas ab und stopfte es zusammen mit seinem in seinen Rucksack. »Los, kommen Sie! Wir müssen hier weg!«

Der ehemalige Leutnant verfiel in eine Art Trancezustand, in dem er einfach nur ein Programm abzuspulen schien. Er schnallte sich die Saugnäpfe um, nahm Giray Huckepack und schwang sich ohne zu zögern über den Abgrund – keine Sekunde zu früh, denn in diesem Moment kam ein Greifarm, der einen mächtigen Schwall Wasser in ihr Versteck spritzte. Mit koordinierten, flinken Bewegungen kletterte Cavendish den Schrank hinunter auf den Boden, auf dem sich bereits wadenhohe Pfützen bildeten. Unten angekommen setzte er Giray ab, nahm sich wortlos seinen Rucksack und lief Richtung Küchenausgang, wobei er geschickt die zahlreichen Wasserinseln umrundete oder schlicht übersprang. Giray schaffte es nur mit Anstrengung, ihm auf den Fersen zu bleiben.

Bald erreichten sie den Ausgang, wo sie noch über eine kleine Schwelle klettern mussten, die offenbar den Gang dahinter vor einer Überflutung schützen sollte. Sie rannten weiter zu einer Nische zwischen zwei Wandpaneelen, dann waren sie in Sicherheit.

*

Mit bleichem Gesicht saß Brent Cavendish auf dem Boden und starrte ins Leere. Er war ungewöhnlich still.

Giray hatte eigentlich damit gerechnet, eine pathetische Rede über moralische Verpflichtungen zu hören, doch diese blieb aus. *Die Sache scheint ihn ziemlich mitgenommen zu haben,* grübelte er. *Dabei ist Johnson bestimmt nicht der erste Tote, den er je zu Gesicht bekommen hat. Und seine Handnadelstrahler hat er bestimmt auch schon einmal gegen Menschen eingesetzt, vielleicht sogar jemanden damit getötet. Was wohl gerade in seinem Kopf vorgeht?*

Da sprang der Kraftsportler plötzlich auf, zog seine beiden Waffen – mit jeder Hand eine – und drängte sich an Giray vorbei hinaus auf den Gang. »Ich mach euch fertig!«, schrie er und schoss einen Nadelstrahl in die Luft, ehe sein Begleiter reagieren konnte. »Kommt raus, wenn ihr euch traut!«

»Cavendish!«, ermahnte ihn Giray leise und sah sich besorgt auf dem Gang um. »Was haben Sie vor?«

»Das sehen Sie doch!«, knurrte der Angesprochene. »Ich habe lange genug auf Sie gehört, und es hat zu nichts geführt. Entweder Sie unterstützen mich oder Sie können sich verpissen! Versuchen Sie ja nicht, mich aufzuhalten!«

»Glauben Sie, wir kommen mit zwei Miniaturnadelstrahlern gegen die Riesen an? Wir wissen noch nicht einmal, wie viele es von denen an Bord gibt!«

»Das spielt jetzt keine Rolle mehr. Ich werde Johnson rächen, egal ob ich dabei draufgehe. Mindestens einen von diesen Bastarden werde ich mit mir in den Tod reißen.« Mit entschlossener Miene stellte die Beulenpest die Strahlendosis an seinen Waffen auf Maximum.

Der GSO-Agent kannte den Sturkopf nun schon lange genug, um zu wissen, dass er ihn nicht mit Argumenten würde überzeugen können. Auch körperlich kam er nicht gegen ihn an, außer er benutzte seinen Paraschocker, was für ihn jedoch nur das äußerste Notmittel darstellte, falls alle Stricke reißen würden. Obwohl er Cavendishs Motivation verstand, hoffte er, dass die Fremden nicht auf den übermütigen Piloten aufmerksam wurden. Er wollte nämlich keinen sinnlosen Tod sterben, zumal im Terrarium nach wie vor Hunderte Menschen festsaßen, die auf ihn zählten. In der Raumschiffszentrale rechnete er sich größere

Chancen aus, das Blatt zu wenden und die Ionnviller und Butterleyer vor ihrem Schicksal als Delikatesse zu bewahren.

Natürlich hätte er nun einfach das Weite suchen und die Beulenpest zurücklassen können, doch das konnte er derzeit nicht mit seinem Gewissen vereinbaren.

»Ist Ihnen aufgefallen, dass sich das Wasser nach oben gewölbt hat?«, versuchte Giray, das Gespräch auf ein anderes Thema lenken. »Normalerweise kenne ich das nur in klein von Wassertropfen, ein Resultat der Oberflächenspannung.«

Cavendish runzelte die Stirn. »Jetzt, wo Sie es erwähnen …« Eine Weile schwieg er, während er noch immer breitbeinig als bewaffneter Zwerg mitten im riesigen Gang stand. Wahrscheinlich würden ihn die Riesen nicht einmal bemerken, wenn sie in diesem Augenblick auftauchen würden, und einfach platttreten. Schließlich äußerte er einen ersten Erklärungsansatz für dieses Phänomen: »Vielleicht war es gar kein Wasser, sondern irgendetwas anderes, Reinigungsgel zum Beispiel.«

»Die Substanz wirkte sehr flüssig auf mich – wie Wasser eben.« Giray überlegte, wie er den Kraftsportler auf die gleiche Idee bringen könnte, die ihn selbst vor wenigen Minuten als Geistesblitz getroffen hatte. »Merkwürdigerweise erscheint alles in diesem Schiff unglaublich groß, und die Gesetze der Physik wirken in anderen Skalaren.«

»Oh, und ich dachte schon, ich wäre der Einzige, der das bemerkt.«

»Haben Sie eine Theorie?«

Nachdenklich schürzte Cavendish die Lippen und kniff angestrengt die Augen zusammen. Einer intellektuellen Herausforderung konnte er offenkundig nicht widerstehen, und Giray war fast versucht, ihn in die Nische zurück einzuladen, um ihre Ideen dort zu erörtern.

Da erhellte sich mit einem Mal das Gesicht des Piloten. »Was ist, wenn …, wenn wir …, wenn wir geschrumpft wurden?«, presste er das Ergebnis seiner Gehirnarbeit hervor.

Der Agent lächelte zufrieden. »Das würde erklären, weshalb bisher in keinem bewohnten Sonnensystem der Milchstraße ein gigantisches Schiff wie dieses geortet wurde.«

»Wenn die Flusigen Johnson auf seine Originalgröße zurückgebracht haben, sind sie gar nicht so riesig, wie wir anfänglich glaubten. Oder wirkt ihre Schrumpftechnologie auch in die andere Richtung und er ist ihnen zu groß geraten?«

»Keine Ahnung. Ich weiß nur, dass wir dringend wachsen müssen, bevor wir der Zentrale einen Überraschungsbesuch abstatten.«

»Keine schlechte Idee. Sie sind ja doch gescheiter, als ich ursprünglich annahm, Mister Kuröy.« Grinsend ließ Cavendish seine Hand auf Girays Schulter niedersausen, wobei er eher den Griff seines Nadelstrahlers in diese hineinrammte, als einen freundschaftlichen Klaps zu hinterlassen. Glücklicherweise dämpfte der W-Anzug den Schmerz erheblich.

In diesem Augenblick erreichte den Agenten ein Anruf – vom GSO-Vipho aus dem Terrarium.

*

»Ich fürchte, sie haben uns entdeckt«, flüsterte Jeremiah Miller und sah sich immer wieder panisch um, als litte er unter Verfolgungswahn. »In der Nacht wurde es plötzlich taghell, und dann stach eine weiße Hand durch die Wolkendecke. Unsere Leute konnten rechtzeitig aus dem Hain fliehen, bevor sie die Bäume herauszupfte.«

Mit großer Sorge betrachtete Giray das fahle Gesicht des »Bürgermeisters« auf dem kleinen Bildschirm seines Armbandviphos. Im Hintergrund vermeinte er, Miss Nordvists Ärmel auszumachen.

So ruhig wie möglich fragte er: »Haben Sie den Vorfall mit eigenen Augen gesehen?«

»Nein, ich war nicht anwesend, weil ich mit Miss Nordvist in der Stadt zu tun hatte, aber unsere Leute sind direkt zu uns gefahren, um uns davon zu berichten. Es war bestimmt kein Zufall, dass sich die Unbekannten ausgerechnet diesen Hain ausgesucht haben, noch dazu mitten in der Nacht. Wie haben sie …« Mitten im Satz kippte Miller nach vorn und verdeckte die Optik des GSO-Viphos. Nur ein leises Pfeifen war noch zu hören.

Cavendish, der Giray während des Gesprächs über die Schulter geschaut hatte, riss dessen Arm an sich und brüllte in die Sprechrille: »Miss Nordvist, geht es Ihnen gut?«

Natürlich erhielt er keine Antwort. Mit angstgeweiteten Augen biss er sich auf die Unterlippe. Die Knöchel seiner Hand traten weiß hervor, so fest umklammerte er die Griffe seiner Nadelstrahler.

»Verflucht!«, knurrte er schließlich. »Das ist alles meine Schuld. Ich hätte im Terrarium bleiben sollen!«

Giray führte den niedergeschlagenen Piloten in die Nische zurück, wo ihre Rucksäcke standen. »Gegen die Riesen hätten Sie nichts ausrichten können, niemand von uns.«

»Sie wollten mich überreden, die Leute zu beschützen, aber ich habe in meinem blinden Egoismus darauf beharrt, Sie zu begleiten.«

Überrumpelt von der plötzlichen Einsichtigkeit der Beulenpest fehlten dem Agenten im ersten Augenblick die Worte. Ihm fiel ein, dass er sein Vipho noch nicht auf stumm geschaltet hatte, und erledigte das sofort, nachdem er seinen Arm aus Cavendishs Griff gelöst hatte.

»Wäre ich dort geblieben«, fuhr der Chauffeur fort, »müsste ich mir jetzt zumindest keine Vorwürfe machen. Ich hätte alles getan, um Miss Nordvist zu beschützen – ja, selbst diesen Vollversager Miller! Wir sollten umkehren und nachsehen, ob unsere Leute noch leben oder ob sich die Monster an ihnen gerächt haben. Wenn wir Pech haben, wurden sie längst zu Ćevapčići verarbeitet.« Allmählich schien die Fantasie mit ihm durchzugehen.

»Wir können ihnen nur helfen, indem wir unsere ursprüngliche Größe wiederherstellen und die Fellriesen mit unseren Nadelstrahlern konfrontieren«, widersprach Giray.

Cavendishs Kopf ruckte hoch. »Jetzt wollen Sie auf einmal doch in den Krieg ziehen?«

»Nein, aber ich glaube, mit netten Worten kommen wir nicht weit. Wir müssen entschlossen auftreten, damit kein Zweifel daran besteht, dass wir es ernst meinen.«

»Schießen wir bei Sichtkontakt?«

»Nur, wenn die Kerle selbst das Feuer eröffnen oder irgendetwas veranstalten, das uns schaden könnte. Ansonsten haben unsere Waffen eher symbolischen Charakter.«

»Wo ist denn Ihr Nadelstrahler?«

»Im Rucksack.«

»Dann sollten Sie ihn jetzt herausholen.«

Giray tat ihm den Gefallen und schnallte das Holster an seinen Gürtel. Bevor er die Waffe hineinsteckte, kontrollierte er die Energieanzeige. Sie stand auf »voll«.

Ist eigentlich Energie durch den Schrumpfungsprozess verlorengegangen?, durchzuckte es ihn. *Die Speicher sind ja ebenfalls kleiner, was vermuten lässt, dass auch die Kapazität verringert ist. Wenn wir wachsen, könnte die Anzeige sinken, und der Nadelstrahler benötigt vermutlich mehr Energie als die Miniatur. Vielleicht müssen wir vorher eine Möglichkeit finden, unsere Waffen wieder aufzuladen.*

»Worüber denken Sie nach, Mister Kuröy?«, erkundigte sich Cavendish, der neuen Mut geschöpft zu haben schien.

»Bloß darüber, wie wir am schnellsten in die Zentrale gelangen.«

»Verdammt, es lässt mir keine Ruhe, dass sich Miller nicht mehr meldet. Können Sie es nicht noch einmal versuchen?«

Der Deutsch-Türke unterbrach die Funkverbindung und stellte eine neue Verbindung zum GSO-Vipho her. Auch mehrere Minuten später nahm niemand den Anruf entgegen.

»Scheiße, mir reicht's!« Urplötzlich rannte der Pilot in die Richtung los, aus der sie gekommen waren.

»Mister Cavendish, warten Sie!« Giray versuchte noch, ihn einzuholen, doch die Beulenpest raste einfach davon. Jegliche Überzeugungsversuche per Funk blieben unbeantwortet. Mit einem resignierenden Seufzer kehrte er zu den Rucksäcken in der Nische zurück.

*

Der GSO-Agent wartete eine Viertelstunde in der Hoffnung, dass Cavendish zurückkehrte. *Ihm fällt sicher bald auf, dass er bei seinem übereilten Aufbruch die Ausrüstung vergessen hat,* dachte er. Als der Pilot nicht aufkreuzte, holte er einen Stift aus seinem Rucksack und zeichnete einen Pfeil auf den Boden. *Falls er es sich anders überlegt, kann er mir ja folgen.*

Er ließ Cavendishs Rucksack im Versteck und setzte seinen Weg in die Zentrale fort. Solange er nicht wusste, wo sich – außer in der Küche – ein Vergrößerungsautomat befand, hielt er dies für das Sinnvollste.

»Lynn, bist du da?«, funkte er seine Kollegin an.

»Bin ich«, meldete sich diese mit einiger Verzögerung. Ihre Stimme klang dumpf.

»Gibt es etwas Neues bei dir?«

»Ich bin immer noch im Tunnelsystem. Mittlerweile werden die Rohre immer enger, sodass ich schon geduckt gehen muss. Ich suche momentan nach einem Ausgang, um mich auf anderem Wege zur Zentrale durchschlagen zu können.«

»Und wie geht es dir ansonsten?«

»Ich komme voran.«

»Nein, ich meine, wie es dir mental geht.«

Sie lachte auf. »Seit wann stellst du so intime Fragen? Ist etwas vorgefallen?«

»Nun ja, Cavendish ist durchgedreht und abgehauen.«

»Pff, warum überrascht mich das nicht? Was hast du denn diesmal angestellt?«

»Ausnahmsweise bin ich unschuldig. Allerdings haben die Fremden das Loch im Terrarium entdeckt, und seitdem sind weder Miller noch Nordvist zu erreichen. Das hat Cavendish so fertiggemacht, dass er zurücklaufen musste – ohne die Saugnäpfe.«

»Ernsthaft? Wie stellt er sich das vor?«

»Das weiß er vermutlich selbst nicht so genau, aber ich habe ihm Markierungen hinterlassen, damit er aufschließen kann, falls er sich umentscheidet.«

»Er mag manchmal ziemlich nervtötend sein, aber ich fände es schade, wenn er sterben würde. Trotz allem scheint er ja kein schlechter Kerl zu sein – ein wenig dümmlich und selbstverliebt vielleicht –, doch er sorgt sich offenkundig um seine Leute und ist bereit, sein Leben für sie zu riskieren.«

»Ich stimme dir zu. Dennoch müssen wir uns jetzt erst einmal um uns selbst kümmern. Es könnte nämlich sein, dass die Riesen nach etwaigen Entkommenen suchen.«

»Ich werde vorsichtig sein«, versprach Liv. »Und selbst wenn sie uns schnappen, landen wir am Ende wahrscheinlich wieder im Terrarium.«

Daraufhin berichtete Giray ihr von seinen Erlebnissen in der Küche, wo vor seinen Augen ein Terraner zersägt und zu Fleischhäppchen verarbeitet worden war. Das Detail mit der Vergrößerungsmaschine ließ er zunächst aus, um seine Kollegin nicht zusätzlich zu verwirren. Er wollte später mit ihr darüber reden, sobald sich der Schock über Johnsons unschönes Ableben verflüchtigt hatte.

»Verflucht!«, keuchte sie. »Wo sind wir da nur hineingeraten? Haben wir überhaupt den Hauch einer Chance gegen diese Giganten?«

»Ich hoffe, dass wir einen Weg finden, uns wieder zu vergrößern. Dann könnten wir das Überraschungsmoment nutzen, alle mit unseren Nadelstrahlern zusammentreiben und zur Rede stellen.«

»Was meinst du mit ›wieder‹?«

Die ehemalige Sonderermittlerin der Abteilung für Kapitalverbrechen war offenkundig eine hervorragende Zuhörerin, der kein Detail entging, und so klärte ihr Partner sie kurz über seine Theorie auf.

»Wenn das zutrifft, wäre das fantastisch!«, erklärte sie mit einem überraschenden Optimismus in der Stimme. »Allerdings reichen meine Vorräte nicht für eine Weltreise. Daher halte ich an unserem ursprünglichen Plan fest, die Zentrale aufzusuchen und mit unseren Entführern zu reden – möglichst dem Kapitän oder zumindest einem Verantwortlichen. Und falls sie nicht mit sich reden lassen, sterbe ich lieber im Kampf, anstatt im Terrarium auf meinen Tod zu warten oder gar in deren Küche zu enden.« Sie atmete mehrmals tief durch. »Ich hoffe, ich gehe in die richtige Richtung. Momentan orientiere ich mich an den Routen der Markierten und hoffe, die beiden frequentieren nicht die Antriebssektion.«

»Wenn du vor mir das Ziel erreichst, gib mir bitte Bescheid und halte dich versteckt, bis ich ebenfalls dort bin. Wir ziehen das gemeinsam durch.«

»Hast du eigentlich deinen Nadelstrahler dabei?«

»Ja, er hängt sogar an meinem Gürtel.«

»Das beruhigt mich. Hoffentlich sehen wir uns bald. Laut Ortungsgerät holst du nämlich langsam, aber sicher auf.«

Kaum war das geklärt, stürmte mit einem Mal Cavendish wie ein wild gewordener Stier heran und brüllte über den Gruppenfunk: »Schnell weg hier!«

Giray konnte gerade noch zur Seite springen, doch der Muskelprotz packte ihn am Ärmel und riss ihn mit sich. Weit kamen sie nicht, denn plötzlich tauchten Schotts aus den Wänden auf und schlossen sich. Giftgrüner Nebel verteilte sich im Gang. Er schien von überall gleichzeitig zu kommen. Verzweifelt versuchten die Männer, sich in Sicherheit zu bringen, doch die Schwaden verdichteten sich mit rasender Geschwindigkeit, bis diese sie schließlich einhüllten.

Erst da stellten sie fest, dass der Nebel ihren W-Anzügen und damit auch ihnen nichts anhaben konnte.

»Das war knapp«, witzelte Giray und lachte erleichtert. »Für einen Augenblick dachte ich wirklich, ich müsste sterben. Bestimmt lag das an der Panik, die Sie geschürt haben, Mister Cavendish.« Er schlug ihm freundschaftlich auf die Schulter, wofür er einen grimmigen Blick kassierte.

Minuten später verzog sich der Nebel, kroch wie rauchige, grüne Würmer in unsichtbare Düsen in den Wänden zurück.

»Offenbar wollten die Gourmets die Entkommenen vergasen«, mutmaßte der Agent. »Fürs Erste behalten wir unsere Helme auf, also kein Picknick mehr.«

»Ich mag Ihren Humor nicht«, brummte die Beulenpest. »Können Sie auch mal ernst bleiben? Vielleicht wurden unsere Leute ebenso begast wie wir, mit dem Unterschied, dass sie nicht in W-Anzügen stecken.«

»Das glaube ich nicht. Sie haben die Riesen doch gehört. Unsere Art gilt als Delikatesse. Sollten die Kerle als Lieferanten für ein Restaurant arbeiten, würde ihnen viel Geld durch die

Lappen gehen, wenn sie aufgrund eines Lochs in der Terrariumwand alle Terraner töten. Ich denke, sie wollten lediglich vermeiden, dass wir uns wie Kakerlaken in ihrem Schiff vermehren und ausbreiten.«

»Wir sind aber Menschen, keine Insekten!«

»Wer weiß, als was sie uns betrachten«, wandte Liv Sanders über Funk ein. »Möglicherweise wissen die Wesen gar nicht, dass sie es mit höheren Intelligenzen zu tun haben, und handeln nicht in böser Absicht, sondern nur so, wie auch wir es mit Schädlingen tun würden.«

Cavendish rollte mit den Augen. »Typisch Frau! Die Damen gehen grundsätzlich vom Besten im Gegenüber aus und wundern sich dann über negative Überraschungen.«

»Da kennen Sie uns aber schlecht.«

»Ich habe schon viele erlebt, zu denen ich nett war, und die sich dann bei der erstbesten Gelegenheit einem Schmierlappen an den Hals geworfen haben, der schon von Weitem nach Problemen roch. Obwohl ich diese Frauen warnte, wollten sie nicht auf mich hören und sind alle auf die Nase gefallen. Witzigerweise hat keine aus ihren Fehlern gelernt, sondern sie haben sofort im nächsten dahergelaufenen Vollpfosten ihren Traumprinzen gesehen. Und wer blieb dabei auf der Strecke? Ich natürlich. Nettigkeit zahlt sich einfach nicht aus.«

»Ähm«, machte Liv leicht irritiert. »Was genau möchten Sie uns mitteilen?«

»Dass Sie nicht so naiv sein sollen!« Die Beulenpest fuchtelte mit den Händen. »Die Fellriesen sind böse. Wir müssen sie vernichten, bevor sie uns vernichten. Ihr Kollege teilt diese Ansicht übrigens.«

»Nicht ganz«, korrigierte Giray ihn.

Seine Partnerin fuhr fort: »Falls sich die Fremden davon überzeugen lassen, dass wir keine Tiere sind, die man einfach irgendwo aufsammeln, züchten und verspeisen kann, finden wir sicherlich eine friedliche Lösung. Mit unseren Translatoren können wir mit ihnen in Kontakt treten. Sie selbst verfügen anscheinend über keine Übersetzungsgeräte, oder sie sind nie auf die Idee gekommen, sie im ›Zoo‹ auszuprobieren.«

»Möglicherweise haben Sie recht«, räumte Cavendish nachdenklich ein und steckte seine Waffe weg, die er die ganze Zeit über in der Hand gehalten hatte. »Geben wir ihnen eine Chance – aber nur eine!«

Obwohl Ömer Giray der Plan gefiel, erst einmal mit den Fremden zu reden, bezweifelte er, dass sie nicht wussten, dass sie in ihren Kuben intelligente Lebewesen gefangen hielten. *Sie haben uns eine Zeitlang beobachtet und gesehen, wie komplex und individuell unsere Alltagsgestaltung ist,* argumentierte er in Gedanken. *In der freien Natur geht es ums blanke Überleben, nicht um Fassadengestaltung und Streichespielen in der Nachbarschaft. Da nur zwei Schweber und kein einziger Gleiter mitgenommen wurden, gehe ich davon aus, dass sie genau wussten, worum es sich dabei handelte. Das eine Gefährt haben sie wahrscheinlich bloß nicht bemerkt, weil es in der Garage eines Wohnhauses parkte, ansonsten hätten sie es vermutlich ebenso aussortiert. Als Raumfahrer wissen sie, dass es ein hohes Maß an Intelligenz braucht, um einen Antigrav-Generator zu bauen. Ich glaube, wir sind diesen Wesen einfach egal.*

12.

Zusehends verengten sich die Rohre. Liv Sanders kam immer schwerer voran. Mittlerweile musste sie durch die Tunnel krabbeln und ihren Rucksack hinter sich herziehen. »Möglicherweise bin ich falsch abgebogen«, äußerte sie ihre Vermutung per Funk.

Giray warf einen Blick auf den Bildschirm seines Hand-Suprasensors. »Laut Ortung befinden wir uns knapp fünfundvierzig Minuten Fußmarsch in Luftlinie von deiner Position entfernt. Könntest du umkehren und in die breiteren Rohre zurückkehren?«

»Ich weiß ehrlich gesagt gar nicht, ab wann sie sich verjüngten. Vielleicht sieht es bei allen anderen Abzweigungen auch so aus.« Sie schickte ihm per Funk eine Aktualisierung ihrer Karte an seinen Hand-Suprasensor, wo sie Koordinaten markiert hatte. »Da vorne scheint sich ein Ausgang zu befinden, in schätzungsweise einhundertfünfzig Metern. Jedenfalls ist dort drüben ein kleiner Lichtschein. Bis dahin schaffe ich es bestimmt noch. So fett bin ich ja nun doch wieder nicht!«

Giray schmunzelte. »Das hat auch keiner behauptet. Pass auf, es gibt eine kleine Planänderung: Wir schlagen jetzt die Richtung ein, in der deine Markierung liegt. Dort treffen wir uns. In Ordnung?«

»Ja, ich kann es kaum erwarten, mal wieder einen Menschen zu sehen! Diese klaustrophobischen Gänge deprimieren mich mehr, als ich anfänglich vermutete.«

*

Giray und Cavendish folgten weiter dem Gang, wobei sie sich dicht am Rand hielten, um notfalls in eine Nische springen zu können, falls ein Fellriese vorbeischaute. Bereits nach fünfzehn Minuten gelangten sie in jenen Raum, in dem sich Sanders' vermuteter Ausgang befand.

Auch hier standen allerlei Gerätschaften, mit Bildschirmen, Lampen und sonstigen Anzeigen gespickte Kuben, die fast bis zur Decke reichten.

»Das könnte der Kontrollraum für die Generatoren sein, die das Schiff mit Antigrav versorgen«, erklärte Cavendish. In einem Schaukasten schwebte eine Kugel, die anscheinend ein Normgewicht besaß, anhand dessen die umgekehrte Schwerkraft kalkuliert wurde, um sie konstant zum Schweben zu bringen. Auf dem Bildschirm darunter zuckte ein Graph.

Zehn weitere Minuten verbrachten die Männer mit dem Erklimmen der Wand bis ganz hinauf zur Decke, wo sich eine Art Vorsprung befand, der als Blende diente. Diesen liefen sie entlang, bis sie das Rohr erreichten, in dem Liv bereits auf sie wartete.

Giray rüttelte am Gitter, das sich jedoch nicht einmal ansatzweise verbog. »Hm«, machte er und warf einen Blick über seine Schulter. Weniger als drei Schritte entfernt befand sich der Abgrund. »Ich möchte ungern riskieren, das Metall gleich ruckartig in der Hand zu halten und damit zurückzustolpern. Hast du schon versucht, von innen dagegenzutreten?«

Seine Kollegin blickte ihn an, als ob er den Verstand verloren hätte. »Siehst du nicht, wie ich bereits die ganze Röhre ausfülle?«, entgegnete sie auf allen Vieren. Ihre Stimme klang bereits ein bisschen aggressiv, was Giray ihr jedoch nicht verübelte. »Selbst wenn ich gelenkiger wäre, könnte ich mich nicht umdrehen.«

»Macht ja nichts. Dann suchen wir uns eben einen anderen Ausgang.« Er sah sich auf der Suche nach potenziellen Kandidaten in diesem Raum um, wobei er wieder einmal die Teleskopfunktion seines künstlichen linken Auges einsetzte.

Unsanft schob Cavendish ihn beiseite. »Lassen Sie mich mal ran!« Er rüttelte und zerrte an dem Gitter, warf sich dagegen. Seine Bemühungen wurden jedoch nicht von Erfolg gekrönt. »Dann eben Nadelstrahl.«

»Nein!«, entfuhr es Liv entsetzt. »Wollen Sie mich umbringen, oder was?«

»Übertreiben Sie mal nicht, Miss Zander! Ich war beim Militär.«

»Ja und? Wenn Sie mich erwischen, hilft mir mein W-Anzug auch nicht.«

»Da brauchen Sie sich überhaupt keine Sorgen zu machen. Ich ziele sehr präzise.«

»Mir mitten ins Gesicht? Vergessen Sie's!«

»Sie haben die Frau gehört!«, mischte sich Giray an den ehemaligen Leutnant gewandt ein. »Keine Nadelstrahlen! Lynn, wir machen es wie besprochen und suchen einen anderen Ausgang.

»Das bringt nichts«, behauptete die Beulenpest. »Wenn sie da nicht in den nächsten Minuten herauskommt, wird sie sterben.«

Die beiden GSO-Agenten blickten ihn entgeistert an.

»Ihren Pessimismus kann ich jetzt echt nicht gebrauchen, Mister Cavendish!«, maulte Liv.

Der Angesprochene zuckte mit den Schultern. »Ich bin nur realistisch.«

»Ach ja? Was passiert denn gleich Ihrer Ansicht nach?«

»Wenn Sie zurückkriechen, bleiben Sie wahrscheinlich irgendwo stecken, bevor Sie einen weiteren Ausgang erreichen. Wir wachsen nämlich.«

»Was?«, platzte es ungläubig aus Giray und Sanders heraus.

»Obwohl wir seit Stunden unterwegs sind, legen wir Strecken immer schneller zurück. Als ich vorhin über die Trennstufe zwischen Gang und Küche sprang, stellte ich beim zweiten Mal fest, dass sie nicht mehr so hoch zu sein schien wie zuvor. Unterwegs zum Terrarium traf mich dann der Geistesblitz, sodass ich sofort umkehrte.«

»Warum haben Sie uns das nicht früher gesagt?«, fauchte Giray.

»Wann denn? Erst kam das Giftgas dazwischen, dann plauderten Sie mit Ihrer Kollegin. Und weil ich das Gefühl hatte, Sie ständig zu nerven, zog ich es vor, vorerst zu schweigen.«

»In den letzten Stunden haben Sie mir mit allen erdenklichen Themen in den Ohren gelegen, und ausgerechnet hierbei machen

Sie dann die große Ausnahme?« Fassungslos schüttelte Giray den Kopf.

»Bislang hatte die Erkenntnis keinerlei Relevanz«, rechtfertigte sich die Beulenpest. »Außerdem dachte ich, Sie würden es früher oder später selbst bemerken.«

»Leider musste ich mich ständig mit diversen nebensächlichen Problemen herumschlagen, beispielsweise Ihrem ständige Genöle. Da blieb nicht wirklich Zeit, auf irgendwelche Details zu achten.«

»Aha! Jetzt sprechen Sie endlich mal die Wahrheit aus! Sie haben nur so getan, als wären Sie ein dufter Typ, aber jetzt kommt Ihr wahres Gesicht zum Vorschein.«

»Was für ein wahres Gesicht? Von Anfang an habe ich Ihnen stets meine ehrliche Meinung gesagt.«

»Aber nie so direkt! Genöle!«

»Leute?«, fragte Liv mit verzweifeltem Blick durch das Gitter hindurch, welches ihre Finger umklammert hielten. »Könntet ihr euren Streit auf später verschieben? Ich will hier echt gerne raus.«

Cavendish – mit puterrotem Kopf und gekränkter Miene – verschränkte die Arme vor der Brust. So blieb er stehen und starrte zum gläsernen Kubus hinüber, in dem jene Kugel schwebte. Anscheinend wartete er auf eine Entschuldigung.

Giray hingegen verschwendete keinerlei Gedanken an die Gefühlswelt der Beulenpest, sondern holte den energetischen Metallschneider aus seinem Rucksack. Liv kroch ein Stück zurück, damit er damit das Gitter bearbeiten konnte.

Ich wünschte, er hätte es uns früher gesagt, regte er sich insgeheim auf, während das Metall vor ihm an einer kleinen Stelle rot zu glühen begann. *Ohne die Planänderung würde Liv jetzt ohne die geringste Chance irgendwo im Röhrensystem feststecken. Das hätte ihm doch klar sein müssen!*

Es gelang ihm, drei Streben zu durchschneiden, bevor der Energiespeicher des Geräts zur Neige ging. Panik glomm in Livs Augen auf, doch Giray achtete nicht darauf, um sich nicht davon ablenken zu lassen. »Hast du eine Säge eingepackt?«, fragte er seine Kollegin ruhig.

Sie nickte.

»Dann versuche, an sie heranzukommen!«

Während sie mit komischen Verrenkungen blind in ihrem Rucksack wühlte, holte er seine eigene Säge hervor, ein handgroßes Exemplar, das ganz knapp zwischen die Streben passte. Er bewegte sie vor und zurück, vor und zurück – und gerade, als er einen guten Rhythmus gefunden hatte, rutschte er ab. »Verdammt!«, fluchte er leise und kontrollierte seine Finger, die dank des W-Anzugs noch vollzählig waren. Als er jedoch das Sägeblatt begutachtete, rutschte ihm das Herz in die Hose. »Abgebrochen. Schieb mir deine zu, Lynn!«

»Am besten sägen Sie die Streben nur an«, empfahl Cavendish mit einem Mal.

»Was?«

»Schneiden Sie sie an, statt durch! Dann kann ich vielleicht eine Öffnung herausbrechen.«

Giray staunte über den praktischen Verstand der Beulenpest, die in der Regel bloß mit unsinnigen Kommentaren glänzte. Sofort machte er sich ans Werk, wobei er diesmal vorsichtiger vorging, damit ihm das Sägeblatt nicht neuerlich durchbrach.

»Mit Nadelstrahlen wäre ich in unter zwei Minuten fertig gewesen«, merkte Sanders an, wobei sie sich nicht wirklich an ihren Kollegen zu richten schien. Vermutlich wollte sie sich bloß von der Angst ablenken, die ihr im Nacken saß. Mittlerweile musste sie sich hinlegen, weil sie keinen Platz mehr in der Röhre fand. »Aber das geht ja leider nicht wegen der Energieentfaltung bei der Dematerialisierung. Andererseits, wenn ihr beiseitetreten würdet und ich ein Stück zurückkröche, könnte ich aus der Distanz schießen.«

»Nein«, entgegnete der GSO-Agent mit Bestimmtheit, »wir halten an unserem Plan fest. Schau, es liegen nur noch sieben Streben vor mir!«

»Du sägst schon seit einer gefühlten Ewigkeit, und ich scheine immer schneller zu wachsen.«

»Jetzt beruhige dich mal ein bisschen! Je hektischer du atmest, desto größer wird dein Brustkasten und desto enger kommt dir die Röhre vor.«

Eine knappe Viertelstunde brauchte er, dann war er endlich fertig. Sofort wurde er von Cavendish beiseitegedrängt, der das Gitter packte und daran rüttelte, doch es rührte sich noch immer nicht.

»Ich fasse es nicht!«, rief Liv panisch. »Du hast nicht tief genug gesägt!«

»Beruhigen Sie sich, Miss Zander!«, entgegnete der Pilot. »Ich habe bislang nur einen winzigen Bruchteil meiner Kraft aufgewendet. Es besteht also noch Hoffnung.«

»Ja? Dann enttäuschen Sie mich besser nicht.«

»Das werde ich nicht. So, und nun hoffe ich, dass W-Anzüge tatsächlich so robust sind, wie immer behauptet wird.«

»Was haben Sie vor?«

Anstelle einer Antwort warf sich Cavendish mit seinem gesamten Gewicht gegen das Gitter – einmal, zweimal. Giray befürchtete schon, der Mann würde jeden Moment von dem schmalen Vorsprung abrutschen, auf dem sie standen, und in die Tiefe stürzen. Zum Glück geschah nichts dergleichen. Mit einem lauten Knirschen gab das Gitter nach und prallte gegen Sanders' Helm. Der ging dabei zwar nicht zu Bruch, doch die Trägerin sackte trotzdem benommen zusammen.

Rasch stellte Cavendish das Gitter beiseite und zog Liv gemeinsam mit Giray aus der Röhre, in der sie mittlerweile regelrecht feststeckte. Ihnen gelang es sogar, auch ihren Rucksack zu bergen.

Bevor sie vom immer schmaler werdenden Vorsprung fielen, kletterten sie auf den Boden hinunter, wobei Cavendish mit Livs Saugnäpfen drei Rucksäcke transportierte und Giray seine Kollegin auf dem Rücken trug. Erfreulicherweise hatte der Pilot die Aufgabenverteilung ohne Diskussion akzeptiert.

*

Je weiter die drei voranschritten, desto sicherer wurde Cavendish, dass sie sich auf dem Weg zur Raumschiffszentrale befanden. Auf die Frage, woran er das festmachte, konnte er keine richtige Antwort geben außer ein kryptisches »Intuition«. In

Ermangelung einer besseren Alternative folgten ihm die Agenten einfach in der Hoffnung, bald das Ziel zu erreichen.

Zwischendurch glich Giray ihre aktuelle Position mit den gespeicherten Routen auf seinem Hand-Suprasensor ab und stellte beruhigt fest, dass sie sich einem Ort näherten, den die Markierten regelmäßig über einen längeren Zeitraum hinweg besuchten, wenn auch nicht so häufig wie die Küche.

Es könnte sich um die Toilette handeln, nagte die Stimme des Zweifels in seinem Kopf. Er ignorierte sie.

Die Wachstumskurve schien exponentiell zu verlaufen, denn mit jeder Minute, die verstrich, schien die gleichbleibende Umgebung des Gangs zu schrumpfen.

»Wenn wir Johnson als Referenzgröße nehmen, dauert es noch eine Weile, bis wir wieder unsere ursprüngliche Größe erreichen«, schätzte der Agent, woraufhin die Beulenpest neunmalklug anmerkte: »Aber nur, wenn diese Monster ihn nicht größer gemacht haben, als er war – oder sie haben ihn nicht ganz auf seine Originalgröße zurückgeführt, sondern etwas kleiner gelassen. Falls letzteres der Fall ist, werden wir uns vielleicht bald wünschen, im Giftgas umgekommen zu sein.«

Liv Sanders öffnete den Mund, schloss ihn jedoch sofort wieder. Offenbar hatte sie begriffen, dass jegliche Aufmerksamkeit, die sie dem Muskelprotz schenkte, bloß dazu führte, von ihm mit weiteren Weisheiten beglückt zu werden.

*

Eine kurze Pause gönnte sich der kleine Expeditionstrupp, um ausgeruht zu sein, wenn sie den Fremden gegenübertraten. Anschließend legten sie den Rest der Strecke zurück, kletterten die Wand eines Antigrav-Schachts in die nächste Ebene hinauf und gelangten schließlich zur Zentrale, die einer Art Aufenthaltsraum mit Steuerkonsolen glich.

Ein großer Bildschirm erstreckte sich quer über die dem Eingang gegenüberliegende Wand, auf dem momentan offenkundig irgendein Film lief. Zwei kleine Fenster flankierten ihn und boten einen bescheidenen Ausblick ins All.

Die acht anwesenden Fellriesen bemerkten die Eindringlinge erst, als diese längst mit gezogenen Waffen durch die Tür getreten waren. Mit spitzen Schreien sprangen sie auf und wollten sich auf die Terraner stürzen, die jedoch ohne zu zögern das Feuer eröffneten.

Mit niedriger Nadelstrahldosis schossen die drei auf die jetzt nur noch viermal so großen Wesen, darauf achtend, sie nicht zu töten, sondern nur zu verletzen.

Zwei versuchten, Liv von der Seite zu attackieren, doch die Agentin rettete sich mit einem geschickten Hechtsprung, rollte sich ab, sprang behände auf die Beine und gab ein paar gezielte Schüsse ab, die die Angreifer zum Rückzug zwangen.

»Lasst sie nicht in die Nähe der Steuerkonsolen!«, rief sie den Männern zu, woraufhin Cavendish herumwirbelte und in den hinteren Teil der Zentrale rannte, um einen der Fremden von dort zu vertreiben.

Als der Riese ihn sah, flitzte er schnell hinter den breiten Pilotensessel im Stile einer Récamière. Er warf mit Dingen nach dem Kraftsportler, die rote Flecken auf dem weißen W-Anzug hinterließen.

Cavendish, voll im Kampfmodus, sprang auf die Sitzfläche des Sessels und zielte auf das am Boden liegende Wesen, das ihn mit großen Murmelaugen anblickte. Er grinste es hämisch an, doch er schoss nicht, denn der Kampf war längst entschieden. Mit seinem zweiten Nadelstrahler hielt er einen weiteren Flusigen zurück, der seinem Artgenossen zu Hilfe eilen wollte.

Giray sicherte mit einem Paralysator den Ausgang aus der Zentrale, musste jedoch feststellen, dass die Schockstrahlen den Wesen nichts anhaben konnten. Er vermutete, dass ihr Fell wie ein faradayscher Käfig wirkte, und tauschte seine Waffe kurzerhand gegen einen Nadelstrahler aus, von dem er jedoch weitaus weniger Gebrauch machte als seine beiden Begleiter.

Binnen Minuten trieben Sanders und Cavendish die acht unbewaffneten Gourmets in dem Teil der Zentrale in die Enge, in dem sich keinerlei Konsolen in der Nähe befanden.

Nachdem der GSO-Agent noch einmal für alle Fälle einen längeren Blick in den Flur hinausgeworfen hatte, steckte er seinen Handnadelstrahler ein und holte stattdessen seinen Translator hervor.

Die Felligen warfen ihm misstrauische Blicke zu. Offenbar konnten sie nicht einschätzen, was er mit dem stabähnlichen Gerät plante. Möglicherweise hielten sie es für eine Waffe.

»Mein Name ist Geralt Kuröy«, stellte sich der Agent vor, woraufhin sich sechzehn schwarze Murmelaugen weiteten. »Ich gehöre zum Volk der Terraner und lebte bis vor Kurzem auf Hallwa, jenem Planeten, dem ihr einen unangekündigten Besuch abgestattet habt.«

»Wieso spricht diese Glatthaut unsere Sprache?«, flüsterte eines der Wesen aus der hinteren Reihe.

Giray lächelte und zeigte ihnen das Übersetzungsgerät in seiner Hand. »Genau genommen spreche ich eure Sprache nicht, sondern dieser Translator tut es.«

»Woher kennt er unsere Sprache?«

»Wir sind euch auf dem Weg hierher schon einmal begegnet, ohne dass ihr uns bemerkt habt. Dadurch hatte das Gerät die Möglichkeit, eure Wörter sowie Grammatik zu lernen. Verzeiht, falls sich noch Fehler einschleichen.«

»Warum versteckt er sich in dem Metallgehäuse?«

»Wer?«

»Der Translator.«

»Es handelt sich um ein Gerät, vergleichbar mit einem hochspezialisierten Mini-Suprasensor.«

Die Gourmets tuschelten miteinander. Den Wortfetzen ließ sich entnehmen, dass sie einem solchen Wunderwerk der Technik noch nie zuvor begegnet waren.

»Was willst du von uns, Glatthaut?«, rief der Wortführer aus der hinteren Reihe.

»Ich verlange, dass ihr uns nach Hallwa zurückbringt – und ebenso all die anderen Gefangenen in eurem ›Zoo‹!«

»Was? Wieso? Hast du eine Vorstellung davon, wie lange wir gebraucht haben, um die Exemplare alle einzusammeln?«

»Nein, und es interessiert mich auch nicht. Ihr könnt nicht einfach durch die Milchstraße reisen und Angehörige von Fremdvölkern entführen und verspeisen.«

»Wir wussten nicht, dass es sich bei den Köstlichkeiten, die wir auf dem kaum besiedelten Planeten gefunden haben, um höhere Intelligenzen handelte, sonst hätten wir euch doch niemals angerührt. Wir dachten wirklich, ihr wärt Tiere.«

Seine Artgenossen stimmten ihm quiekend zu.

Giray war fast versucht, den treuherzigen Murmelaugen und den lächelnden kleinen Mündern zu glauben – aber nur fast. »Habt ihr euch nicht über die komplexen Behausungen und Lebensweisen gewundert?«

»Überhaupt nicht. Vielleicht ist unser Volk einfach schon zu weit entwickelt, um primitivere Völker von Tieren unterscheiden zu können. Das soll natürlich keine Beleidigung sein.«

»Natürlich nicht, aber ihr habt doch bestimmt eines unserer Raumschiffe beobachtet oder zumindest unsere Gleiter und Schweber.«

»Tut mir leid, davon wissen wir nichts.«

Der GSO-Agent begriff, dass ihn dieses Thema nicht weiterbringen würde. Entweder die Flusigen logen oder sie waren tatsächlich so ignorant, pauschal sämtliche Lebewesen als Tiere einzustufen, deren Entwicklungsstufe nicht mindestens der ihren entsprach.

»Jetzt, wo wir wissen, wer ihr seid, sehen wir unseren Fehler selbstverständlich ein«, fuhr der Riese fort, »und werden euch und eure Behausungen unverzüglich auf euren Heimatplaneten zurückbringen. Ihr werdet gar keinen Unterschied zu vorher bemerken.«

»Und die anderen Gefangenen?«

»Diese selbstverständlich auch. Wir pflegen eine Datenbank, sodass wir die Herkunft jeden Exem… Individuums kennen.«

Cavendish lachte auf, woran die Wesen allerdings keinen Anstoß nahmen. Möglicherweise konnten sie seine Reaktion auch gar nicht richtig interpretieren.

An den Gesichtsausdrücken seiner Begleiter erkannte Giray, dass sie ebenso wie er daran zweifelten, dass die Fremden ihr interstellares Gourmet-Restaurant so einfach aufgeben würden.

Der ehemalige Militärpilot klemmte sich hinter das Steuer und begann, sich mit dem Raumschiff vertraut zu machen. Da sie die

Fellriesen offenbar beim gemütlichen Filmeabend – oder wobei auch immer – überrascht hatten und niemand einen Verriegelungsmechanismus hatte aktivieren können, verfügte er über freien Zugang auf alle Systeme. Nach einigen Minuten scheinbar unkoordinierten Herumdrückens auf diversen Sensoren verkündete er: »Ja, ich glaube, so langsam blicke ich hier durch.«

Die beiden GSO-Agenten verharrten noch so lange in der Zentrale, bis sie annähernd die Größe der Weißfelligen erreicht hatten, die sie bis dahin mit ihren Waffen in Schach hielten. Nun wollten sie das Raumschiff nach weiteren Besatzungsmitgliedern durchsuchen und fesselten die Gefangenen.

Bevor sie loszogen, bat Giray Cavendish: »Würden Sie in unserer Abwesenheit bitte ein Auge auf unsere Freunde haben?«

Der Angesprochene, vertieft in Symbole und Risszeichnungen auf dem Bildschirm vor sich, reckte den Daumen in die Höhe.

*

Giray und Sanders durchforsteten das Raumschiff, das lediglich aus drei Ebenen bestand. Das oberste Deck glich einer riesigen Lagerhalle, durch die sich zehn Gänge zogen, die beidseitig mit leeren Kuben bestückt waren. Der Ort wirkte gespenstisch in seiner Leere. Auf dem mittleren Deck befanden sich zusammen mit der Zentrale die Schlaf- und Aufenthaltsräume der Besatzung. Der hintere Teil beider Ebene wurde ohne Zwischendecke von der Antriebssektion eingenommen.

Das unterste Deck beherbergte einen weiteren »Zoo«, außerdem die Küche sowie einen Hangar, in dem zwei Ein-Personen-Beiboote standen, die wahrscheinlich für Erkundungsflüge gedacht waren.

Insgesamt trieben die Agenten zwölf weitere Besatzungsmitglieder auf, sodass sie am Ende zusammen mit den bereits gefangenen zwanzig in einen leeren Raum in der Nähe der Zentrale sperrten, den sie von außen verriegelten.

»Ha!«, stieß Cavendish zufrieden aus. »Diesen Mistkerlen haben wir es ganz schön gezeigt! Nächstes Mal überlegen sie es sich zweimal, ob sie uns noch mal als Tiere einstufen.« Er klatschte die Hände gegeneinander. »Jetzt kann ich mich endlich in Ruhe den Konsolen widmen. Vorhin haben die Typen die ganze Zeit versucht, mich zuzulabern, aber ich verstand sie nicht, weil ich keinen Translator besitze. So, ich bin dann mal in der Zentrale!«

»Einen Moment!«, rief Sanders ihm nach. »Wir brauchen Sie noch.«

Mit hochgezogenen Augenbrauen drehte er sich wieder um. »Immer zu Ihren Diensten, Miss Zander«, erwiderte er gutgelaunt. »Was kann ich für Sie tun?«

»Ich möchte, dass Sie hier vor der Tür Wache halten.«

Schlagartig fiel die gute Laune von ihm ab, und sein Blick verfinsterte sich. »Ich dachte, ich sollte dieses Schiff nach Hallwa zurückfliegen?«

»Sollen Sie ja auch.«

»Und warum muss ich dann hier herumstehen? Die Tür ist doch verriegelt, was können die gefesselten Typen also großartig anstellen?«

Liv stieß einen resignierenden Seufzer aus. »Mister Cavendish, könnten Sie nicht einfach mal unhinterfragt tun, was wir Ihnen sagen?«

»Ich bin ein sehr kritischer Mensch – eine Eigenschaft, die mir schon oft das Leben gerettet hat.«

»Bleiben Sie nun hier oder muss ich die Wache selbst übernehmen?« Sie bemaß ihn mit einem strengen Blick und sah selbst dabei so umwerfend aus, dass Cavendish nicht anders konnte, als ihre Anweisung zu befolgen. Das verlangte seine männliche Ehre, über die er seit Beginn der Odyssee bereits mehrere großspurige Vorträge gehalten hatte.

*

Während die Beulenpest also achtgab, dass die Gefangenen keinen Unsinn trieben, kehrten Giray und Sanders in den »Zoo« auf der untersten Ebene zurück, um ihn näher in Augenschein zu nehmen. Siebenundfünfzig von zweihundert Kuben waren in unregelmäßigen Abständen belegt. Vermutlich steckte ein System dahinter, welches sich den beiden Agenten allerdings auf den ersten Blick nicht erschloss.

Auf der Suche nach ihren Mitmenschen schauten sie kurz in jedes Vivarium hinein. Darin befanden sich teilweise faszinierende Miniaturwelten. Bei der Frontscheibe des Kubus handelte es sich um ein einziges großes Sensorfeld, das bei bestimmten Berührungen Bildausschnitte vergrößerte oder verkleinerte.

Ein Terrarium beherbergte eine Wüste, in der seltsame gezwirbelte Skulpturen standen, die sich zur Spitze hin verjüngten. Manchmal schob sich an der Unterseite einer davon ein tentakelartiger Auswuchs hervor, der kurz ein bisschen Sand aufwirbelte und sich dann blitzschnell wieder zurückzog.

Ein anderer Kubus war mit einer pinkfarbenen Substanz gefüllt, durch die krebsartige Geschöpfe schwammen. Am Grund erhoben sich canyonartige Strukturen in einem Wald aus langblättrigen, dunklen Pflanzen, die sich in der Strömung wiegten.

Bei vielen Entdeckungen mochten weder Giray noch Sanders einzuschätzen, ob es sich um Tiere oder Zivilisationen höherentwickelter Intelligenzen handelte.

In anderen Kuben hingegen sahen sie Wesen, die zwar in primitiven Behausungen lebten, jedoch eindeutig Werkzeuge benutzen, oder welche, die komplexen Ritualen frönten oder in einer Stadt lebten, deren Architektur aus geflochtenen, verholzten Pflanzen bestand.

»Ich habe unsere Leute gefunden«, informierte Sanders ihren Kollegen per Funk.

Giray eilte sofort zu ihr und atmete erleichtert auf, als er den Inhalt des Terrariums begutachtete. Die Stadt existierte noch, der Hain und die Wandöffnung hingegen nicht mehr. Zum ersten Mal im Leben freute er sich darüber, eine Gruppe Streithähne zu sehen, die mit geballten Fäustchen auf dem »Marktplatz« aufeinander losgingen.

»Sieh nur, wie niedlich!«, spöttelte er, wofür ihm Liv eine leichten Stoß gegen den Oberarm verpasste.

»Jetzt mach dich nicht über sie lustig!«, verlangte sie empört.

»Ich bin ja schon ruhig!« Er schmunzelte, als er Miller und Nordvist mit seinem Armbandvipho anfunkte.

Erfreulicherweise meldete sich die Ingenieurin keine drei Sekunden später, als ob sie nur auf diesen Anruf gewartet hatte. Sie rückte ihre Brille zurecht und strich über die widerspenstigen Strähnen, sie sich halb aus ihrem Zopf gelöst hatten. »Mister Kuröy!«, grüßte sie sichtlich erleichtert. »Ich bin so froh, Sie zu sehen.«

»Und ich Sie!«, erwiderte der Angesprochene mit einem Lächeln. »Leider habe ich nur wenig Zeit, daher fasse ich mich kurz. Wir haben die Fremden gefunden und werden nun alles Weitere regeln. Bitte haben Sie noch eine Weile Geduld.«

»Werden wir wieder nach Hause kommen?«

»Die Chancen stehen gut. Hören Sie, wir müssen jetzt weiter.«

»Darf ich den anderen Bescheid geben oder sollen Jeremiah und ich die Neuigkeiten vorerst für uns behalten?«

»Das liegt in Ihrem Ermessen. Bis später.« Er unterbrach die Verbindung und schüttelte grinsend den Kopf.

»Was ist so lustig?«, verlangte seine Partnerin zu wissen.

»Hast du nicht mitgehört?«

»Ich habe nur die Hälfte verstanden.«

»Sie hat ihn Jeremiah genannt.«

»Wer? Nordvist?«

»Ja.«

Liv prustete los. »Na, das ging ja schnell.«

»Gemeinsame Schicksale schweißen selbst die ärgsten Feinde zusammen.«

Einige Atemzüge lang beobachteten sie noch das Treiben im Terrarium. Minimenschen bekamen sie immerhin nicht alle Tage zu Gesicht.

Plötzlich meldete sich Cavendish per Funk und brüllte panisch: »Die Gefesselten sind durch eine zuvor verborgene Luke an der Rückseite des Raums entkommen!«

13.

»Begeben Sie sich sofort in die Zentrale!«, befahl Giray Cavendish und rannte mit seiner Kollegin auf den Antigrav-Schacht zu.

»Bin jetzt da«, informierte der Pilot die beiden Agenten gleich darauf per Funk. »Oh Gott, was haben diese Wollschweine getan? Was hat dieses Symbol zu bedeuten?«

»Welches Symbol?«

»Keine Ahnung. Ich sehe es zum ersten Mal, aber es wirkt ziemlich bedrohlich mit seinem dunkelroten Blinken auf sämtlichen Bildschirmen. Der Bordrechner reagiert nicht mehr auf meine Eingaben. Die verdammten Konsolen sind gesperrt. Oh Mann, ich glaube, die Mistkerle haben die Selbstzerstörung des Raumschiffs aktiviert!«

»Verflucht! Dann bleiben uns noch maximal ein paar Minuten.« Vor dem Antigrav-Schacht blieb Giray stehen und biss sich auf die Unterlippe. *Das Zeitfenster ist zu kurz für einen Hackversuch mit dem Hand-Suprasensor der GSO,* schoss es ihm durch den Kopf. *Was sollen wir nur tun? Wo sind die Fellriesen hin? Sie sprengen sich doch nicht mitsamt ihrem Schiff in die Luft, oder?*

»Ich habe hier was!«, schrie Cavendish mit euphorischer Hysterie in der Stimme. »Vier Beiboote, zwei davon vor wenigen Minuten abgeflogen. Wir sollten schnellstmöglich die verbliebenen nehmen.«

»In Ordnung«, bestätigte Giray. Kaum hatte ihm der Pilot die Standorte verraten, die er und Liv aus einem für sie nicht nachvollziehbaren Grund zuvor übersehen hatten, stürmte er sofort los. Während er rannte, hieß er seine Kollegin an, sich so viele Terraner wie möglich zu schnappen und nachzukommen.

*

Liv atmete tief durch, dann funkte sie Miller und Nordvist an, damit diese ihre Leute an einem Ort zusammentrommelten. Sie sprach ruhig, um keine unnötige Panik zu schüren, obwohl ihr selbst die blanke Angst im Nacken saß. Ihr gehobener Arm mit dem mobilen Vipho zitterte. Anschließend unterbrach sie die Verbindung und suchte nach dem Terrarium, in dem die Menschen gefangen waren.

Zuerst überlegte sie, den sechzig Zentimeter breiten und vierzig Zentimeter tiefen Kubus einfach komplett mitzunehmen, doch als sie den fragilen Kabelsalat in den Spalten zwischen Terrariumwand und Regal erspähte, ließ sie von ihrem Plan ab, zumal sie den Kasten vermutlich sowieso nicht hätte schleppen können. Auf dem Terrarium befand sich ein komplex anmutendes Gerät, das ein schwaches violettes Flimmern produzierte.

Das Ding erzeugt bestimmt ein Feld, das die Bewohner klein hält, schlussfolgerte sie in Gedanken, als sie sich an jene nächtliche Lichterscheinung erinnerte, nach der das Unglück seinen Lauf genommen hatte. *Wenn ich es zerstöre, wird wahrscheinlich alles wachsen, einschließlich der Gebäude und der Landschaft. Ich brauche dringend eine andere Lösung!*

»Miss Nordvist!«, funkte Sanders die Ingenieurin neuerlich an. »Hören Sie mir jetzt gut zu und stellen Sie keine Fragen! Rufen Sie unverzüglich alle Leute zusammen, egal wie! Sammeln Sie die übrigen mit Ihrem Schweber ein! Sagen Sie Miller, er soll die Menschen vorwarnen! Ich öffne in einer Minute den Deckel des Terrariums. Verstanden?«

»Äh, ja, aber …«

Liv drückte Nordvist weg und eilte in die Küche, wo sie eine Schale auftrieb und damit zum Terrarium zurückkehrte. Sie tippte auf der Konsole darunter herum, bis sich der Kubus herausschob und der Deckel zurückschob. Als sie hineinblickte, erschrak sie zunächst, denn alles war noch viel winziger, als es von außen den Anschein erweckt hatte: Menschen so groß wie Ameisenköpfe. Schweiß trat ihr auf die Stirn.

Hoffentlich zerquetsche ich keinen!, dachte sie.

Behutsam ließ sie die Schale direkt außerhalb der Stadt schräg nieder, damit die Menschlein hineinklettern konnten. Eine gefühlte Ewigkeit verstrich, bis Nordvist ihr mitteilte, dass sich alle in der Schale befanden, wobei an Liv die Angst nagte, doch einen der kleinen Punkte irgendwo übersehen zu haben. Ihr Gehirn malte ihr Horrorszenarien aus, in denen ein vergessener Mensch traurig und einsam durch die Geisterstadt schlurfte, während ein apokalyptisches Inferno auf ihn zurollte.

Giray kam Sanders auf dem Gang entgegen, und gemeinsam eilten sie zu jenem Beiboot, in dem Cavendish bereits auf sie wartete.

Kaum waren sie eingestiegen, löste der Pilot das kleine Schiff vom Mutterschiff und aktivierte die Impulsbeschleunigung – keine Sekunde zu früh. Mehrere simultane Explosionen zerfetzten den großen Raumer in einem einzigen großen Feuerball. Am Ende blieb nichts als Trümmer, die durch die Druckentfaltung in alle Richtungen davonstoben.

*

»Geschafft!«, jauchzte Liv Sanders und fiel ihrem Kollegen um den Hals, und auch ihren Lebensretter umarmte sie kurz. Erschöpft ließ sie sich auf einer der sofaartigen Sitzgelegenheiten in der Zentrale des Kleinraumers nieder. Die Schale mit den Menschen stand neben ihr.

Cavendish saß im Pilotensofa und bediente die Steuerkonsole, erst langsam und suchend, dann immer schneller und sicherer. Als ein blaues Symbol an einem der Bildschirme aufleuchtete, klappte er seinen Helm zurück und atmete vorsichtig ein paarmal ein und aus, ehe er verkündete: »Ich habe mir erlaubt, die Luftzusammensetzung an unsere Bedürfnisse anzupassen. Da ich noch lebe, ist es mir wohl geglückt.« Er stand auf und schälte sich aus dem W-Anzug, den er Giray in die Hand drückte. »Bin ich froh, endlich aus dem Ding raus zu sein!«

»Diese Ganzkörperanzüge sind doch akklimatisiert«, entgegnete Sanders skeptisch. »Ihrer etwa nicht?«

»Doch schon, aber ich mag es, wieder den Wind in meinem Gesicht spüren zu können.«

»Welchen Wind?«

»Irgendwelche Luftzüge, die es durchaus auch in Raumschiffen gibt. Nehmen Sie Ihren Helm ab, dann erleben Sie das Gefühl vielleicht selbst.«

»Ich warte noch ein Weilchen für den Fall, dass Ihnen doch schummrig wird.«

Mit einem gleichgültigen Schulterzucken setzte sich Cavendish wieder und tippte weiter auf dem Sensorfeld herum, mit dem er den Bordrechner bediente. Eine Sternenkarte erschien auf dem Bildschirm. Ein Dreieck markierte die Position des Raumers im All. Der Pilot gab eine Reihe von Koordinaten ein, woraufhin der Bordrechner die gewünschten Daten lieferte.

»Zuerst die guten oder die schlechten Nachrichten?«, fragte er.

»Die schlechten«, entschied Sanders.

»Mit dem Füllstand unserer Energiespeicher können wir nicht transitieren und erreichen daher weder Eden noch die Erde. Allerdings flog das Mutterschiff so langsam, dass wir uns noch immer im selben Sonnensystem wie Hallwa befinden. Den Berechnungen zufolge erreichen wir den Planeten binnen vier Tagen mit knapp 0,8 Licht, was wir streckenmäßig gerade noch schaffen. Wir haben also Glück im Unglück.«

Giray klopfte ihm auf die Schulter. »Gut gemacht!«

»Ach was, das haben wir einzig und allein der Technik zu verdanken!«, übte sich Cavendish in ungewohnter Bescheidenheit. »Wären die Energiespeicher auch nur ein bisschen leerer, würden wir wahrscheinlich manövrierunfähig durchs All sausen oder gar eine tödliche Bruchlandung hinlegen, falls wir nicht bereits in der Atmosphäre verglühen.«

»Das Lob haben Sie sich trotzdem verdient.«

Die Beulenpest bemühte sich verzweifelt, ein Grinsen zu unterdrücken, was ihr nicht sonderlich gut gelang. Sie freute sich einfach zu sehr darüber, endlich Anerkennung zu erhalten.

*

Nun, da die Menschen nicht mehr unter dem Einfluss des Schrumpffeldes standen, wuchsen sie. Rasch wurde es sehr eng in dem kleinen Raumschiff, das eindeutig nicht für fast vierhundert Leute und einen Hund ausgelegt war. Wie Sardinen in einer Konservenbüchse reihten sie sich aneinander, saßen teilweise aufeinander, wechselten sich mit dem Stehen und Sitzen ab. Es mangelte nicht nur an Platz, sondern auch an Nahrung. Glücklicherweise gab es ausreichend Wasser an Bord, sodass sie zumindest nicht verdursten mussten.

Obwohl Giray, Sanders und Cavendish die Vorräte aus ihren Rucksäcken nur in Notfällen an Bedürftige aushändigen wollten, verschwanden die Lebensmittel am dritten Tag auf mysteriöse Weise. Ein großes Geschrei ging los, bei dem alte Feindschaften wieder auflebten. Butterleyer beschuldigten Ionnviller und umgekehrt.

Lediglich Miller und Nordvist beteiligten sich nicht an den Streitereien, sondern versuchten, schlichtend auf ihre Leute einzuwirken. Obwohl die beiden sicherlich keine Freundschaft miteinander verband, respektierten sie einander zumindest – etwas, das bis vor Kurzem vermutlich keiner von beiden für möglich gehalten hätte.

*

Am vierten Tag landete das Raumschiff auf Hallwa an jenem Ort, an dem sich Butterley befunden hatte. Nun gab es nur noch vereinzelt Gebäude, an denen die All-Gourmets offenbar kein Interesse gehabt hatten: etwa die sechs Lagerhallen, die Relaisstation und die Raffinerie. Dazwischen wuchs scheinbar unberührtes Gras, als hätte niemals eine Stadt existiert.

Sibi Nordvist eilte mit Cavendish sowie einer Handvoll weiterer Leute zu einer der Hallen, in denen sie Lebensmittelvorräte aufbewahrten. Sie verteilten Konservenbüchsen mit Fertignahrung an alle, wobei sie keinen Unterschied zwischen Butterleyern und Ionnvillern machten.

Die erschöpften und hungrigen Menschen zeigten sich allesamt dankbar.

Jeremiah Miller organisierte nach der Mahlzeit und einer kurzen Ruhepause ein paar Techniker sowie Elektriker und begab sich mit Generatoren zur hiesigen Relaisstation, die sie mit Strom versorgten.

Kaum war diese wieder in Gang gebracht, rief Giray weit abseits der Menschenmassen und potenziellen Zuhörer von seinem Armbandvipho aus sofort seinen Chef auf Babylon an und informierte ihn über die Ereignisse der letzten Tage.

»Konnten Sie andere Vivarienbewohner retten?«, erkundigte sich Eylers, nachdem er aufmerksam zugehört hatte. »Oder vielleicht einen Teil der fremdartigen Hochtechnologie sicherstellen?«

»Bedauerlicherweise nein. Das Einzige, was wir von den Fellriesen haben, ist ihr Beiboot, in dem wir jedoch nichts von Interesse fanden.«

»Macht nichts. Unser Spezialteam wird sich um alles Weitere kümmern. Sie beide haben hervorragende Arbeit geleistet, und ich bin froh, dass die Geschichte zumindest für die Menschen glimpflich ausgegangen ist. Selbst ein paar der Verschwundenen konnten Sie befreien.«

»Diese Gourmets befinden sich aber noch irgendwo da draußen. Möglicherweise gibt es sogar mehrere solcher Wildererschiffe. Wer weiß, wo sie das nächste Mal zuschlagen!«

»Darüber zerbrechen Sie sich mal nicht den Kopf, Mister Giray. Sie und Ihre Kollegin haben den Fall ›Hallwa‹ aufgeklärt. Die kommenden Tage stelle ich Sie vom Dienst frei. Auch wenn es seltsam klingt: Versuchen Sie, ein bisschen zu entspannen! Melden Sie sich bei mir, sobald Sie auf Babylon eintreffen.«

Wie üblich fiel der Abschied kurz aus, und als der Bildschirm seines Armbandviphos erlosch, stand Ömer ein wenig ratlos in der Landschaft herum. Einerseits freute er sich über ein paar freie Tage, andererseits wusste er nicht, wie er sie ausgestalten sollte. Auf Hallwa gab es nichts mehr außer vielleicht bald einem großen Campingplatz.

Er kehrte zu Liv zurück, die bei einer Gruppe Menschen an einem Lagerfeuer saß und Chili con Carne aus der Dose löffelte. Als sie ihren Kollegen erblickte, klopfte sie einladend auf den freien Platz neben sich, der mit einer Decke ausgelegt war. Dort stand auch schon eine Dose für Giray bereit.

Ins angenehm prasselnde Feuer starrend, während sich der Tag dem Ende entgegenneigte, sinnierte der Agent neben seiner Kollegin sitzend über nichts Bestimmtes, als er mit einem Mal etwas Metallisches in seiner Jackentasche erfühlte. Er holte das rundliche Objekt heraus und musste unwillkürlich lächeln. »Sieh mal, was ich gefunden habe!«

Liv lachte. »Den Zimmerschlüssel der Pension. Leider existiert kein Schloss mehr dafür. Wirst du ihn als Souvenir behalten?«

»Ich weiß noch nicht.«

»Wenn du ihn nicht möchtest, gib ihn gerne mir! Meinen habe ich nämlich verloren, fürchte ich, oder er ist in den W-Anzug gerutscht.«

Da drängte sich unvermittelt Cavendish zwischen die beiden Agenten. Er hielt einen Satz Müsliriegel in der Hand – mit Kirsch- und Bananengeschmack – und bot sie seinen Nachbarn an, aber die lehnten mit Verweis auf ihre Konservenbüchsen ab.

»Wir waren ein klasse Team, nicht wahr?«, begann die Beulenpest ein Gespräch. »Es wäre toll, wenn wir das bald wiederholen könnten.«

Sanders beugte sich zur Seite, fort von Cavendish, den sie mit einem skeptischen Seitenblick bemaß. »Nicht ihr Ernst!«

»Aber sicher! Jetzt müssen Sie mir nur noch verraten, für welche Organisation Sie arbeiten. Militär? Nachrichtendienst? Ich meine, ich habe meine Fähigkeiten ausreichend bewiesen – mehr noch, ich habe uns alle gerettet! Ich tauge für den Job. Allerdings bin ich nicht auf Ruhm und Ehre aus, sonst könnte ich meine Geschichte einfach an Terra-Press verkaufen. Nein, ich möchte endlich wieder eine sinnvolle Aufgabe, am besten im Dienste der Menschheit.« Er riss die Verpackung eines Müsliriegels auf und biss ein großes Stück von der klebrig-knusprigen Masse ab. Schmatzend fuhr er fort: »Auf Hallwa gehe ich auf Dauer ein. Das ist nichts für mich. Ich bin für Größeres bestimmt und brauche Action in meinem Leben.«

»Was ist mit Bodybuilding?«, hakte Liv nach.

»Als immanenter Bestandteil meines Lebens erwähne ich es nicht extra. Für mich ist die tägliche Arbeit am Körper so wichtig wie das Atmen. Im Laufe der Jahre habe ich mir eine eiserne Disziplin antrainiert, die in vielen Berufen gefragt ist. Also, verraten Sie mir nun, was Sie beide arbeiten?«

Giray senkte verschwörerisch die Stimme: »Wollen Sie das wirklich wissen?«

Pure Neugier leuchtete daraufhin in Cavendishs Augen auf. »Ich bin ganz Ohr.«

Der Agent kramte eine knittrige Visitenkarte aus seiner Hosentasche, die er notdürftig glatt strich und der Beulenpest heimlich wie einen Beutel Drogen zusteckte. »Versprechen Sie mir, diese Nummer erst anzurufen, wenn wir auf Babylon gelandet sind. Sonst ist es zu auffällig.«

»Absolut!«

»Halten Sie sich außerdem von mir und meiner Kollegin fern, denn Aufmerksamkeit wollen wir auf jeden Fall vermeiden.«

»Sie können sich auf mich verlassen.« Der ehemaligen Leutnant las die Informationen auf der Visitenkarte. »Stellar Best. Das ist ein Tarnname, oder?«

»Finden Sie es heraus!«, antwortete Giray mit einem Augenzwinkern. »Und nun hinfort mit Ihnen, bevor die Leute noch misstrauisch werden!«

Cavendish blickte sich hektisch um und ließ die Karte in seiner Jackentasche verschwinden. Dann erhob er sich und verschwand.

In rund fünf Tagen würde das von Nordvist bestellte Raumschiff von Babylon eintreffen. Giray und Sanders konnten es kaum erwarten, von diesem Planeten »am Arsch des Universums« wegzukommen, was nicht zuletzt an der Beulenpest lag.

Ende